Nouilles chinoises

Du même auteur
aux Éditions J'ai lu

BEIJING COMA

N° 8971

MA JIAN

Nouilles chinoises

ROMAN

Traduit par
Constance de Saint-Mont

Par ailleurs

Titre original
THE NOODLE MAKER
Éditeur original : Tiandi Publishing Company

© Ma Jian, 1991

Pour la traduction française
© Flammarion, 2006

Pour Jack Ma

L'écrivain professionnel

Le bureau donne sur la fenêtre d'une cuisine de l'immeuble d'en face. À midi ou au crépuscule, « des vagues de délicieuses odeurs de friture caressent mon nez et mon estomac ou parfois s'y forcent un chemin ». L'écrivain professionnel parle toujours avec cette précision au cours de ses conversations avec le donneur de sang professionnel.

L'écrivain distingue maintenant des odeurs provenant d'au moins trois des cuisines qui se trouvent en dessous. Habitant au sommet d'un immeuble de huit étages, il n'a d'autre choix que de s'y habituer. Tant que le couple de Hubei (il est convaincu que ce sont eux les fautifs) n'empeste pas l'air avec ses chilis frits, il peut jouir tranquillement des effluves qui montent de plusieurs étages inférieurs. Chaque fois qu'il ouvre sa fenêtre pour laisser entrer les odeurs, ses yeux quittent la page blanche posée sur son bureau et il se laisse aller à la rêverie.

La cuisine qui est juste en face est tout à fait à son goût, et s'il n'est pas d'humeur trop délicate, il peut passer un après-midi entier à se vautrer avec délices dans l'odeur de leur soupe de tête de poisson. Il a vu de grosses têtes de poissons au marché ; il suffit d'acheter une demi-tête pour faire une soupe. Tandis que la femme entre deux âges jette les Champignons Secs Supérieurs, tout juste rapportés du supermarché local, dans le wok, l'écrivain professionnel (la quarantaine, légèrement trop gros, célibataire) est transporté une fois de plus par les doux arômes. De temps à autre, dans la faible lumière, il aperçoit un petit homme menu qui apparaît et disparaît entre les ustensiles de cuisine et le linge, les saucisses et les jambons pendus au plafond. Si leur hotte ne faisait pas un tel raffut, il pourrait les entendre parler, et alors il saurait enfin si le petit homme menu est le mari, le fils, ou un commerçant juif de Chaozhou. Cette question lui traverse souvent l'esprit quand il regarde la page blanche sur son bureau. Avant que son bon ami le donneur de sang professionnel n'arrive, il éructe avec furie des insultes en direction de la cuisine. « Du gingembre ! marmonne-t-il d'un ton impatient. Foutus imbéciles. Vous ne savez pas qu'il faut mettre du gingembre dans la soupe de tête de poisson ? »

Plus tard ce dimanche après-midi, le donneur de sang fait son apparition devant l'immeuble de l'écrivain, comme d'habitude. À entendre ses pas pesants et son souffle court dans l'escalier, l'écrivain comprend que son ami vient de donner son sang. Effectivement le donneur est gai comme un pinson tandis qu'il gravit péniblement les marches, car aujourd'hui il a apporté du vin (c'est généralement une bouteille de vin médicinal Anhui ou Hubei), de la dinde rôtie, des œufs (de vrais œufs bruns) et le mets préféré de l'écrivain : un bocal de fèves aux épices. Bientôt les amis vont lamper le vin et se mettre à farfouiller dans les fragments de leurs vies. Ils se feront des confidences, s'insulteront et se maudiront tout en savourant l'agréable sensation de la nourriture qui pénètre dans leurs estomacs. Puis le donneur de sang essaiera de pousser l'écrivain à l'injurier. Il adore l'entendre jurer ; les grossièretés lui procurent un confort spirituel dont il manque cruellement dans une vie passée à donner son sang.

« Putain de bordel ! entendra-t-il l'écrivain gémir tandis que l'alcool lui montera à la tête. Tu perds ton temps avec ces putains de minables, pauvre con... »

L'écrivain ouvre la porte au donneur de sang. Après une vigoureuse embrassade, ils disposent la nourriture sur des assiettes, ouvrent la bouteille de vin et étalent des feuilles de papier à écrire pour mettre les os. Ensuite l'écrivain déchire soigneusement en deux une feuille de papier afin d'en faire deux serviettes : une pour ses mains, l'autre pour sa bouche. (Son grand-père faisait de même de son vivant, mais avec un vieux chiffon.) Ils s'asseyent à table. L'écrivain se glisse tant bien que mal dans son fauteuil pivotant en cuir noir alloué par l'État, le donneur de sang professionnel se perche sur un tabouret en plastique.

« Est-ce que tu souffres, mon ami ? demande le donneur de sang, espérant par cette ruse sortir l'écrivain de son enfer. La semaine dernière tu disais que la vie était un enfer. Ai-je raison ?

— L'année dernière je pensais que la vie était un enfer. La semaine dernière je pensais qu'elle était insupportable. Aujourd'hui je pense seulement qu'elle est assommante. Peut-être que demain j'abandonnerai ce foutu roman, si je n'arrive toujours pas à coucher ces personnages sur le papier. »

La voix de l'écrivain professionnel est toujours rauque avant que le vin ne fasse son effet. On croirait qu'il le fait exprès.

« Mais tu détestes ces gens ! Tu disais que c'étaient des crapules, une immonde racaille. Tu disais aussi que j'étais le rebut du genre humain. Pourquoi perdre ton temps à écrire sur eux ? » Le visage du donneur de sang est aussi pâle qu'il l'était à son arrivée.

« Je veux faire de leurs vies une œuvre d'art, bien que je sois sûr qu'ils ne prendront jamais la peine de la lire. » L'écrivain jette un regard circulaire sur la pièce, ou peut-être bouge-t-il seulement la tête. « Pauvres couillons ! marmonne-t-il. Ils oublient toujours de mettre du gingembre dans leur soupe de tête de poisson. »

Le donneur
de sang professionnel

Sans attendre de lever son verre pour porter un toast, le donneur de sang saisit le morceau d'oie le plus gras (le croupion, peut-être) entre ses baguettes, et se le fourre dans la bouche. Étant donneur de sang de profession, il a développé une capacité instinctive à choisir les aliments les plus nutritifs. Il est capable d'extraire chaque portion nourrissante du moindre bout de nourriture et de le mâcher jusqu'au dernier fragment.

« Tu as un excellent odorat, dit le donneur de sang en avalant sa première bouchée.

— Je ne les comprends pas, marmonne l'écrivain. Ils n'arrêtent pas de courir. Ils doivent avoir beaucoup à faire.

— Ça fait sept ans que j'y suis. » Le donneur de sang recrache un bout d'os. Une petite boule de sang rouge sombre tombe de la moelle et se fige sur le papier blanc.

« Moi aussi », répond l'écrivain professionnel, la bouche pleine. Tandis qu'il mâche voracement et rejette la tête en arrière pour avaler, les plis de graisse sous son menton se dilatent et se contractent. De loin, on dirait qu'il pleure. Le donneur de sang sait que le visage de l'écrivain prendra bientôt la forme d'une grosse noix, comme toujours quand l'alcool commence à faire son effet.

« Je n'ai pas besoin de me creuser les méninges pour mettre cette nourriture sur la table, dit le donneur d'un air provocant. Mais j'ai très mal là », ajoute-t-il en se tapotant la poitrine. Il a utilisé cette expression de nombreuses fois depuis sept ans. Il l'a prise à l'écrivain. Après le deuxième don de sang du donneur, l'écrivain l'avait pris dans ses bras et avait sangloté : « J'ai très mal là. »

« Il faut mettre de fines lamelles de gingembre dans la soupe de tête de poisson pour supprimer l'arrière-goût amer. Tout le monde sait ça ! » L'écrivain baisse la tête et crache un bout d'os sur le papier. « Mon livre ne va nulle part. Il va falloir que je recommence à zéro. »

Le donneur regarde le haut du crâne à moitié chauve de l'écrivain : de fines mèches de sagesse sortant d'un cuir chevelu brillant.

On appelle le donneur de sang Vlazerim, un surnom qu'il a acquis durant la Révolution culturelle tandis que lui, l'écrivain, et les « jeunes citadins » comme lui, étaient envoyés en camp de rééducation à la campagne, pour « se mettre à l'école des paysans ». Vlazerim est le héros basané d'un film de propagande albanais. La nuit suivant la projection du film à son équipe de production il s'est écrié dans son sommeil : « Hé, Vlazerim ! » et le nom lui est resté. Malheureusement, il n'est pas aussi grand et fort que le héros du film. Quand la Révolution culturelle a pris fin, il est retourné dans sa ville et a cherché du travail, mais comme il n'avait pas de qualifications particulières ni de relations bien placées, il a eu des difficultés à trouver un emploi convenable. Après deux ans passés dans la rue, il a fini par trouver un boulot dans le quartier ouest, à curer les toilettes publiques. Malheureusement, personne ne lui a dit qu'une fois la merde extraite, il fallait mettre une planche en équilibre sur le seau pour l'empêcher de se renverser. Malgré tous ses efforts, il n'est pas parvenu à faire disparaître l'odeur de son pantalon et a fini par le vendre à un paysan pour un demi-yuan.

Puis un beau jour il a rejoint les rangs nombreux des donneurs de sang de la ville et il a reçu pour la première fois de sa vie un ticket de rationnement d'une valeur de quarante-cinq yuans, l'autorisation d'un médecin d'acheter du foie de porc, et des bons pour trois kilos d'œufs. Tout ce qu'il avait pu désirer dans la vie lui a été donné en un seul jour. Quand il est rentré chez lui et a plaqué l'autorisation du médecin et les tickets de rationnement sur la table, ses parents et sa sœur aînée l'ont soudain vu sous un autre jour. Quand on lui a donné un bon d'achat pour une bicyclette Phénix parce qu'il avait aidé une usine de textile à remplir son quota de dons, sa renommée s'est étendue à tout le quartier. Des voisins sont venus chez lui parler de ses derniers succès. Trois grandes usines du quartier ouest lui ont fourni de faux papiers d'identité pour qu'il puisse donner du sang à la place de leurs employés. De plus petites unités de production ont essayé de l'acheter avec du vin et des cigarettes dans l'espoir qu'il les aiderait elles aussi, mais il n'a pas pris pas cette peine.

Après sept ans de dur travail, Vlazerim est maintenant milliardaire. Ses poches sont pleines de récompenses et de prix donnés par des usines d'État et des entreprises privées. Il a des bons d'achat pour des ventilateurs électriques, des télévisions, des allumettes, du charbon, du gaz et de la viande. Il y a quelques années, lui et deux amis ont monté une Agence de Recrutement de Donneurs de Sang dans des toilettes publiques du centre-ville. Ils mettent leur bureau dans la cour à côté d'une flaque d'urine, et placent une planche entre le bureau et la mare afin de se protéger d'éventuelles éclaboussures. Le soir ils enchaînent le bureau aux barreaux pour que personne ne l'emporte. Ils payent juste trois yuans par mois de loyer au service d'hygiène locale, la seule restriction imposée à leur affaire étant qu'ils ne peuvent pas mettre de pancarte. La plupart du temps ils sont capables de persuader dix ou vingt passants d'entrer dans leur agence. Quand les nouvelles recrues en ont terminé avec les formalités, elles vont à l'hôpital de l'autre côté de la rue donner leur sang, puis reviennent aux toilettes, versent à l'agence la moitié de l'argent qu'ils ont gagné, et emportent le restant. Le donneur de sang partage les profits avec ses collègues, mais garde toujours la plus grosse part pour lui.

L'agence possède tout l'équipement et les documents nécessaires au don du sang. Ils ont des piles de papier, des tampons officiels, de la colle, de fausses cartes d'identité et des photographies pour passeports. Si la recrue est trop légère, l'agence peut lui remplir l'estomac d'eau, ou lui attacher de lourdes tringles de métal aux jambes. Si la recrue est trop petite, l'agence a quatre paires de chaussures à talons hauts de tailles différentes qu'elle prête gratuitement. (Un homme leur a volé deux paires un jour alors qu'ils regardaient ailleurs. Elles avaient des talons de trois centimètres de haut – ce qui est suffisant pour qu'un enfant de douze ans atteigne la taille requise pour les donneurs.)

Les amis sucent et mâchent la viande, la réduisant à l'état de purée onctueuse. Au dehors, tout est devenu bleu sombre. C'est la scène crépusculaire, indistincte, qui suit le coucher de soleil. Il y a des lumières dans les grands immeubles ; depuis la fenêtre on dirait un ciel étoilé.

Les deux hommes mastiquent bruyamment et avalent, savourant chaque bouchée. Leurs voix commencent à accuser la fatigue.

Ce dîner a coûté le double du salaire mensuel de l'écrivain professionnel. C'est un véritable repas avec de la vraie viande. Enfant, l'écrivain mangeait très peu de viande. Sa mère ne pouvait faire que de la soupe, pour peu que lui et ses frères arrivent à trouver un bout de couenne de porc dans la rue. Le donneur de sang était plus privilégié. Au camp de rééducation il s'est vanté d'avoir mangé de la viande dix-sept fois dans sa vie. Mais, une année seulement après avoir commencé à donner son sang, il pouvait se permettre de manger deux fois cela. La stratégie d'ouverture du pays au monde extérieur et de réforme économique du Premier ministre, Deng Xiaoping, lui a ouvert la route qui mène au paradis.

« Au camp de rééducation, on ne nous a donné de la viande qu'une fois, dit le donneur de sang. Je me rappelle la nuit d'avant ce jour-là. J'étais au lit, incapable de dormir. Je n'avais rien mangé de la journée. Le cuisinier était en train de faire frire de la viande dans la cuisine et l'odeur montait jusqu'à notre dortoir.

— Je vénérais Gorki à cette époque, dit l'écrivain. J'aimais aussi les livres de Gogol et d'Andersen que les autorités ont confisqués à la bibliothèque du département.

— Tu n'as pas l'air bien ces temps-ci. Je parierais que tu n'as pas quitté ton appartement de toute la semaine. » Le donneur de sang exhale une bouffée de tabac. Il peut acheter six paquets de cigarettes étrangères pour un coupon de télévision. « Dis-moi, poursuit-il, est-ce que j'ai l'air jaune et maigre ?

— Tout le contraire. Tu as l'air vert et gras. » L'écrivain soulève le couvercle de sa bouilloire électrique et regarde les œufs qui y bouillent. Une coquille s'est cassée et un filament de blanc se trémousse dans l'eau comme un poisson. « Ha ! Un désastre se prépare, marmonne-t-il distraitement, se rappelant une fable lue le jour précédent. Regarde cette coquille fêlée. Les marins ont fait naufrage et le roi est en fuite... » Son visage ressemble encore plus à une noix maintenant, bien qu'il semble sourire. Ce doit être l'alcool qui ballotte dans son estomac.

Le secrétaire du Parti du syndicat des Écrivains local l'a appelé dernièrement pour lui assigner une nouvelle tâche. Il lui a annoncé que le Comité central du Parti avait décidé que la campagne nationale « Mettons-Nous à l'École de Lei Feng » – l'héroïque soldat de l'ALP qui a voué sa vie à servir la cause de la Révolution et les besoins du peuple – devait atteindre son sommet en mars. Le secrétaire a commandé à l'écrivain un court roman sur le thème « Mettons-Nous à L'École du Camarade Lei Feng ».

« Trouve-moi un Lei Feng contemporain, a dit le secrétaire. Quelqu'un d'aujourd'hui qui a la conscience socialiste qu'avait Lei Feng dans les années 60. Recherche la vérité dans les faits, comme dit notre Premier ministre. Donne-lui vie sur la page, et qu'à la fin il meure en essayant de sauver un camarade. »

L'écrivain professionnel, assis face à son chef, s'est senti mal. Il essayait de garder les yeux ouverts et de se forcer à sourire. Il savait que c'était l'expression qu'on attendait de lui.

« En quelle année Lei Feng est-il mort ? » a demandé l'écrivain. Il connaissait parfaitement la réponse, il voulait seulement donner à son chef l'occasion de le réprimander.

« Faut-il vraiment que tu me poses cette question ? Tu ferais bien de réfléchir, camarade Sheng. Il est clair que tu n'as pas pris Lei Feng dans ton cœur.

— Le Parti est dans mon cœur, a dit l'écrivain.

— Hmm. Eh bien, maintenant tu as une occasion de nous le prouver. Le Parti t'a entraîné à manier la plume et ton heure est venue de la manier. Tu comprends ? "Pendant mille jours nous entraînons nos troupes, pour les utiliser dans une seule bataille", comme on dit. Il est temps de payer ta dette au Parti. Je te laisse le choix des détails. Viens me voir si tu as un problème. Mais je te préviens, ton travail n'était pas à la hauteur l'année dernière. Les titres et les histoires n'étaient pas bons, et le point de vue politique des réformateurs était ambigu. Tu n'aurais pas dû donner aux cadres anciens du Parti des rôles de réactionnaires.

— L'année dernière les journaux ont rapporté que les cadres anciens étaient trop conservateurs, et que le Parti voulait qu'ils laissent les cadres plus jeunes prendre le contrôle du processus de réforme.

— Eh bien cette année ça a changé, n'est-ce pas ? Maintenant c'est plus on est vieux, plus on est réformiste. "Les vagues du Yangzi sont poussées par-derrière", comme on dit.

— Quel âge doit avoir mon Lei Feng ? » a demandé l'écrivain, sortant son carnet de notes.

Le secrétaire est demeuré silencieux un instant. « C'est à toi de décider. Mais ne perds pas trop de temps. Tandis que nous parlons, tous les syndicats d'écrivains du pays se préparent à cette campagne. Ils mettent leurs meilleurs auteurs sur le coup. Fais attention de ne pas rater le coche. » Puis il s'est tu et l'a regardé droit dans les yeux. « Si tu fais une bonne histoire sur un nouveau Lei Feng, les organes du Parti t'enverront un formulaire de demande pour entrer dans *Le Grand Dictionnaire des Écrivains Chinois.* »

« Ma place à moi dans l'Histoire ! » s'écrie l'écrivain à l'adresse de son ami. Juste un court roman et je pourrai entrer dans *Le Grand Dictionnaire des Écrivains Chinois.* »

Le donneur hoche la tête. « Tu deviendras immortel.

— Il faut que je trouve un Lei Feng, mais je ne vois pas qui. » L'écrivain se rappelle avoir sorti son journal le premier jour de son séjour en camp de rééducation, et avoir écrit sur la première page : « Tout comme Lei Feng, je serai une vis qui ne rouille jamais. Où que le Parti choisisse de me placer, je brillerai. » Il se rappelle avoir appris que Lei Feng avait porté la même paire de chaussettes pendant cinq ans, les reprisant sans cesse, préférant donner son argent aux pauvres plutôt que de s'acheter une paire neuve. L'écrivain se creuse la cervelle, essayant de penser à quelqu'un de sa connaissance qui fasse preuve des mêmes qualités héroïques d'altruisme, mais tout ce qui lui vient à l'esprit ce sont les personnages de son roman en gestation : un jeune entrepreneur qui dirige un crématorium privé ; un émigré illégal qui rédige le courrier des illettrés ; un père qui passe sa vie à essayer de se débarrasser de sa fille attardée...

Ce sont les gens qu'il connaît personnellement, ou par les journaux, ou qu'il voit tous les jours dans la rue. Ce sont les gens qu'il comprend, les gens sur lesquels il écrirait, s'il en avait le courage. Leurs vies sont aussi misérables et opprimées que la sienne. Mais il est bien conscient que s'il écrivait à propos de ces personnages tristes et faibles, ses chefs le jugeraient inapte au poste d'écrivain professionnel. Il perdrait son salaire, son appartement, son affiliation au syndicat des Écrivains, et toute chance d'entrer dans l'encyclopédie littéraire.

Les morceaux de viande d'oie sont doucement massés par les sucs digestifs de leurs estomacs. Les amis semblent plus à l'aise maintenant.

« Les œufs sont prêts, dit le donneur de sang. Tu vas entrer dans *Le Grand Dictionnaire*. Tu es un écrivain, la conscience de notre génération. Mais regarde-moi ! J'ai sauvé des centaines de vies en donnant mon sang, mais qu'en ai-je retiré ? Je pourrais mourir demain et personne ne le saurait. À moins que tu ne décides d'écrire sur moi, bien sûr.

— Ta profession est méprisable. Elle est dégénérée. Elle est la preuve que la nature humaine est essentiellement mauvaise.

— L'oie rôtie ne pousse pas sur les arbres, tu sais. » Le donneur de sang désigne les bouts d'os recrachés collés au papier. « Sans moi, les banques nationales du sang seraient vides. Je me suis saigné à blanc pour ce pays.

— Ils n'ont toujours pas mis de gingembre dans leur soupe de tête de poisson, grommelle l'écrivain.

— Sans moi ce pays serait fini !

— Les étrangers donnent leur sang gratuitement, rétorque l'écrivain. Tu es un imposteur, un faux philanthrope.

— Je suis plus vrai que toi », jette le donneur de sang, touchant la corde sensible. À la longue, il a appris à parler le langage de l'écrivain, et sait où insérer la pointe du couteau.

« Le roi a des ennuis maintenant, glousse l'écrivain pour lui-même, se carrant dans son fauteuil. Les marins ont atteint la côte...

— Les directeurs des usines dépendent de nous pour remplir leurs quotas de dons. Si leurs employés donnaient leur sang, il leur faudrait sortir des milliers de yuans par an en primes et en congés maladie. Nous ne prenons que du liquide, et nous n'avons jamais demandé de congé maladie. Beaucoup d'usines ont reçu le statut d'"entreprises de pointe" à cause du sang que nous avons donné pour elles. Eh bien, je suis un "donneur de sang de pointe", un Lei Feng altruiste voué à la cause du peuple. Tu dis que les étrangers donnent leur sang gratuitement. Eh bien, si le gouvernement prenait la peine de me trouver un vrai boulot, je donnerais mon sang gratuitement moi aussi. »

La bouche de l'écrivain s'ouvre toute grande. « Toi – un Lei Feng ! Très bien, je vais écrire sur toi. Le sauveur du peuple. Le nouveau Lei Feng. Mais le problème est que – tu en tires de l'argent...

— Et alors ? dit le donneur de sang, ne voulant pas laisser passer sa chance d'accéder à la renommée. Je suis plus Lei Feng que Lei Feng ! Si tu écris sur moi, tu n'auras pas à te préoccuper d'"aller vers les masses" ou de "te mettre à l'école de la vie". J'ai donné mon sang deux fois dans une journée pour aider un homme qui avait reçu ordre du Parti de donner son sang. Même Lei Feng n'aurait pas fait ça. Et quant à toutes les autres bonnes actions que j'ai faites dans le passé, tu les connais très bien toi-même. » Il saisit la bouteille de vin médicinal posée au milieu de la table, verse quelques gouttes pour l'écrivain et vide le reste dans son verre. Puis il se lève et va chercher une boîte d'allumettes. « Tu m'as toujours promis que tu écrirais sur moi, dit-il, allumant une cigarette. Il y a longtemps que j'aurais laissé tomber ce boulot sinon.

— Est-ce que tu y connais quelque chose sur le cerveau ? demande carrément l'écrivain. Mes pensées semblent m'arriver en paragraphes séparés. Elles ne s'assemblent jamais. Elles s'installent dans mon esprit et lâchent ce qu'elles ont sur le cœur. Elles se fichent totalement de moi, mais je dépends d'elles pour vivre. Toi, de ton côté, tu as toujours été enraciné dans la réalité, et à la longue tu m'as influencé et tu m'as ramené sur terre. Qui sait ? peut-être que demain je vais moi aussi me mettre à donner mon sang. Mais je... » L'écrivain tire une bouffée de sa cigarette et jette un coup d'œil au donneur de sang assis en face de lui.... « Je t'ai influencé aussi. Tu as retenu la moindre critique que je t'ai faite par le passé et maintenant tu t'en sers contre moi. Peut-être que c'est toi qui vas finir dans les livres d'histoire. Toi et tes pareils.

— Je ne mange pas beaucoup ces jours-ci, dit le donneur de sang. Il me faut deux fois plus de temps pour monter les escaliers maintenant. Mes mouvements sont maladroits.

— Tu es en meilleure forme que moi. Au camp de rééducation, c'était toi l'empoté. Toujours à jouer le malade dans ton lit pendant que nous étions au travail. » L'amertume s'est immiscée dans la voix de l'écrivain, ainsi qu'elle le fait toujours quand la première bouteille de vin est terminée. « Mon esprit est plein d'histoires, pense-t-il. Mais je ne sais pas comment les mettre ensemble. Il faut que je fréquente des gens. Il faut que je sorte parler avec des gens avant de pouvoir accéder à une compréhension plus profonde de la réalité. »

« Tu avales des carafes d'eau avant de donner ton sang, ajoute l'écrivain après un long silence. Tu pourrais faire du mal à quelqu'un en faisant ça.

— Je ne l'ai fait qu'une fois. Ce que font les autres est leur affaire. La plupart des recrues s'attachent des tringles en métal aux jambes ces temps-ci.

— Tu n'es jamais vraiment devenu adulte. »

Le donneur de sang scrute le visage de l'écrivain, tâchant de voir à quel point il est sérieux. Mais les yeux de l'écrivain sont cachés derrière ses lunettes, et il n'y a pas d'émotion dans sa voix.

« Tu es totalement centré sur toi-même, poursuit l'écrivain. Tu ne te préoccupes jamais du monde qui t'entoure. » Tout en saisissant une deuxième bouteille de vin, il pense : « Pour lui et moi, Lei Feng est mort, comme n'importe quel mort. Tout le monde est égal dans la mort. Quelle est la différence entre le général Cao Cao, Le maréchal Liu Bei et le camarade Lei Feng ? Ils sont tous morts, et voilà tout... »

Le donneur de sang regarde la bouche de l'écrivain, puis ses oreilles. Il sait que c'est sa bouche qui l'attire ici. Au camp de rééducation, lui et d'autres jeunes citadins s'asseyaient autour de l'écrivain et regardaient sa bouche, attendant d'entendre ce qui en sortirait.

« Est-ce que tu pourrais jamais être complètement altruiste et te vouer au peuple ? » demande l'écrivain avec un ricanement. Sa question semble être adressée tant à lui-même qu'au donneur de sang.

« Je refuse d'être l'esclave de quiconque. La constitution déclare que tous les hommes sont égaux, alors pourquoi est-ce que je devrais me rabaisser afin de me sacrifier pour les autres ? » Le donneur de sang a laissé tomber le ton obséquieux.

Il est évident qu'il a abandonné l'idée de persuader son ami d'écrire sur lui.

L'écrivain conserve le silence. Il sait que sa vie est presque entièrement vouée au Parti. Mais il n'a aucune idée de qui est le Parti. Il sait que le Parti était là avant sa naissance, et l'a contrôlé durant toute sa vie. Il appartient entièrement au Parti. Le Parti lui a dit d'écrire des romans. Il pourrait lui dire de mourir aussi s'il voulait – il n'aurait pas le choix. Vlazerim donne son sang en échange de nourriture, lui donne son esprit. Il se rappelle à quoi ressemblait le donneur de sang quand il gobait l'oie rôtie : son corps tout entier consumé dans l'acte de manger, son esprit concentré sur le besoin de manger, le besoin de survivre. Quand il a mordu dans le morceau de poitrine d'oie, une grosse goutte de graisse a coulé sur sa chemise puis est tombée sur la table.

« Tu es un animal », répond l'écrivain, pelant un œuf bouillant.

Le donneur de sang lui lance un regard méprisant. « Quand nous avons été envoyés à la campagne, tu parlais du "Sublime". Tu faisais même des discours sur ce type, là, Jésus. Mais maintenant regarde-toi ! Tu as passé toute la journée à attendre que je vienne mettre de la viande sur ta table. Tu ne peux pas acheter beaucoup à manger avec l'argent qu'ils te donnent pour tes profondes pensées, hein ? » Le donneur de sang prend un œuf puis repousse l'assiette vers les bouteilles au centre de la table. Il prend une pincée de sel dans la salière à côté de lui, enlève la coquille brûlante et frotte le sel sur la surface blanche et brillante de l'œuf. « Je gagne trois fois ton salaire mensuel pour un seul don de sang. Quand tu regardes ce que tu mets dans ton travail et ce que tu en retires, tu ne te débrouilles pas trop bien, non ? Ou pour le dire autrement, le simple fait que je sois un donneur de sang professionnel et que tu sois un écrivain professionnel ne signifie pas que tu es meilleur que moi. »

L'écrivain fixe avec dégoût la bouche du donneur de sang, le jaune d'œuf qui bouge à l'intérieur. Il adopte souvent ce regard désapprobateur quand son estomac est plein. « Si tout le monde était comme toi, dit-il, ce pays serait ruiné.

— N'en sois pas si sûr. Tu es un donneur de sang toi-même. La raison pour laquelle je m'en tire mieux que toi est que mon sang sauve des vies, et me vaut l'argent et le respect. Mais qu'est-ce que tu touches en échange de ta sueur et de ton sang, de cette dépense de matière grise ? Rien. Ton salaire suffit juste à te garder en vie. Tu dépends de l'odeur de la cuisine de tes voisins pour survivre. Quel genre de vie est-ce là ? Tu parles de Dieu, et de ton besoin de trouver la vérité, mais de quel aide ton Dieu t'a-t-il jamais été ?

— Tu ne t'intéresses qu'à la bouffe. Que sais-tu de la vérité ? » L'expression de l'écrivain est maintenant calme et posée. « Je passerai le reste de ma vie à méditer en silence. Les sages vivent d'un repas par jour, l'homme moyen de deux. Je survivrai avec...

— Tout le monde a besoin de trois bons repas par jour.

— Seuls les animaux mangent trois repas par jour, dit l'écrivain avec conviction. Je ne suis pas regardant sur ce que je mange. Nous n'avons pas eu de soupe de poisson ce soir, mais je n'en ai pas fait toute une histoire, non ?

— En fait trois repas par jour ne me suffisent pas. Qu'est-ce que cela fait de moi alors ?

— Une bête », répond l'écrivain. Il inspire une bouffée d'air parfumé, et se dit : « C'est l'odeur de champignons fumés. Peut-être que si on en met dans la soupe de tête de poisson on peut se passer de gingembre. » « Tu vis de tes fluides corporels, poursuit-il, donc tu dois être une bête.

— Si tu ne te mets pas à manger comme il faut, tu vas devenir un bout de tofu desséché. » Le donneur de sang observe les épaules voûtées de l'écrivain et son visage jaunâtre et tremblotant. « Très bientôt tu pèseras moins qu'une feuille de papier, et ensuite tu disparaîtras complètement. »

Les yeux du donneur de sang sont pétillants de vie, en contraste frappant avec l'écrivain, que son énergie quitte lentement et qui a perdu la volonté d'écrire. Le visage du donneur de sang est sans rides et empourpré. Ses lèvres épaisses sont humides et rouges. Personne ne devinerait qu'il donne son sang toutes les semaines, à moins de l'entendre monter péniblement les escaliers. Son petit corps étroit bouillonne de jeune sang frais et de sucs gastriques. Aux repas, il est capable de manger tout ce qui se trouve sur la table. Avant de donner son sang, il peut avaler deux thermos d'eau et tout garder sans avoir à se soulager. Son corps est une machine à faire du sang dont toutes les parties sont en parfait état de marche.

L'écrivain, lui, a le cœur fatigué et une paire de poumons qui crachent des petites boules de flegme à des moments inopportuns. Aucun des organes sous l'estomac n'est en parfaite santé non plus. Il doit se précipiter aux toilettes chaque fois que la nourriture atteint ses intestins. Des années passées assis à un bureau lui ont déformé les entrailles, ce qui fait qu'il souffre perpétuellement d'hémorroïdes. Ses reins faibles lui évitent d'avoir à prendre part au don de sang annuel du syndicat des Écrivains et bien que son foie se comporte de manière raisonnable, il a failli lui coûter la vie pendant ses années de camp.

Mais malgré ses incessants dons de sang, Vlazerim paraît chaque jour plus affable et décontracté. Il n'est pas obligé de se creuser les méninges et n'a donc jamais le tournis, les insomnies et les rêves troublants dont souffre l'écrivain – afflictions des intellectuels. Son imagination ne travaille que quand il rêve de recettes. Quand il était en camp de rééducation, un jour il a volé un poulet qu'il a emporté dans les collines. Il l'a frotté d'épices, fait rôtir sur un feu de bois et dévoré entier à lui tout seul. Après l'avoir terminé, il a enterré les plumes. Si les chiens des gardes n'avaient pas senti une de ces plumes et ne les avaient pas déterrées, il aurait échappé à la bastonnade.

En cet instant chacun des organes de son corps est concentré sur le plaisir de ses mâchoires occupées à mastiquer.

« Je ne suis pas une victime, dit le donneur de sang. La Politique d'Ouverture de Deng Xiaoping m'a sauvé et m'a permis de me faire une nouvelle vie. Toute ma misère s'est envolée le premier jour où on m'a payé pour mon sang. Maintenant j'ai tout ce qu'il me faut. Mais tu es toujours coincé ici, à t'apitoyer sur toi-même et à rêver au jour où tu entreras dans *Le Grand Dictionnaire des Écrivains Chinois*. Tu te détestes d'écrire ce que le Parti te dit d'écrire. Tu réinventes la vie pour pouvoir rationaliser le peu d'emprise que tu as sur la réalité. Tu as oublié que l'homme survit par la quête du profit, pas de la vérité. Sans la motivation du profit, nous serions tous finis. À la fin, tout le monde a ce qu'il mérite.

— Tu pourrais être un intellectuel toi aussi si tu voulais », déclare l'écrivain en riant.

Son esprit se remet à divaguer.

« Qu'est-ce que je fais ici ? se demande-t-il. Il faut que je trouve un nouveau Lei Feng, que j'entre dans *Le Grand Dictionnaire des Écrivains Chinois*... Mais je ne vois que le visage de l'entrepreneur, le jeune homme qui dirige le crématorium, qui n'a rien à voir avec le petit garçon qu'il fut jadis. Cela fait un certain temps maintenant que j'observe le monde à travers ses yeux. Il est temps qu'il me fasse faire des étincelles à moi aussi... »

L'évanouisseur

Après qu'il eut refermé la porte d'acier, le silence s'installa.

Il arrêta le lecteur de cassettes, se leva et alla examiner le thermostat du four. « 1 700 degrés, dit-il, approchant le nez. Pas encore brûlé jusqu'à l'os. » À cette étape, si le vent soufflait dans la mauvaise direction, des odeurs de chair rôtie emplissaient l'air et il se mettait à avoir faim. Dix minutes plus tard, les odeurs délicieuses seraient remplacées par une puanteur écœurante.

Il avait acheté le grand four à l'atelier de céramique de l'école d'art locale. Les étudiants ne l'utilisaient plus et l'avaient jeté dans la cour d'une poterie voisine. Après l'avoir acheté, il avait transporté le four jusqu'à une petite parcelle de terre qu'il louait à un paysan dans les faubourgs de la ville. Une fois le four en place, il avait passé un coup de peinture résistante à la chaleur à l'extérieur, replacé quelques-unes des briques réfractaires à l'intérieur, et installé un nouveau système de chauffage électrique. Après avoir obtenu sa patente, il avait pu utiliser cette magnifique machine afin de réduire en cendres un total de cent neuf cadavres.

Il conservait dans un registre à l'intention de la police la liste des noms, chacun accompagné d'une photographie. Parmi les morts, quarante-neuf avaient été victimes d'accidents de la route ; vingt s'étaient suicidés en utilisant diverses méthodes dont la pendaison, l'ingestion de pesticides, l'inhalation de monoxyde de carbone et le sectionnement des artères. Un homme avait avalé un kilo de clous. Il y avait des stars de l'opéra de Beijing et des fermiers banlieusards. La femme qui s'était gazée au monoxyde de carbone était la fille d'un cadre important – dans cette ville les gens ordinaires ne peuvent pas se payer des fours à gaz. Si on faisait descendre son regard le long de la colonne « niveau d'études » on pouvait voir qu'il y avait trois étudiants d'université (dont le garçon élève d'une grande université qui brûlait en ce moment même), et trente poètes (cela n'est pas surprenant – il y a plus de poètes dans cette ville que de prostituées ou d'éboueurs). Le plus jeune mort était une petite fille d'un an qui était tombée du toit d'un immeuble. C'était un ravissant petit cadavre et elle n'avait consommé que le tiers d'électricité habituellement nécessaire.

Durant l'incinération du cinquante-troisième corps, le verre ignifugé du hublot avait explosé. L'entrepreneur ne pouvait pas se permettre de remplacer le verre, il avait donc aveuglé le hublot au moyen de briques. Après cela, il n'avait plus pu jouir de la vue des corps consumés par les flammes et avait dû se fier à son expérience pour estimer le temps de crémation. Il accordait toujours sept minutes de plus à tous ceux qui dépassaient le poids standard de cent trente kilos, sans supplément.

Son crématorium avait sur les incinérateurs d'État plusieurs avantages. D'abord, les cadavres pouvaient pénétrer dans les flammes tout en se pâmant aux accords de leur musique favorite. L'entrepreneur leur fournissait toutes les musiques qu'ils voulaient, y compris les chansons pernicieuses interdites par le Parti. Si le défunt avait grandi dans les années 30, il passait les chansons décadentes *Quand mon prince reviendra-t-il ?* ou *Jolies filles dans la rivière des fleurs de pêchers*.

Certes, ses prix étaient supérieurs à ceux des crématoriums publics. Il lui fallait payer l'électricité et les impôts, après tout. Mais les morts étaient assurés d'être brûlés le jour même. Avec les entreprises d'État, le corps attendait au moins une semaine, plus de deux en période de pointe. Les parents devaient payer les frais de garde et étaient souvent réduits à glisser des bakchichs aux officiels pour essayer d'accélérer les choses. Si on tenait compte de ces dépenses supplémentaires, le crématorium était une excellente affaire. Mais le plus grand avantage offert par le Crématorium des Évanouis, ainsi que l'appelait l'entrepreneur, était l'envoi d'une automobile pour aller chercher le corps à la maison, ce qui évitait à la famille d'avoir à le transporter elle-même. Les parents du défunt pouvaient faire une modeste veillée à la maison, envoyer quelqu'un au bureau du crématorium en centre-ville pour remplir les formalités, et l'affaire était jouée. Quand le corps était enlevé, plus tard dans la journée, les parents pouvaient verser quelques larmes puis revenir à leur train-train quotidien. Avec les entreprises publiques, la procédure était si longue que les parents étaient presque réduits à l'état de cadavres eux aussi.

Le bureau du Crématorium des Évanouis était un long appentis étroit sous le porche d'un vieil immeuble du centre-ville. Les parents venaient au bureau inscrire le mort, préparer la crémation et acheter les vêtements et le nécessaire pour vivre au Pays des Morts. L'entrepreneur habitait dans le bureau avec sa mère. Ils faisaient une équipe formidable. Leur affaire était florissante. Bien que sa mère eût très peu de connaissances en électricité (l'entrepreneur était électricien de métier), elle savait tout ce qu'il fallait savoir sur les morts. Ils ne se voyaient que la nuit. Pendant la journée, la mère s'occupait de l'affaire au bureau tandis que le fils allait en banlieue travailler au crématorium. Il quittait le bureau à neuf heures du matin et était rarement de retour avant minuit.

La nuit, les deux collègues se retrouvaient dans le long appentis qui occupait la moitié du porche de l'immeuble. Quand le fils revenait, la mère s'asseyait sur le lit pour trier les vêtements dont il avait dépouillé les morts et écouter ce qu'il avait à dire.

« Les femmes brûlent plus facilement, lui dit-il un soir. Pour quelqu'un de maigre comme toi, huit cents degrés suffiraient à te détacher la chair des os.

— Comment ça, détacher des os ? » demanda-t-elle, jetant un regard aux murs dont la moitié inférieure était peinte en rose – seule couleur disponible depuis le lancement de la Politique d'Ouverture.

« C'est exactement comme quand tu fais des travers de porc. Quand la température est suffisamment élevée, la chair se détache de l'os.

— Je crois que ma jambe est en train de pourrir. Il y a longtemps que j'aurais dû faire enlever ce furoncle. » L'ombre de la mère sur le mur rose derrière elle ressemblait à une créature d'une autre planète. « Tu tiens tes os de moi et ta chair de ton père », dit-elle, baissant les yeux. Elle évitait toujours de regarder son fils dans les yeux.

« C'est pour ça que je suis si petit, répondit-il.

— C'est la faute de ton père si tu ne peux pas te trouver une femme. Il avait un visage qui portait malheur.

— J'en sais long sur les femmes, s'indigna l'entrepreneur. La plupart aiment écouter du piano avant d'entrer dans le four.

— Qu'est-ce que les hommes aiment écouter ? » La mère se saisit d'un bout de vieux tissu qu'elle avait vu traîner au coin du lit, le plia soigneusement et le remit à sa place.

« Des symphonies. » Le fils balança ses jambes osseuses. « Les hommes sont des brutes endurcies. Il n'y a qu'une musique puissante qui puisse les faire s'évanouir.

30

— Les hommes sont des animaux. Ne perds pas ton temps à leur faire écouter de la musique », dit la mère d'une voix rageuse en se saisissant d'un pantalon en laine sombre.

« Tout le monde a besoin de s'évanouir avant de partir. » On savait dans le quartier que l'entrepreneur était grand amateur de musique. Après le lancement de la Politique d'Ouverture, il avait été le premier en ville à avoir eu le courage de se promener en balançant à bout de bras un lecteur de cassettes. L'entrepreneur bondit de son siège et brandit une main. L'ombre de sa main bougeait elle aussi. « Je fais toujours en sorte qu'ils s'évanouissent. J'ai entendu dire que si les morts ne s'évanouissent pas avant de partir, leurs âmes ne montent pas au ciel et leurs corps ne brûlent pas bien. L'évanouissement leur permet de disparaître à jamais de ce monde. »

L'ombre de la mère était très noire sur le mur d'un rose immaculé. « Regarde, tu as encore fait un trou », grogna-t-elle. Tout dans la pièce était de seconde main : la table, les draps, chaque centimètre du tissu qu'elle avait sur le corps. Assise sur le lit, elle regardait son fils aller et venir. La pièce mesurait deux mètres sur dix et avait un plafond voûté. À la lumière du feu, elle voyait les traces de cendre blanche, ou d'une matière ressemblante, qui adhéraient comme des fantômes aux briques rouges en haut des murs. Le porche sentait aussi mauvais qu'un bain public. La puanteur provenait principalement de l'étal du vendeur de pâte de haricots fermentés situé juste à côté de l'entrée de l'immeuble. Si leur porte restait ouverte dans la journée, les odeurs pénétraient directement dans la pièce.

Vu de la rue, le bureau avait un air de fête. Il y avait toujours de la musique à plein volume et un grand étalage de fleurs en papier, de chaussures en papier, de chapeaux impériaux et de costumes et cravates occidentaux (qu'on ne pouvait fabriquer que depuis l'introduction de la Politique d'Ouverture).

L'argent en papier, les chevaux en papier et les fleurs en papier étaient neufs, mais tous les vêtements funéraires étaient de seconde main. L'entrepreneur n'aurait jamais envoyé un cadavre au four avec ses vêtements. Il laissait les vêtements au mort jusqu'à la dernière minute, au cas où les parents viendraient lui faire un ultime adieu, puis il les enlevait soigneusement, les pliait et les apportait au bureau. Sa mère hurlait de désespoir si elle découvrait qu'il avait déchiré le tissu ou arraché un bouton par inadvertance. Quand elle revendait les vêtements à la famille suivante, elle avait toujours la générosité de faire une petite remise.

De loin (ou depuis la tour de l'horloge la plus élevée de la ville), le long appentis étroit avait l'air aussi pimpant qu'une jeune mariée. Quand il s'était installé, l'entrepreneur avait invité l'artiste le plus talentueux de la ville, un membre de l'école des « Bêtes Sauvages » apparemment, à peindre une grande fresque sur le mur extérieur de l'appentis. Il l'avait payé cinquante yuans. Au départ, l'artiste hésitait à fixer son art sur le mur : il croyait que l'art et la beauté étaient des concepts fluides qui comprenaient des activités telles que pisser, roter, cracher et caresser des femmes et des bouteilles de bière. Mais l'entrepreneur était tenace et avait fini par le persuader de peindre une scène représentant une fille aux cheveux d'or en train de brûler au son d'une merveilleuse musique. Au lieu du plateau en métal, il l'avait représentée allongée sur un matelas « Rêve d'Occident » importé et avait gribouillé en dessous quelques lignes pour suggérer un gril électrique. Un coup d'œil au sourire de la fille et à ses seins légèrement protubérants (qui dépassaient la taille maximale d'un bol autorisée par les règlements de la Politique d'Ouverture) et vous mouriez heureux.

Malheureusement, à l'instant où l'artiste posait son pinceau, une femme du comité de quartier apparut avec deux policiers à sa suite. Ils ordonnèrent à l'artiste de recouvrir la naissance des seins (un coup de peinture brune légèrement plus sombre que le ton de la peau). Une fois la protubérance incriminée aplatie, l'artiste reçut l'ordre de masquer les jambes nues de la fille. La jupe en mousseline qu'il peignit par-dessus sembla satisfaire les policiers, car elle descendait sous les genoux. À l'extrémité supérieure gauche de la fresque il avait peint un petit dieu maigre, le Seigneur du Ciel chinois, et, sans qu'on lui ait rien demandé, le peintre barbouilla rapidement un nuage blanc sur le sexe du dieu, et en peignit deux autres sous ses pieds pour la symétrie. Puis, dans le fond, il ajouta une foule de travailleurs représentatifs, paysans, hommes d'affaires, étudiants et soldats s'élevant au ciel avec de grands sourires sur le visage. Dans leurs rangs se trouvait un couple de « Quatre Yeux » (autrement dit d'intellectuels) qui avaient été admis à reparaître depuis la Politique d'Ouverture. L'artiste remplit les espaces vides qui restaient de jolis anges et de démons séduisants – c'étaient les cornes qui faisaient la différence. En bas se tenait le Seigneur des Enfers, qui remplissait les fonctions inverses de celles du Seigneur du Ciel. Il était clair, à voir les images, qu'il était responsable de la punition des auteurs des crimes les plus graves : les contre-révolutionnaires. Il employait des techniques de torture empruntées à la chrétienté, à l'islam et au bouddhisme : les malheureux étaient plongés dans la graisse bouillante, écrasés par des voitures, becquetés à mort par des aigles et dévorés vivants par des serpents. La mère de l'entrepreneur avait ensuite collé une paire de chevaux en papier sur cette partie de la fresque afin de cacher ces scènes épouvantables.

Le vieil immeuble d'habitation au porche à moitié bloqué ressemblait beaucoup au musée du Soulèvement du 1er août à Beijing (sans le portique élaboré et les immenses fenêtres en arcade, bien sûr). La décoration de la façade réfléchissait les divers états de prospérité apportés par les récentes réformes. Quelques familles aisées avaient remplacé leurs fenêtres à cadres en bois par des cadres en aluminium et du verre teinté. Un chef de bureau avait même installé la climatisation, une machine étrangère qui aspirait l'air chaud et le recrachait froid. On devinait la richesse de chaque famille au style et à l'état des vêtements qui pendaient aux fenêtres sur des perches en bambou. La plupart des pièces du rez-de-chaussée avaient été converties en boutiques. Un poster représentant une star étrangère était collé à la fenêtre du salon de coiffure « Camarade Lei Feng ».

La mère croisa les jambes et s'empara d'une chemise de nuit mortuaire. La fumée de l'encens montait en spirale au milieu de la puanteur morbide. La chemise avait déjà été portée par trois corps différents et on sentait toujours l'after-shave (probablement français) sur le col. Elle inspecta les vêtements à la recherche d'imperfections aussi soigneusement que si elle inspectait son propre corps. Ses doigts agiles travaillèrent toute la nuit, reprisant le moindre trou et la moindre déchirure. Au matin la chemise avait de nouveau l'air neuf, pliée sur l'étage supérieur du bureau.

Mais il restait encore une veste brodée sur le lit. Si l'entrepreneur avait été plus malin, il aurait deviné l'usage qu'elle lui réservait.

(À ce point de ses pensées, l'écrivain professionnel pousse un profond soupir et reporte son regard sur le ciel nocturne. Les couleurs paraissent toujours plus séduisantes dans l'obscurité, se dit-il, en écoutant les bruits provenant de l'intérieur et de l'extérieur des fenêtres éclairées. Comme il y a moins de bruit que pendant la journée, on entend des cailloux projetés par les chaussures d'un passant, et des enfants sous un réverbère qui chantonnent

Mettons-Nous à l'École du Camarade Lei Feng. Un timbre de bicyclette sonne de temps à autre, puis se fond dans l'obscurité. À cette période de la nuit, les gens se muent en de tristes et mystérieuses créatures. C'est seulement quand ils font la cuisine, se reposent ou bavardent que le parfum de la vie provenant des rues se répand dans chaque maison. Tant qu'il n'y a pas de femmes qui se chamaillent, les gens peuvent regarder les étoiles, partager un repas avec des amis, ou aller à un rendez-vous galant...)

Au coucher du soleil, l'entrepreneur commençait à brûler les corps rassemblés pendant la journée. Il travaillait jusqu'à minuit, puis retournait à la maison chargé de vêtements et d'autres possessions. Parfois il revenait avec des dents en or ou des bijoux. Le matin, sur sa moto de l'armée, il traversait un quartier qui jusqu'il y a peu n'était encore qu'un champ pour rejoindre son crématorium en banlieue, une simple maisonnette qu'il avait construite avec les briques d'un poulailler abandonné. Un tonneau en fer soudé au toit en métal rectangulaire faisait office de cheminée. Ses deux chauffeurs jetaient les cadavres sur le sol en ciment du réduit ou sur l'une des trois civières. Quand les corps entraient dans le crématorium ils avaient l'air aussi à l'aise dans leur nouvel environnement que des amateurs de musique dans une salle de concert.

L'entrepreneur s'assurait toujours que les corps étaient ramassés le jour de la déclaration de décès. Il comprenait comment les choses fonctionnent. Si un mort reste dans la maison pendant plus de trois jours, non seulement les parents cessent de pleurer, mais sa présence leur pèse. Il s'assurait également que les cendres étaient rendues à la famille dans la semaine. Au-delà, il savait qu'il serait très froidement reçu aux foyers des évanouis.

Parfois les parents venaient eux-mêmes au bureau en centre-ville (l'adresse se trouvait en haut de la facture de l'entrepreneur) chercher les cendres. Mais les boîtes contenaient rarement l'évanoui dont la photo était collée sur le couvercle. L'entrepreneur divisait souvent les cendres d'un corps en plusieurs boîtes. Il était obligé de tricher ainsi pour pouvoir garantir une prompte livraison des restes. De toute façon, pour lui, les cendres de l'un ne différaient pas de celles de l'autre. Ses chauffeurs conduisaient une petite Fiat d'occasion dont les ailes étaient ornées de ce texte brillant :

NOUS AIMONS LES AUTRES, NOUS AIMONS LE PARTI, NOUS AIMONS NOTRE PATRIE, NOUS AIMONS LA CAUSE DU DOUBLEMENT DE LA PRODUCTION DE LA NATION AVANT LE XXIᵉ SIÈCLE, DESCENDEZ PARMI LES PAYSANS ! ALLEZ DANS LES ZONES FRONTIÈRES ! ALLEZ AU CRÉMATORIUM DES ÉVANOUIS !

Sur le capot de la voiture était représentée une foule immense debout sur un globe de la taille d'un ballon de foot souligné du slogan PLUS DE PRODUCTION ! MOINS DE POPULATION !

« Je les adore vraiment – les morts sont tellement plus gentils que les vivants », déclara un jour l'entrepreneur à un parent en pleurs alors qu'il venait livrer les cendres.

« La Chine a une population d'un milliard deux cents millions d'habitants. S'il n'y a pas plus de gens qui se dépêchent de mourir, notre pays va à la ruine, assura-t-il à un autre. De toute façon, ce n'était pas un héros de la révolution, n'est-ce pas ? », ajouta-t-il, remarquant le mot « prolétaire » dans la colonne « classe politique » du formulaire du défunt.

Le plus grand talent de l'entrepreneur consistait à trouver la musique correspondant au défunt. Il lui suffisait de jeter un œil sur la profession, la classe politique, l'âge, le sexe et la photographie sur le formulaire et il sélectionnait la musique appropriée dans sa liste. Le prix de la chanson montait, bien sûr, avec l'inflation due à la Politique d'Ouverture.

CINQUIÈME SYMPHONIE DE BEETHOVEN : 5 *YUANS*
NOCTURNE DE CHOPIN : 7 *YUANS*
(Pour les jeunes filles et les poètes)
LA PATHÉTIQUE DE TCHAÏKOVSKI : 8 *YUANS*
(Nouvel enregistrement de Karajan)
L'INTERNATIONALE DE POTTIER : 1,5 *YUAN*
CARMINA BURANA D'ORFF : 2 *YUANS*
(Offre spéciale. Très apprécié des intellectuels)

Il y avait aussi des airs plus connus à seulement un demi-yuan. Parmi ceux-ci on trouvait *La Rivière*, *La Lune reflétée dans deux étangs*, *Pas de Parti Communiste*, *Pas de Chine Nouvelle*, ainsi que *Jeunes Choux*, *Je Donne ma Vie au Parti* et *Mettons-Nous à l'École du Camarade Lei Feng*. Si le défunt était membre des Jeunes Pionniers, il passait *Il y a Beaucoup de Bonnes Actions à Faire le Dimanche* gratuitement.

Si les parents n'arrivaient pas à se décider, l'entrepreneur prenait son courage à deux mains et venait leur murmurer : « J'ai d'autres cassettes en réserve, mais il faudra payer en certificats de change. » Cette réserve secrète comprenait du rock anglais, de la country américaine, du disco érotique français et les enregistrements originaux réalisés à Hongkong de la pop star taïwanaise Deng Lijun. « Les autorités centrales ont commencé à confisquer les enregistrements de Deng Lijun, leur affirmait-il d'un air assuré. Les contrevenants sont punis de cinq ans de prison et de l'interdiction de résider en ville. »

Ses clients suivaient souvent ses conseils. Certains avaient du mal à se décider du fait qu'ils n'avaient aucune idée des goûts musicaux du défunt.

« Faites-moi confiance déclara-t-il à une famille. Je vois du premier coup d'œil que votre fille aimerait

Les Amants maudits et *Madame Meng pleure sur la Grande Muraille*.

— Mais elle était vierge », murmurèrent les parents.

L'entrepreneur regarda de nouveau la photographie du formulaire. La femme avait la quarantaine passée.

« Eh bien, à vous de décider. J'ai *Ave Maria* ou *Musique disco pour faire l'amour*. Les styles musicaux sont différents, mais ils rempliront la même fonction. Vous pouvez l'envoyer au Vieux du Ciel de la façon que vous voulez. » Les parents ayant un faible niveau d'éducation, il utilisa le terme de « Vieux du Ciel » à la place de « Dieu ».

« Vous pouvez lui donner une crémation de vierge ou pas, ajouta-t-il, leur adressant le sourire avantageux d'une entremetteuse à un mariage.

— Elle a toujours voulu entrer au Parti, avoua la mère avec un sourire rusé.

— Vouloir entrer au Parti et entrer au Parti sont deux choses très différentes. » En politique, l'entrepreneur était très en avance sur son âge. « Mais si vous voulez, je peux mettre *Le Parti m'a Donné une Nouvelle Jeunesse* et *Le Socialisme est Bon* et elle mourra sans regrets. »

Bientôt on se mit à louer en ville la qualité de services de l'entrepreneur. Les gens découvraient qu'être mort n'était pas très différent d'être en vie.

Il y avait toujours de la musique qui sortait du réduit de l'entrepreneur. Il avait acheté le lecteur de cassettes à la première livraison de marchandises provenant du Japon, juste après le lancement de la Politique d'Ouverture. Il possédait quatre haut-parleurs. Il essayait toujours de diffuser la musique que les parents avaient demandée, s'il en avait le temps. Mais les seuls auditeurs étaient les chiens errant dans la cour, qui étaient attirés au crématorium par l'odeur des évanouis qui brûlaient. Ils se couchaient par terre pour prendre des bains de soleil ou fouillaient dans les vêtements abandonnés. Parfois les délicieuses odeurs qui émanaient de la maisonnette les rendaient fous, et ils couraient après la queue les uns des autres.

De temps à autre l'entrepreneur passait la nuit dans son crématorium. Nous devrions examiner sa conduite professionnelle et analyser son comportement amoral. Un célibataire de trente ans doit avoir quelque chose à cacher. La douleur qu'il ressent à la vue de cadavres de femmes n'est pas naturelle du tout. Si nous pratiquons notre Qigong et utilisons notre « œil de sagesse » pour l'observer à travers les murs de son réduit, nous verrons ce chef autoproclamé aller et venir, puis s'arrêter aux pieds d'un certain cadre dirigeant et lui jeter un regard de haine comme un homme qui va venger la mort de son père. Son registre en main, il soumet chaque évanoui à une interrogation implacable, s'arrêtant parfois pour leur donner un bon coup de pied dans les tibias.

Un jour, il tenait étendus à ses pieds un policier, le secrétaire municipal du Parti, le président du comité d'urbanisme, un cadre du Parti de seconde catégorie à la retraite, et la présidente du comité de quartier. Ils étaient allongés au sol, à côté de l'intellectuel, du médecin et du pianiste, et d'un seul souffle l'entrepreneur les avait tous maudits.

Tout le monde est égal dans la mort. Si ces importants personnages avaient su qu'ils allaient être ainsi injuriés, ils se seraient occupés de ce vaurien tant qu'ils étaient encore en vie. Mais maintenant les évanouis ne pouvaient que demeurer étendus en silence tandis qu'il les jugeait une dernière fois. Il injuria le flic parce qu'un jour qu'il avait commis une infraction, celui-ci lui avait confisqué son permis moto. Il maudit le président du comité d'urbanisme pour ne l'avoir pas aidé à résoudre ses problèmes de logement. « Tu as même voulu me faire expulser de mon appentis sous le porche », siffla-t-il. Il les réprimanda pour leur corruption, disant : « J'aurais pu m'acheter une villa à la campagne avec tout l'argent que j'ai gâché en pots-de-vin pour vous. » Puis il retourna au président du comité d'urbanisme et lui donna un coup de pied dans le ventre. « Tu as eu le front d'accuser mon appentis de déparer la ville. Mais quand le Premier ministre albanais est venu, c'est toi qui as décidé de couvrir la cité de ces vilains panneaux. »

L'entrepreneur réglait de vieux comptes. L'année prévue pour la visite du Premier ministre albanais, M. Shehu, le gouvernement local avait décidé que les bâtiments défraîchis des rues les plus importantes seraient recouverts de panneaux d'Isorel sur lesquels serait représentée une longue rangée de maisons neuves. Shehu passerait en voiture à toute vitesse, il n'était donc besoin que de faire impression. Une de ces façades en Isorel était fixée à l'immeuble dans lequel l'entrepreneur habitait à l'époque avec sa mère. Elle les privait complètement d'air et de vue. Les fenêtres percées dans les façades en Isorel étaient espacées de cinq mètres et par malchance il n'y en avait pas devant leur appartement et les panneaux s'arrêtaient à l'appartement des voisins. Le gouvernement local avait donné aux voisins un rideau et, une fois qu'ils l'auraient suspendu pendant les cinq minutes où la voiture de Sehhu était attendue, ils pourraient le garder. L'entrepreneur jugea cela très injuste, du fait que les origines de classe des voisins étaient pareilles à la sienne – ils appartenaient tous à l'une des « Cinq Catégories Noires » qui n'avaient pas droit aux emplois alloués par l'État. En réalité, il se fichait pas mal de ne pas avoir le rideau. Tandis que les maisons en Isorel étaient déposées, l'entrepreneur profita du désordre général pour voler un panneau et deux planches pour en faire des meubles. Quelqu'un le vit et le dénonça à la police. Il fut conduit au poste de la sécurité publique et on l'interrogea pendant des heures. Il n'avait que quatorze ans à l'époque.

Avec la tombée de la nuit, l'apparence du secrétaire municipal du Parti se chargea de quelque chose de magique. L'entrepreneur ressentait de la fierté à contempler la rangée de cadavres. Enfin, il pouvait jouir de l'autorité que chacun mérite dans la vie. Les morts étaient étendus à ses pieds, yeux ouverts, simples témoins de leur propre humiliation.

Après avoir assisté à une représentation de la pièce intitulée *Le Grain de Sésame de Neuvième Catégorie* dont le héros était un cadre communiste altruiste, l'entrepreneur avait été poussé à agir avec un sens de la justice accru. Il avait envoyé des prolétaires au crématoire sans en exploiter un seul. Il ne regardait même pas leurs dents. (Une dent en or vaut une année de revenus d'une famille moyenne dans cette ville.) C'était une mise en pratique de l'adage : « Tout le monde est égal devant la mort » ou : « Après la pluie, le beau temps. » C'est ainsi qu'il voyait les choses, en tout cas. Comme la mort de son père était encore fraîche dans sa mémoire, il était toujours particulièrement gentil pour les droitistes, ou pour quiconque avait été écrasé par une voiture.

Quand, dans la rue, il voyait les gens faire la queue à une station de bus ou s'arrêter pour bavarder, des scènes du crématorium traversaient son esprit : les vapeurs huileuses s'élevant de la peau carbonisée, les squelettes qui se contractaient lentement. Il pensait à la différence entre la peau jaune et orange des poulets rôtis sur les éventaires et la peau tendre et blanche du visage d'une petite fille avant qu'elle entre dans le four. Il pensait à la différence entre les vivants, qui pouvaient bouger et parler, et les morts, qui ne pouvaient ni bouger ni s'excuser.

Son amour des morts augmentait chaque jour. Il pensait au bonheur qu'il éprouverait si sa mère pouvait devenir une défunte (cette bouche fermée une fois pour toutes). Les morts avaient fait de lui un milliardaire, le chef du comité du Parti officieux du crématorium. Les morts ne disaient jamais de bêtises. Ils ne vérifiaient jamais ses déclarations ni ses livres de comptes. Ils se fichaient de ce qu'il portait, de là où il habitait et de là où il se rendait. À mesure que le nombre de cadavres s'élevait, leurs âges et leurs personnalités devenaient de plus en plus variés et son amour pour eux se renforçait. Même si les fréquentes coupures de courant provoquaient des empilements de cadavres (un jour une usine chimique eut une fuite et inonda les champs d'eau polluée, sept personnes moururent dans la journée et on les lui amena toutes en même temps, bien sûr), pour lui il y avait toujours trop de vivants et pas assez de morts.

Plus le temps passait, moins il comprenait pourquoi les gens désiraient vivre si longtemps. Lorsque sa mère l'injuria pour avoir arraché un bouton à ce qui avait été un pantalon en laine impeccable (en fait il y manquait déjà trois boutons, et on n'en trouvait en imitation cuivre de style étranger que dans des villes décadentes en plein essor comme Shenzhen), il imagina soudain comme elle aurait l'air calme une fois morte. Il l'imagina encore quand il la regarda à travers le drap de coton rouge qu'ils tendaient entre eux avant de s'endormir. « Le royaume de Bouddha est toute miséricorde », eut-il envie de lui dire. Il ouvrit la bouche, mais les mots refusèrent de sortir.

« Les femmes brûlent mieux que les hommes, lui répéta-t-il, mais cette fois-ci d'une manière plus insistante. Les morts sentent la viande rôtie quand ils commencent à brûler. » Quelques minutes plus tard, les entrailles laissent échapper des gaz méphitiques qui vous donnent envie de vomir, mais il garda cela pour lui.

« Tu devrais venir jeter un coup d'œil au crématorium un jour, poursuivit-il. Il y a un fauteuil qui
appartenait à un homme riche et puissant avant
la campagne contre "la Bande des Quatre". Tu
pourrais t'y asseoir pour regarder les cadavres
entrer dans le four et les voir transportés par la
musique de leur choix dans un royaume de paix et
de joie.

— On dit qu'un jour il tombera des boules de
coton du ciel, murmura la mère, son ombre s'éten-
dant sur le mur rose derrière elle. Quand je les
verrai, j'irai avec toi au crématorium. »

Le fils paniqua. Quand il était jeune, sa mère
voyait toujours quand il mentait. Il avait maintenant
la trentaine passée, mais il se sentait toujours peu
sûr de lui. « Viens avec moi jeter un coup d'œil,
dit-il. C'est tout ce que je te demande. »

Juste avant l'aube, la mère regarda au dehors à
travers les fentes de leur porte en bois. Puis elle
tourna la tête, ses yeux verts brillant comme ceux
d'une vieille chatte. Le fils n'osa pas rencontrer son
regard, mais il sentait que l'instant était important.
Il savait qu'il y avait quelque chose qu'il devait faire.
Il se retourna et sortit du lit.

La mère et le fils semblaient décontenancés par
la manière dont la journée avait commencé. La rou-
tine de leur matinée avait été dérangée. Généralement, quand le fils tirait le rideau rouge, la mère
poussait la poignée pour ouvrir la porte. Tandis que
la mère mettait des briquettes de charbon dans le
poêle, le fils traversait la pièce enfumée avec une
brosse à dents dans la bouche pour aller se laver les
dents sous le porche. Après que la mère avait placé
son pot de chambre de l'autre côté du poêle, le fils
rentrait, posait sa brosse à dents, prenait le pot de
chambre et le portait aux toilettes publiques. Mais
aujourd'hui, l'ordre était complètement chamboulé,
au point que, alors que le fils pressait le tube de
dentifrice, sa mère, assise sur le pot de chambre,

pissait. Il était supposé l'entendre seulement juste après son lever, alors qu'il était encore couché et à moitié endormi.

Il semblait que ce fût le début de quelque chose de nouveau. Il comprit qu'il était temps pour lui d'agir, mais il ne savait pas par où commencer.

Au cours des deux années précédentes, il s'était fait une vie à lui. Son affaire avait prospéré au-delà de ses espoirs les plus fous. Il avait acheté un four électrique parce qu'il lui avait plu, que cela l'avait intrigué. Il n'avait découvert qu'on pouvait l'utiliser pour brûler des cadavres qu'en surprenant une conversation dans les toilettes publiques. Il avait monté son crématorium et bientôt les corps sortaient du four comme l'eau de la pompe, et il ne cessait d'aller et venir, comme la chaîne de la pompe à eau, parce que dans cette ville, qu'il pleuve ou qu'il vente, que ce fût un dimanche après-midi ou un mercredi soir, les gens mouraient tous les jours. Le dimanche n'était jamais un jour de repos, en fait les gens mouraient plus que tous les autres jours. Particulièrement les femmes – les femmes choisissaient toujours de se tuer le dimanche. Les étudiants entre seize et vingt ans préféraient mourir le lundi. Les ménagères de quarante ans mouraient le mardi. C'était la pire journée pour l'entrepreneur, car il lui fallait manier ces énormes femmes tout seul. Les bébés et les femmes qui mouraient en couches arrivaient le mercredi et le jeudi. Les cadres supérieurs du Parti mouraient le vendredi. C'était toujours une journée solennelle et éprouvante pour les nerfs. Il lui fallait analyser les annonces de décès dans les moindres détails pour savoir si le défunt était un réformiste ou un réactionnaire, pour faire ensuite les préparatifs adaptés à son évanouissement. Les gens entre vingt et trente ans aimaient mourir le samedi soir. Certains mouraient alors qu'ils allaient à un rendez-vous, d'autres dans les vapeurs de l'alcool après une rupture. La nuit du samedi était toujours la plus romantique de la semaine. L'amour déferlait dans le crématorium comme du sang frais, et le lecteur de cassettes sur la table branlante beuglait le *Carmina burana* d'Orff tout au long de la nuit.

Le fils regarda l'ombre de la mère glisser le long du mur, se traîner sur le sol en ciment gris et disparaître lentement dans le poêle à charbon.

La matinée passa tranquillement.

L'après-midi, la mère se coiffa soigneusement et sortit derrière son fils. Elle ferma la porte à clé, s'assit à l'arrière de la moto et, pour la première fois en dix-sept ans, quitta son domicile. (Un écrivain public d'une autre province qui rédigeait le courrier des illettrés s'installa dans l'appentis quelques semaines plus tard.) Puis elle quitta la ville. De toute sa vie elle ne s'était jamais éloignée de chez elle de plus de cinq rues.

Elle avait déjà l'air d'une évanouie. Elle était vêtue des pieds à la tête de vêtements funéraires qui avaient été portés par bien des évanouies avant elle. Sur son passage, tout le monde s'arrêtait pour regarder cette vivante portant des vêtements de morte. Elle était même chaussée de chaussures de cérémonie en papier. Certains reconnurent en elle la vieille qui habitait dans le bureau des Évanouis. Comme ils arrivaient en banlieue, le soleil se leva. Le ciel était bleu, et il n'y avait pas une seule boule de coton dans l'air.

Le fils fit entrer sa mère dans la maisonnette et la regarda. Il voyait maintenant qu'elle était une évanouie comme les autres, et ne le dominait plus. En fait, leurs rôles semblaient s'être inversés. S'il avait dû appeler cette femme sa « mère » son cuir chevelu se serait fendu. Elle n'avait plus rien à voir avec lui. Dans la fraîcheur du réduit il se sentit soudain sûr de lui et à l'aise dans le rôle qu'il était sur le point d'assumer. Il était capable de changer après tout. Avant ce jour, il avait toujours joué le rôle qui lui avait été assigné, il n'avait pas eu le choix. Il n'était que le fils de sa mère, le fils du Parti, le fils de la Mère Patrie. Il était un fils jusqu'à l'os, toujours dans le second rôle. Mais maintenant, comme il scrutait l'évanouie debout devant lui, il sentait enfin qu'il était distinct d'elle, un individu, bien qu'il ne fût pas encore certain de qui était cet individu. Tout ce qu'il savait c'est qu'il n'était pas un homme d'affaires roublard, un leader clandestin suffisant, ni le fils du défunt droitiste, le garçon que ses camarades de classe aimaient chahuter.

(Il est très difficile de faire la distinction entre l'homme et la bête, pense l'écrivain professionnel. Quel devrait être le critère ? Une louve mourra pour sauver ses petits, mais un homme vendra sa mère pour huit cents yuans. Un tigre mutilera un animal plus faible dans son combat pour la survie, mais un homme supportera la faim jusqu'à ce qu'il soit sûr que le ventre des siens est rempli. On ne peut tirer aucune conclusion de cela...)

Toute sa vie, il avait été lié à sa mère et aux expériences qu'il avait partagées avec elle. Il avait trimé comme un chien pour les garder tous deux en vie, parce que pour pouvoir survivre dans ce monde, ils devaient payer le loyer, la facture d'eau, la facture de gaz, acheter de grandes quantités de bons à lot obligatoires et supporter l'inflation causée par la Politique d'Ouverture. Quand il avait acheté le four électrique de l'école des beaux-arts, il n'avait aucune idée de ce que l'avenir lui réservait, ni des talents dont il pourrait faire preuve. Maintenant qu'il y avait réfléchi, il supposait qu'il avait hérité sa sensibilité artistique de sa mère. Quand il était enfant, la vieille tête de chou sautillait comme un singe en chantonnant *Quand mon prince reviendra-t-il ?* Elle connaissait toutes les chansons à succès des années 30 et avait transmis son amour de la musique à son fils. (Le droitiste l'avait épousée pour sa voix, et quand il avait été écrasé dans la rue, son esprit était plein d'heureux souvenirs.) Bien que le fils ne pût détecter la moindre trace de ses charmes passés, il savait que la femme ordinaire qui était devant lui était la seule avec qui il eût jamais eu des contacts. C'était elle qui l'avait élevé. Cette pensée lui était particulièrement désagréable quand il entendait la pisse couler d'entre ses cuisses le matin, et que l'odeur de son urine chaude venait frapper ses narines. Il avait cru qu'il ne pourrait jamais échapper à cette condamnation à vie qui consistait à être un « fils », mais juste au moment où il allait abandonner tout espoir, le destin lui avait montré la voie.

Maintenant enfin le corps lourd de cette vieille évanouie, qui avait consommé deux beignets frits et un bol de pâte de haricots pour son petit déjeuner, allait rejoindre les rangs des morts. Il savait ce qu'il lui restait à faire, seulement la soudaineté des événements l'avait désarçonné. Il n'était plus le secrétaire de Parti clandestin outrecuidant. Il était en pleine réalité, il sentait même l'odeur de son propre corps sur la peau de sa mère. Mais la vieille femme en vêtements funéraires dégageait quelque chose de bizarrement théâtral. Pourtant sa mère semblait à l'aise ; elle pensait qu'elle maîtrisait la situation, tout comme au bureau. On aurait dit qu'elle observait les mouvements de son fils avec une télécommande à la main.

Il la regarda qui allait et venait entre les cadavres comme un cafard, inspectant leurs mains et leurs dents, critiquant leur manière de s'habiller.

« Cette femme a encore son bracelet », dit-elle en s'agenouillant.

Le fils s'approcha, souleva la main du cadavre, regarda le bracelet et le retira d'un coup sec.

« Je connais cet homme. Il travaillait à la pharmacie de la rue de la Paix. » Les souliers en papier de la mère effleurèrent la tête d'un autre cadavre.

Elle était tout excitée. Le fils alluma brièvement le four pour vérifier qu'il y avait de l'électricité.

« Brûle-le en premier, dit-elle en inspectant les mains et les dents du pharmacien. Il savait que j'aime les navets séchés, ceux que je fais tremper pour en farcir des boulettes. »

Le pharmacien fut poussé dans le four aux accents de *L'Internationale*. (Après sa mort, il avait été fait membre du Parti communiste chinois à titre posthume.) Une fois que le fils eut fermé la porte en acier, la mère rebrancha le four, et ses yeux brillaient comme ceux d'une jeune fille habitée par les rêves et la curiosité. Avant d'avoir épousé le professeur de dessin qui avait été ensuite condamné comme droitiste, elle avait ri quand sa grand-mère lui avait annoncé que son père venait de se jeter du haut d'un immeuble. À l'époque, elle avait ignoré les pleurs de sa grand-mère, se rappelant plutôt que le chef du Comité central avait qualifié de « parachutistes » les capitalistes de Shanghai qui sautaient des gratte-ciel par crainte des persécutions communistes. Elle trouvait que c'était une description très drôle et précise.

« Espèce de monstre ! avait crié la grand-mère en giflant son innocent petit visage. Ton père se brise le crâne et ça te fait rire. »

Les yeux de sa grand-mère lançaient des éclairs, mais elle ne pouvait faire autrement que de pouffer. Elle n'avait aucune idée de ce qu'était la mort. Mais peu après qu'elle eut épousé le droitiste, elle comprit que de telles calamités peuvent se produire, et qu'elle devrait passer le reste de ses jours à utiliser toute son habileté et sa ruse rien qu'à s'efforcer de rester en vie. Elle n'aimait pas évoquer son passé, cependant. Tant qu'elle était nourrie, elle pensait qu'elle pouvait se frayer tant bien que mal un chemin dans ce monde cruel, à moins qu'un beau matin elle décide de mettre fin à ses jours, bien sûr. Elle acceptait le fait que les difficultés et les souffrances soient inévitables. De plus, si la vie devenait trop facile, les talents qu'elle avait développés au cours des ans deviendraient inutiles, et il ne lui resterait plus qu'à mourir. Si, toutefois, il se révélait que la mort n'était pas une tragédie, mais une nouvelle façon de vivre, une libération, alors elle pouvait commencer à lui sembler tout à fait intéressante.

Assise dans le fauteuil, elle se peignait en attendant que le membre posthume du Parti émerge du four. Elle se demandait si elle allait emporter ses boucles d'oreilles en or avec elle ou non, quand viendrait son tour.

Le fils tira le plateau en métal.

Le pharmacien était d'une blancheur immaculée. On aurait dit qu'il sortait de la douche. Un doux parfum s'élevait de ses os blancs en ordre parfait. La chair avait disparu de son corps. La mère était soulagée de voir que ses horribles grosses lèvres avaient disparu elles aussi.

« Il est complètement transformé, dit-elle, touchant avec ravissement les os blancs et chauds.

— Ils sont beaux et doux, n'est-ce pas ? » Maintenant que sa chair avait disparu, le pharmacien n'avait plus d'âge. Si on ne l'avait pas vu entrer dans le four, on aurait pu le prendre pour un enfant, ou une créature de quelque céleste royaume.

« Mon Dieu ! s'écria la mère, se frappant la poitrine. Si seulement j'avais su cela avant. »

Le fils devinait ce que sa mère signifiait par ces mots. Il supposa qu'elle songeait à « l'immortalité » – ce mot qu'il entendait si souvent aux réceptions funèbres. Elle savait maintenant que le membre posthume du Parti avait accédé à l'immortalité.

« Il est immortel maintenant, dit le fils. Qu'il aille au ciel ou en enfer, il ne reviendra pas ici. Surtout si on pense qu'il est arrivé à passer sa vie sans commettre de graves erreurs. Il alla jusqu'au lecteur de cassettes et passa *L'Internationale*, puis un air de *Salammbô*, gratuitement.

La joie de voir le pharmacien abandonner sa dépouille mortelle mit la mère et le fils d'humeur conviviale. Ils plongèrent les mains à l'intérieur de la chaude carcasse du pharmacien, les trempant dans les mystères de la mort. Le fils remarqua avec gêne un bout de chair fumante collé à la porte du four – étourderie de sa part – et la fit rapidement tomber d'un coup de barre de fer.

« Quelle est la musique que tu viens de mettre ? demanda la mère d'une voix mélodieuse.

— *Salammbô* de Moussorgski, répondit le fils.

— Mousso – qui ? » À l'évidence, la mère ignorait tout de la musique moderne.

« C'est probablement un peu trop contemporain pour ton goût. » Le fils ne voulait pas fournir des informations détaillées en réponse à des questions vagues.

« Ça ne me déplairait pas d'avoir ce morceau pour moi. »

Le fils se tut un instant, et murmura : « J'ai toujours cet enregistrement de toi qui chantes les... chansons cochonnes.

— D'accord. Mais commence-moi avec *Salammbô*.

— La musique que je passe n'a pas d'importance ; de toute façon tu sortiras du four blanche comme neige.

— Immaculée ? Tu me promets ? » On aurait dit que la mère parlait à un commerçant roublard.

« Immaculée, s'il n'y a pas de coupure de courant. » Puis il ajouta, par conscience professionnelle : « Parfois les femmes d'un certain âge sortent jaunes, un jaune pâle comme celui du maïs doré. Mais je ferai de mon mieux pour te faire sortir encore plus blanche que le pharmacien. »

Avec cette nouvelle confiance établie entre eux, leurs yeux pouvaient enfin se rencontrer. Ils étaient parvenus à un accord tacite. Ils se sentaient encore plus proches maintenant qu'ils avaient assisté à la transformation du pharmacien. Avant, le fils avait toujours pensé à sa mère comme à une grand-mère louve. Enfant, il avait toujours une peur horrible, quand elle se mettait un fichu sur la tête, que ses grandes oreilles blanches n'en dépassent soudain. Quand il l'entendait chantonner il avait envie de s'enfuir ; craignant que, de contentement, sa queue grise n'apparût de sous sa jupe et ne se mît à battre. Mais maintenant qu'ils se regardaient dans les yeux pour probablement la première fois de leur vie, ils se sentaient plus unis que le jour où il avait été interrogé au poste de la sécurité publique et que leur avenir était en jeu.

« S'il n'y a pas de coupure de courant, lui promit le fils, je te ferai un feu magnifique. » Il était excité maintenant. Il se retourna, et avec un bout de fil de fer recourbé, tira d'une fente dans la table un enregistrement original, réalisé à Hongkong, des chansons de Deng Lijun. C'était l'enregistrement que le Premier ministre Deng Xiaoping avait spécifiquement interdit, celui qui contenait la chanson cochonne : *Quand mon prince reviendra-t-il ?* Il y avait dans cette chanson un refrain décadent que chantait sa mère : « Viens chasser la solitude de mon cœur malade d'amour. »

Le fils trépignait d'impatience. Il avait oublié ses griefs contre elle pour se vouer entièrement à ses besoins. Ils ne se comportaient plus comme ils le faisaient dans l'appentis du porche, répondant aux questions l'un de l'autre par des grommellements laconiques en se jetant des regards méprisants. Ils étaient maintenant unis en une action, liés aussi intimement que des jumeaux monozygotes. Ils laissèrent échapper un soupir de soulagement. Cette compréhension muette était aussi réconfortante que la douceur et la chaleur des os. Le visage de la mère resplendissait d'amour maternel. C'était une femme qui avait chanté des chansons cochonnes dans sa jeunesse, et dont les yeux avaient rendu un peintre fou. Dans le visage de la vieille femme, ces yeux étaient maintenant doux et calmes. Cette expression a disparu du monde actuel. Vous pouvez marcher dans les rues pendant dix ans sans jamais trouver une expression pareille. (Du moins vous ne la trouverez pas sur des visages chinois. Peut-être les visages occidentaux peuvent-ils paraître doux, calmes et bons. Mais en Chine, non seulement ce sont des expressions qui ont disparu, mais également toute expression de pitié, de compassion et de respect.)

Quiconque eût observé le couple par la fenêtre n'aurait pu que deviner les sentiments intenses qui les habitaient. La honteuse idée qui était venue à l'entrepreneur le soir précédent s'était maintenant transformée en une glorieuse mission. Il alla chercher la boîte avec la photographie du pharmacien collée sur le couvercle, y versa quelques cendres, jeta le reste dehors et referma la fenêtre. (Un jour il avait oublié de fermer la fenêtre et les chiens errants qui traînaient à l'extérieur étaient entrés et avaient dévoré la moitié des treize évanouis allongés par terre.) Il passa un chiffon humide sur le plateau en métal et inséra la cassette dans la machine. Tout était en ordre, tout s'était passé comme prévu. Il ne restait plus à la mère qu'à s'allonger sur le plateau. « C'est prêt maintenant », lui dit-il avec douceur.

Elle s'allongea bien à plat sur le plateau, tout comme elle avait vu faire le membre posthume du Parti. Elle laissa pendre ses bras naturellement sur ses côtés et fixa les yeux au plafond. Alors que le fils était sur le point de brancher le four, la mère leva la main et dit : « Mets la musique !

— Très bien », répondit-il. Il se pencha en arrière pour appuyer sur la touche « play », attendit que le prélude se termine, puis poussa lentement le plateau dans le four au rythme de l'air de *Salammbô*. Les souliers en papier furent les derniers à entrer. Collées aux semelles, il vit un peu de poussière grise et une punaise étincelante.

« La note d'électricité est sous les bons à lot ! »
entendit-il sa mère crier à l'intérieur du four alors
que les paroles de la chanson cochonne commençaient à retentir. Sans un mot, il rejeta ses cheveux
en arrière et claqua la porte en acier.

Le suicide *ou* L'actrice

Su Yun avait seize ans la première fois qu'elle était montée sur scène. C'était à l'apogée de la Révolution culturelle et elle était résolue à prêter toute sa jeunesse et toute sa vitalité aux héroïnes révolutionnaires qu'elle incarnait. Elle avait joué Jiang Jie, la brave jeune femme tuée d'une balle dans une prison du Quomintang, et Liu Hulan, la martyre communiste décapitée par les envahisseurs japonais. Elle avait chanté le rôle de la bergère qui a les pieds gelés en tentant de sauver son troupeau d'État, et dansé celui de la meneuse paysanne, Wu Jinghua, qui tue d'un coup de baïonnette le méchant propriétaire terrien capitaliste.

Mais les vents apportés par la Politique d'Ouverture emportèrent ces héroïnes révolutionnaires, et Su Yun perdit son chemin. Elle essaya de s'adapter aux changements en tâchant d'assouplir son sens moral, mais elle fut tenue en échec par une série de déboires sentimentaux. Elle perdit lentement prise sur la réalité et se retira en elle-même. Elle voulait atteindre le noyau de son être pour voir ce qu'il y avait à la fin de sa vie.

Tout d'abord, Su Yun avait décidé de mourir seule, mais elle craignit que sans public, sa prestation passât inaperçue. À l'idée qu'elle ne serait bientôt plus qu'un tas de poudre blanche dans un incinérateur, son cœur se serrait.

Et si elle ne pleurait pas au moment de mourir ? Elle était incapable de prévoir comment elle réagirait. Quand elle essayait de s'imaginer en train de rendre son dernier souffle, des pensées folles traversaient son esprit comme des pétales séchés tombant d'un bouquet fané. Un rire s'élevait du creux de son estomac.

Sa vie lui apparaissait telle la suite des maximes qu'elle copiait dans des magazines, puis qu'elle déchirait et jetait par terre. Ces maximes lui donnaient courage et perspicacité. Elles lui apprenaient, par exemple, que « le sage doit se faire passer pour un imbécile ». En plus de noter ces maximes, elle aimait recopier les passages des livres de Milan Kundera où il tourne en dérision la fragilité féminine. « Il doit vraiment détester les femmes, se disait-elle. Il laisse entendre que sans nous, le monde serait meilleur. Quel toupet ! Bien que je doive avouer que la façon stupide dont je me conduis aujourd'hui semble apporter de l'eau à son moulin. »

Elle avait l'impression d'avoir vécu cent ans. Tout ce qui se passait dans le monde lui semblait être la répétition lassante d'un événement ayant déjà eu lieu. Un jour elle décida d'écrire une pièce de théâtre à propos d'une femme qui veut se suicider. Elle essaya de demeurer objective, mais ne put s'empêcher de s'inclure dans le scénario. Tandis qu'elle travaillait à sa pièce sur le suicide, elle poursuivait sa carrière d'actrice, obligée de mourir sur scène jour après jour. La tension était presque insupportable. Au beau milieu de sa détresse, une idée lui vint. Elle décida que dans sa pièce elle reviendrait sur terre pour interpréter son suicide une nouvelle fois.

À mesure que ses pensées prenaient forme, elle s'assit à son bureau et s'attela à sa seconde version. D'abord elle esquissa le rôle principal masculin, qui était un mélange de son petit ami actuel – un peintre qui travaillait au musée municipal – et de plusieurs autres hommes qu'elle avait connus.

Elle le fit un peu plus grand et fort que son compagnon et lui donna une voix d'outre-tombe qui suggérait un caractère sentimental et un passé plein d'amours malheureuses. D'entre ses dents mal rangées et jaunies par le tabac, elle lui fit vomir quelques-unes des expressions vulgaires qui emplissaient les magazines en vogue – des mots tels que : « QI », « édification morale », « mon cœur saigne », « indicible abomination », et « courir le jupon ». Telle était son idée de l'homme parfait.

Dans la vie cet homme était froid et arrogant, et lui montrait peu de respect. Mais dans sa pièce, il devint son serviteur – la viande sous le couteau, qu'elle pouvait disséquer et analyser à loisir.

Lui ayant attribué sa juste place, elle sourit et posa la plume. Elle savait que dans les relations avec les autres, il est essentiel de commencer par mettre chacun à sa place. Cela s'appliquait non seulement à elle et à lui, mais aux quatre milliards de personnes qui peuplaient la planète. Aucun contact humain n'est possible avant d'avoir mis chacun à sa place. Si deux êtres humains se parlent sans connaître leurs rangs respectifs, ils n'arriveront à rien. Ils pourraient aussi bien se parler à eux-mêmes.

Avant de reprendre la plume, elle feuilleta son cahier pour y lire deux notes qu'elle avait consignées sur lui :

Il est au lit en train de gémir qu'il est fatigué. C'est du chiqué. Il veut juste que je vienne pour m'attirer à lui et coucher avec moi. Il n'a pas éjaculé hier soir quand nous avons fait l'amour et il a une envie folle de mon corps.

J'ai remarqué que depuis que le chien à trois pattes s'est installé il fait moins attention à moi et que sa conception de la vie semble avoir mûri.

Elle se sentit étrangère à ces notes. En les relisant, elles lui semblaient pareilles aux rêves vagues et pleins d'ombres qui s'enfuient lorsqu'on se réveille d'un profond sommeil. Elle trouvait difficile de séparer les histoires qu'elle avait écrites des événements de sa vie réelle. Mais elle se voyait déjà jouant le premier rôle sur la scène, et en unique spectatrice dans la salle.

Progressivement elle sentit que son personnage dans la pièce prenait le pas sur sa vie, ou qu'elle était devenue ce personnage dans la vie – une femme ratée qui avait l'impertinence de vouloir apprendre aux autres comment mener leur vie. Ses différents moi souffraient de différents maux, lui rendant impossible de savoir où elle se situait par rapport aux autres. Elle brûlait d'échapper à son existence malheureuse. Elle essaya d'avaler des somnifères, mais ne parvint pas à perdre conscience. Puis elle consulta les œuvres de Heidegger, espérant utiliser sa philosophie pour mettre de l'ordre dans son esprit, mais après avoir laborieusement parcouru deux ou trois volumes, elle découvrit que Heidegger était encore plus perdu qu'elle ne l'était elle-même.

Comprenant qu'elle n'avait pas d'autre choix, elle se décida une fois pour toutes à mettre fin à ses jours par le suicide.

« Si seulement tout le monde pouvait s'entendre ! » s'écria-t-elle.

Elle voulait retourner parler au peintre, l'homme qu'elle aimait et plaignait à la fois. Mais depuis qu'il avait commencé à s'occuper du chien à trois pattes, il semblait avoir perdu tout intérêt pour elle. Tout ce qu'elle pouvait faire maintenant était écrire sa pièce, l'y incorporer (que cela lui plût ou non), puis se tuer pour lui, afin de combler le vide de son âme.

Sa pièce lui faisait honte. Elle avait peur de regarder ce qu'elle avait écrit parce qu'elle savait qu'il y avait peu de différence entre sa vie et son histoire. La relire eût été comme retourner à son passé. Le moi de la pièce était entaché de tous ses traits de caractère et de ses expériences passées.

Elle prit l'habitude d'appeler la femme de la pièce « Moi ».

Comme les semaines défilaient, elle avait l'impression d'être une vieille grappe de raisin fermentant dans le désordre poisseux de la vie, attendant de se distiller en un vin pur et transparent, puis de s'évaporer dans l'air.

« Le vagin est une piste de danse très dépravée », griffonna-t-elle dans son cahier.

Ses pensées retournèrent à la décennie passée. Le peintre était probablement le partenaire qui avait tenu le plus longtemps sur cette piste de danse. Les autres hommes qui venaient de temps à autre, parmi lesquels l'écrivain professionnel, le donneur de sang professionnel et un ami de l'école d'art dramatique, ne restaient que le temps d'un tango ou d'une gigue avant de se fondre à l'arrière-plan. Bien qu'elle ne voulût pas inclure ces personnages mineurs dans son œuvre, elle n'arrivait pas à les effacer de sa mémoire, et au bout du compte ils finirent par trouver leur chemin jusqu'à la page. Comme elle oscillait constamment entre son histoire et sa vie, son esprit devint confus et enfiévré.

Quand elle ne travaillait pas sur sa pièce, le vide qui s'emparait d'elle à l'aube, à midi et particulièrement les après-midi d'été la démoralisait. Elle soupçonnait que l'écriture n'était qu'une excuse pour perdre son temps. « Tout ce que j'achève est ennuyeux et dénué de sens », écrivit-elle à plusieurs reprises.

Mais elle avait besoin de continuer à écrire. Bien qu'elle sût qu'elle maîtrisait peu ses actions, elle sentait qu'elle y participait d'une manière ou d'une autre. Elle soupçonnait l'écrivain professionnel d'écrire sur elle et cela aggravait son malaise.

« C'est la faute de Dieu. C'est Lui la cause de tous ces ennuis, s'écriait-elle dans sa pièce. Pourquoi me punit-Il ainsi ? D'abord j'ai vécu dans Ses mensonges, puis j'ai vécu dans les miens. Maintenant je ne sais pas si tout ceci n'est pas un mensonge également. Je suis obligée de croire que tout le monde pense ainsi. Tu me demandes pourquoi je mens. Eh bien je pourrais te demander : "Pourquoi ne mentirais-je pas ? Tu n'as jamais entendu aucun de Ses mensonges ?" »

Une fois qu'elle se fût un peu calmée, elle baissa la tête et réfléchit un moment, puis se mit à concevoir le décor de sa pièce.

Le fond est un simple panneau d'Isorel, écrit-elle dans son cahier. S'il y a une horloge parmi les accessoires, qu'on la suspende. Sinon, qu'on en peigne une, mais en y ajoutant des aiguilles en métal. Quand l'horloge sonne l'heure, les machinistes doivent courir derrière l'Isorel pour disposer les aiguilles sur onze heures. (Il faut peindre une marque derrière l'horloge pour leur indiquer l'emplacement.)

Costumes : Le premier rôle féminin devrait porter une de ces chemises de nuit en mousseline critiquée dans le dernier mémo de la Politique d'Ouverture. Si le secrétaire du Parti du club le permet, les trois boutons du haut peuvent être ouverts et les manches un peu relevées. Traiter le problème selon l'état de la réforme. Les sièges devraient dater d'avant la campagne contre la « Bande des Quatre ». Le secrétaire du Parti doit comprendre que le premier rôle féminin est corrompu par les maux du libéralisme bourgeois et n'est pas digne d'être assise dans un siège de style révolutionnaire. La table dans le coin de la pièce peut être fausse. »

Elle prit quelques-unes des pages empilées sur le bureau et se mit à les lire à haute voix. C'était une scène dans laquelle son alter ego, Su Su, reçoit la visite de Li Liao et du Vieux Xing – deux personnages basés respectivement sur l'écrivain professionnel et le donneur de sang.

Une petite chambre à un lit dans les logements des acteurs au-dessus du centre d'art du quartier de Jiefang.

Li Liao : [*Frappe à la porte.*] Su Su ! [*Frappe de nouveau.*] C'est moi ! [*Su Su se lève lentement de sa chaise et se dirige vers la porte.*] Je t'ai attendu deux heures au restaurant. J'ai cru qu'il t'était arrivé quelque chose.

[*Li Liao entre et s'arrête à côté de la chaise de Su Su. Son visage ridé ressemble à une noix. Su Su détourne le regard et croise les mains sur sa poitrine.*]

Li Liao : Qu'est-ce qu'il y a ? [*Il remarque son expression étrange.*]

Su Su : Le Vieux Xing vient de passer.

Li Liao : Et alors ?

Su Su : Je lui ai dit oui. J'ai dit que je l'épouserais.

[*L'acteur qui joue Li Liao peut choisir sa façon de réagir, mais il ne doit pas aller jusqu'à renverser la chaise.*]

Li Liao : Cela fait presque un an maintenant que nous nous voyons, et nous ne nous sommes jamais disputés. Pourquoi est-ce que tu l'épouserais ?

Su Su : Ce qu'il y a, c'est que je ne t'aime pas.

Li Liao : Mais tu m'as dit que tu m'aimais.

Su Su : Et alors ? Pourquoi est-ce que tu crois tout ce que je dis ? Est-ce que tu n'as pas dit toi-même que les femmes sont incapables de dire la vérité ?

Li Liao : Je me suis habitué à la façon dont tes paroles diffèrent de tes actions. En fait, je commence à trouver cela tout à fait charmant.

Su Su : Je suis désolée, mais les femmes sont tout sauf charmantes.

Su Yun alla s'allonger sur son lit avec les pages. Dans la salle de répétition à l'étage en dessous, l'orchestre du centre d'art s'accordait. Elle alluma une cigarette d'une main et poursuivit sa lecture.

LI LIAO : Comment peux-tu l'épouser ? Crois-tu vraiment qu'il soit mieux que moi ? Il ne t'arrive même pas à l'épaule. C'est parce qu'il a de l'argent et que ses poches sont pleines de certificats de change et de tickets d'œufs ? Ou est-ce que tu me joues un de tes tours ? Tu joues encore la comédie ?

La musique enfla en un soudain crescendo. On aurait dit un tremblement de terre. Au-dessus du tumulte, un soprano beugla d'une voix mielleuse : « *Les filles sont jolies comme des fleurs. Comme les hommes aiment les regarder !...* »

Su Yun ne s'entendait plus parler. Elle répéta : « Tu joues encore la comédie ? » le plus fort qu'elle put, mais les mots furent noyés par la musique.

Elle écouta les cors d'harmonie et les trombones qui tâchaient de jouer à l'unisson. Les tambours battaient si fort que le plancher tremblait et que la vieille lampe sur son bureau clignotait. Elle remarqua qu'un des yeux du chat blanc sur la photo encadrée au mur virait du bleu au rouge.

LI LIAO : Qu'est-ce que j'ai fait de mal ?

Su Su : Ne me le demande pas, ne me le demande pas. [*Elle crie presque maintenant, mais son visage demeure calme.*] Restons-en là. Cela fait des siècles que je ne t'aime plus. C'est quand j'étais emportée par le feu de l'action que je te disais que je t'aimais. Ça ne comptait pas.

LI LIAO : Est-ce que ce que tu dis maintenant compte ?

Su Su : Oui.

LI LIAO : Je ne te crois pas ! Je t'ai entendue dire ça des centaines de fois.

[*Ils se lancent des regards furieux. L'expression haineuse de* Su Su *jure avec sa chemise de nuit à fleurs. Les machinistes devraient se préparer à positionner les aiguilles sur onze heures aux coups de l'horloge.*]

Su Su : Il se fait tard, il faut que tu partes.

[*Juste comme* Li Liao *va se précipiter hors de la scène,* Le Vieux Xing *ouvre la porte. Cet homme est petit et mortellement pâle. Il est vêtu à l'occidentale et porte des chaussures à semelles compensées. À côté de lui,* Li Liao *a l'air d'un clochard avec sa chemise en lambeaux et ses tennis éculés.* Le Vieux Xing *se penche, sort un cadeau de son sac et, des deux mains, le tend à* Su Su.]

Le Vieux Xing : C'est pour toi. C'est un paquet de cigarettes étrangères.

Su Su : Merci. Ne prends pas la peine d'enlever tes chaussures. Entre, entre !

« *Notre glorieuse mère patrie. Le pays de mon enfance. Sur cette étendue infinie de...* » tandis que le soprano reprenait souffle, Su Yun cria de nouveau : « Entre, entre ! » Le soprano beugla un « *Aaah* » final et les percussions atteignirent leur point culminant, puis soudain un calme magique descendit sur la pièce – un calme similaire au soulagement qu'on éprouve après avoir révélé son corps à quelqu'un d'autre pour la première fois. Su Yun murmura :

Li Liao : Et quand as-tu accepté sa proposition ?

Su Su : Il y a une heure.

Li Liao : Eh bien voilà.

Su Su : J'ai le droit de choisir mon chemin dans la vie.

Li Liao : Oui, mais tu n'as pas le droit de mentir.

« Ce n'est pas vrai », griffonna Su Yun d'une plume véhémente sous les mots : « J'ai dit que je l'épouserais. »

En fait, elle n'avait jamais aimé aucun des deux. Elle avait eu des relations avec eux parce qu'elle voulait rendre le peintre jaloux et le tirer de son apathie. Mais ses talents d'actrice étaient très rudimentaires à l'époque, et elle comprenait mal son rôle. En réalité, tout ce qu'elle cherchait c'était une occasion de faire étalage de ses charmes et de prendre les hommes dans sa toile de mensonges. Dans ce monde, les mensonges sont inévitables, et parfois très utiles. Les hommes présument que les femmes ne pleurent que quand elles sont tristes ; mais les femmes savent très bien que leurs larmes coulent aussi facilement que de la pisse.

Elle sécha ses larmes, posa la plume et se regarda dans le miroir : un peu plus grande que la moyenne, deux immenses yeux noirs qui attiraient le regard de tous les passants. En ce qui la concernait, sa beauté n'était utile qu'aux hommes, pour elle c'était une calamité (bien qu'elle eût été embêtée si les gens avaient cessé de la regarder). Elle savait que, depuis sa prime jeunesse, elle avait été obligée d'employer une grande partie de son énergie à repousser les avances de ses admirateurs lubriques, et avait en conséquence perdu de vue les choses plus importantes qu'elle aurait dû faire de sa vie.

Mais l'écriture de la pièce la valorisait à ses propres yeux. Alors qu'elle poursuivait son travail, les hommes de sa vie quittaient sa piste de danse et allaient s'asseoir à l'écart. Enfin elle pouvait jouer le rôle principal et aller de l'avant, la tête haute. Elle était sur un petit nuage. Maintenant, chaque homme qu'elle rencontrait lui semblait ennuyeux comme la pluie. L'expression triomphante qu'ils affichaient après avoir couché avec elle la remplissait de dégoût. L'amour est toujours un échec, se disait-elle à la fin de chaque histoire.

« Pour qui est-ce que tu te prends ? Espèce de traînée ! » griffonna-t-elle dans la marge du manuscrit.

Un soir, au dos du manuscrit, elle écrivit une lettre au peintre :

> Mon chéri, le temps est venu pour nous de nous séparer. Sauras-tu jamais combien je t'ai aimé ? La vie est une illusion, toi seul es réel. L'unique chose que prouvera mon suicide c'est que je suis une ratée, et que je ne laisse rien derrière moi. Quand j'étais avec toi, mes mains étaient pleines de pétales d'amour. Sans réfléchir, je les ai jetés en l'air et le vent les a emportés.

Les personnages de sa pièce et de sa vie l'épuisaient. Elle essaya de deviner ce que l'écrivain professionnel qui écrivait une histoire sur elle prévoyait pour son avenir. Elle essaya de deviner ce qu'elle-même prévoyait pour son avenir, et qui finirait par tuer qui. Cet état de calme extérieur et d'inquiétude intérieure lui rappela deux acteurs qu'elle avait vus traverser l'écran de télévision à la nage dans de lourds costumes de pieuvres. Elle avait ressenti la difficulté qu'ils avaient eue à se mouvoir si lentement et avec tant d'aisance apparente. Elle vivait maintenant dans le calme qui annonce l'approche de la quarantaine. Elle savait que le temps tirait à sa fin et elle aurait voulu qu'elle ou l'écrivain termine rapidement son histoire pour l'expédier dans l'autre monde.

Mais à partir du moment où elle s'attacha à son personnage, elle reprit un peu espoir. Elle ne se rendait pas compte qu'écrire est aussi vain que vaniteux, et qu'elle ne faisait que rassembler quelques personnes et événements afin de donner à sa vie un air plus intéressant. En assumant le premier rôle de sa pièce elle pouvait voir à travers lui à quel point les hommes sont stupides et naïfs. Elle se demandait comment ces pauvres êtres pouvaient jamais espérer trouver une « gracieuse compagne » dans une génération de femmes qui avaient grandi en lisant *Analyse de la Dictature du Prolétariat* et *La Chute de Tchang Kai-chek*. Les femmes d'aujourd'hui sont corrompues. Comment s'attendre à ce qu'une fille qui a été élevée à la lecture des *Écrits de Mao Zedong* soit cultivée, élégante ou raffinée ?

« Les hommes nous forcent à porter ces fanfreluches, écrivit-elle. Quand ils tombent amoureux, ils nous donnent des bijoux, nous habillent, et nous permettent de faire d'eux ce que nous voulons. Ils ne voient jamais les pensées vulgaires qui se cachent derrière nos sourires. Tous mes goûts et toutes mes idées ont été formés à leur bénéfice. Ils tombent amoureux de la femme qu'ils ont créée à partir de nous. »

Elle se rappela le loup-garou qu'elle avait vu à la télévision. Quelques jours après sa prestation sur le petit écran, le loup-garou lui apparut de nouveau, surgissant entre un homme et une femme enlacés. Ensuite, elle le vit qui regardait à la dérobée entre deux maisons en briques, de sous le bord du chapeau d'une petite fille, dans un bus et derrière une vitrine. Le loup-garou ne pouvait se tenir qu'à quatre pattes. Elle avait horriblement peur qu'il apparaisse un jour entre les lignes de son manuscrit.

Il lui vint peu à peu à l'esprit que son personnage préparait quelque chose, une chose qu'elle ne découvrirait qu'une fois qu'elle aurait eu lieu. Dans sa pièce, elle se mettait dans des situations qu'elle n'aurait jamais connues dans la vie (bien qu'elle comprît plus tard que ces situations étaient en réalité des variations d'événements de son passé). De cette façon elle pouvait détacher son esprit de son corps et le mettre dans une position depuis laquelle elle pouvait apprendre de nouvelles choses sur elle-même et découvrir comment les autres se comportaient envers elle. Elle était pareille au loup-garou, tapie dans un coin sombre, s'épiant elle-même.

D'abord elle comprit que l'innocence qu'elle avait projetée dans le passé était une imposture. Elle découvrit qu'elle ne cessait d'intriguer, et que quand elle se pâmait à l'odeur des fleurs et à la vue du ciel bleu elle avait toujours un œil ouvert. Même quand elle s'immergeait dans son écriture, elle n'arrivait jamais à fermer cet œil. Dans sa pièce elle révélait lentement les défauts qu'une femme préfère garder cachés : la mauvaise haleine tapie derrière les belles dents blanches ; la mèche de cheveu qui semble tomber par hasard sur son visage mais cache en fait un gros menton ; le silence qu'elle adopte pour masquer son ignorance ; les vêtements lâches qu'elle porte pour masquer sa poitrine plate. Tandis qu'elle révélait ces secrets Su Yun vit soudain une boule de lumière, l'éclat mystérieux qui luit après une tentative de suicide.

Quand la première scène du second acte fut terminée, elle fut certaine de pouvoir finir la pièce, et commença à se regarder de plus près. D'abord elle analysa ses réactions aux gestes, à la chaleur, aux fluides gluants des hommes, et aux bruits et odeurs émanant de leurs organes internes. Elle se rappela la première fois qu'elle avait vu les testicules noirs et sales d'un homme, et le moignon ridé qui pend entre eux. Puis elle se rappela comment cet homme s'était pressé contre elle et comment le trou dont elle avait ignoré l'usage jusqu'alors avait été soudain empli de sa chair animée de hideux mouvements giratoires. Après avoir couché avec lui, elle savait qu'elle serait incapable de jamais plus ressentir la timidité et l'innocence. Quand elle laissa l'homme suivant lâcher sa cochonnerie gluante et blanche sur ses cuisses, elle se sentit salie et flouée. Elle prit conscience qu'elle n'était plus une enfant, et qu'afin de paraître semblable aux autres femmes, il lui faudrait marcher dans la rue avec un sourire aux lèvres même si elle avait la sensation d'avoir été essuyée par une serpillière huileuse. Elle comprit qu'il lui faudrait commencer à faire semblant, et que c'était ce que faisait tout le monde. Tout le monde doit apprendre à cacher ses sentiments et continuer à vivre.

Avec le temps, elle s'habitua aux liquides visqueux des hommes et aux diverses manières qu'ils avaient de bouger : avancer dans la rue à grandes enjambées, tête en l'air, aller et venir pendant l'amour, remuer bruyamment les mâchoires pendant les repas. Elle apprit à connaître la cruauté et la faiblesse des hommes, et se familiarisa avec l'odeur de leurs pieds et de leurs tennis sales, la puanteur du tabac sur leurs dents.

« Ils m'ont entièrement envahie, écrivit-elle. Ils voulaient ma chasteté, mais ils ne la respectaient pas. Je voulais leur amour, mais ils se contentaient de sortir leurs bites et de m'arroser de sperme. Ils ont détruit tous mes rêves. Où puis-je espérer trouver l'amour maintenant ? Ils ont pollué toutes les sources. Juste parce qu'ils m'ont volé mon innocence, cela signifie-t-il que je dois me dénuder pour m'exposer tout entière à eux ? Si je ne joue pas la comédie maintenant, comment trouverai-je jamais l'amour ? Les hommes ne sont pas supérieurs aux chiens. Ils croient que quand ils lèvent la patte pour pisser, le sol sous eux devient leur territoire. Si je ne cache pas ma vraie nature, comment puis-je satisfaire leur désir de retenue et de raffinement féminins ? »

Tandis qu'elle progressait dans la préparation de son suicide, elle aperçut son avenir, et elle ressentit à la fois calme et effroi. Elle craignait que quelqu'un devine son état d'esprit, et, avant de sortir, elle s'assurait toujours d'être habillée comme une femme qui aime passionnément la vie. « Toute souffrance est faite par l'homme, disait-elle en tâchant de se consoler. Le sublime état de confusion n'est possible que quand ton cœur est insensible. Le suicide est le seul remède permanent au désespoir. » Elle s'interdit de penser à sa naissance ou à sa mort. Elle savait que sa naissance et sa mort voyageaient dans deux directions opposées, mais se dirigeaient vers le même but.

Quand elle décida que le suicide était la façon naturelle de terminer la pièce, elle déchira les scènes précédentes sur lesquelles elle avait travaillé et recommença à zéro. Elle espéra que la nouvelle pièce en un acte qu'elle avait écrite donnerait à sa vie une fin glorieuse et éclatante. Elle dédia la nouvelle version à l'amour auquel elle avait jadis cru, espérant que cela apaiserait son cœur brisé. Elle téléphona au Club de l'Ouverture, un endroit plein du genre de libéraux qui étaient apparus depuis le lancement de la politique de réforme. Elle voulait utiliser ce club pour y jouer la dernière grande scène de sa vie.

Au centre du club nouvellement construit se trouvait un grand terrain de basket-ball. L'espace sous les sièges des spectateurs était occupé par des salles de ping-pong, de répétition, des boutiques, les bureaux d'une association pour handicapés, un club de cadres retraités, une agence locale du planning familial, un club de rencontres pour personnes du troisième âge, un magasin de vente en gros des biscuits de la Victoire, et un centre des impôts. En traversant le club, on rencontrait de jeunes chômeurs, des imprésarios, des artistes, les deux nains qui dansaient avec la chanteuse du club tous les soirs, des peintres à la recherche de modèles, et des femmes à la recherche de leur prince sur son cheval blanc.

Quelques mois auparavant, le club avait accueilli le premier concours de beauté à avoir lieu dans la ville depuis le lancement de la Politique d'Ouverture. Quand les jeunes femmes avaient traversé la scène de leur pas glissé, un magnifique parfum avait émané de leurs cuisses, de leurs seins, de leurs pieds, de leurs dos et de leurs fesses pour se répandre dans la salle. La première partie du concours était un questionnaire sur les communiqués publiés à l'issue de la neuvième assemblée du Parti. La gagnante avait passé six mois à étudier les documents et avait répondu juste à toutes les questions. Les femmes avaient valsé avec délicatesse sur scène, tandis que le chœur derrière elle chantait : « *Suivons les conseils du Comité central du Parti, et allons aux rivières, aux lacs et dans les mers faire nos exercices matinaux...* »

À l'intérieur du club, les gens pouvaient avoir un avant-goût des voyages à l'étranger. Ils roulaient des mécaniques dans les couloirs en échangeant des regards de satisfaction. Les boutiques sous les sièges des spectateurs avaient des cigarettes américaines et des savons dont l'emballage était imprimé d'images de femmes étrangères en sous-vêtements. Le savon n'était pas à vendre, il n'était présenté que pour attirer le client. De jeunes hommes entraient en faisant mine de vouloir acheter quelque chose, juste pour pouvoir se pencher sur le comptoir transparent afin de regarder les épaules veloutées de la dame à cheveux blonds, puis, le cœur palpitant, faire descendre leur regard jusqu'à son ample poitrine et au soutien-gorge couleur chair qui la cachait. À chaque campagne contre le « libéralisme bourgeois », l'emballage du savon était examiné par les censeurs du Bureau d'Information et de Propagande, mais réussissait toujours à passer l'épreuve. On pourrait dire que cet emballage était à la frontière entre le pornographique et le sain.

Dans les salles de vidéo et les cafétérias, les membres échangeaient des certificats de change et des tickets de rationnement. Le club devint le centre du marché noir de la ville. On pouvait trouver des tickets pour de l'huile de cacahuète aussi bien que pour du diesel et des bons du Trésor qui avaient été introduits après le lancement de la Politique d'Ouverture. Deux entrées pour la projection mensuelle des films réservés à un groupe restreint de cadres qui étaient censés les « critiquer » pouvaient être échangées contre une autorisation d'achat à la Boutique de l'Amitié, généralement réservée aux visiteurs étrangers. Pour qui venait de s'embarquer dans une nouvelle histoire d'amour, deux de ces billets étaient la garantie d'une nuit torride. Ces films n'avaient pas encore été visés par le Comité central et on imagine facilement le genre de scènes qu'ils contenaient. Dans la cafétéria, on pouvait aussi échanger des batteries au lithium contre des cigarettes Marlboro, une bouteille de vin étranger contre une bicyclette, un exemplaire de *L'Amant de Lady Chatterley* contre le second volume du *Jing Ping Mei*, un classique de l'érotisme, cent bons du Trésor contre un pot de Nescafé, et des tickets de riz surfin contre une publicité représentant une femme blonde en maillot de bain. On pouvait également se procurer des photocopies des dossiers d'inscription et des demandes de cours par correspondance de toutes les grandes universités américaines, aussi bien que la liste des noms et des numéros de téléphone des employés de l'ambassade américaine de Beijing. Tout cela, bien sûr, devait être payé en certificats de change, comme d'ailleurs tout ce qui était plus ou moins associé à l'étranger. Avec un paquet de certificats et deux autorisations d'achat on pouvait flâner dans la Boutique de l'Amitié sans être arrêté par les gardes. Si on avait de la chance, on pouvait même côtoyer un étranger, et humer un instant son envoûtant parfum bourgeois.

Su Yun savait que le peintre allait souvent au Club de l'Ouverture assister aux divers concours de talent et de beauté qui y avaient lieu.

Elle prit rendez-vous avec le directeur du club. C'était le fils d'un officier supérieur de l'ancienne Armée rouge. Bien qu'il eût passé la quarantaine et fût affublé d'un petit menton simiesque, les rides qui ne cessaient de bouger sur son front suggéraient qu'il était à l'avant-garde du processus de réforme. Pendant la Révolution culturelle il avait été envoyé en prison parce que son père avait été laquais du maréchal Peng Dehuai, traître à la patrie. Ses poignets portaient encore les traces des menottes ; et comme sa tante vivait alors à l'étranger, il avait été accusé d'être un espion et soumis à des tortures supplémentaires. Toutefois, depuis le lancement de la Politique d'Ouverture, ses relations à l'étranger et ses poches pleines de certificats de change lui permettaient d'entrer et de sortir de la Boutique de l'Amitié comme bon lui plaisait. Après la réhabilitation posthume de son père, il avait utilisé l'argent du dédommagement pour monter le club, et s'était lancé dans sa nouvelle carrière avec un enthousiasme débordant.

« Je voudrais jouer dans votre spectacle *Tout le monde est heureux*, lui dit Su Yun en s'asseyant. J'y ferai le numéro le plus extraordinaire que cette ville ait jamais vu.

— Vous venez du centre d'art du quartier de Jie-fang, n'est-ce pas ? demanda le directeur.

— D'après les journaux, ce numéro est très apprécié au Japon. »

L'attirance du directeur pour tout ce qui était étranger avait blondi les poils de sa barbe ; ses petits yeux bleu-noir étaient une fusion harmonieuse de l'Est et de l'Ouest. Ces yeux étaient à présent visiblement attirés par les seins de Su Yun, d'une taille supérieure à la moyenne.

« Mon numéro vous apportera plus d'entrées que vous n'en n'avez jamais eu, déclara-t-elle d'une voix calme.

— Je vous ai vue sur scène, dit le directeur, se rappelant soudain son interprétation de la bergère patriote.

— Je ne vous demande pas de pourcentage sur les bénéfices. Je veux seulement un billet gratuit.

— À quel genre de numéro songez-vous ? » Le directeur ne s'intéressait pas à sa réponse, il cherchait juste un prétexte pour poursuivre la conversation. En fait, cela faisait des mois qu'il avait bouclé son spectacle.

« Quel genre de musique pouvez-vous me fournir ? demanda-t-elle.

— Même si ce numéro est accepté par les censeurs, je crains que vous deviez attendre l'année prochaine.

— Ça n'est pas possible. Je dois le faire dans les trois jours qui viennent », dit-elle, fixant les yeux de fouine derrière les lunettes importées.

« Et quel est ce numéro alors ? demanda-t-il.

— Le suicide, dit-elle.

— Le suicide ? » Le directeur n'avait jamais entendu parler de ce numéro. Il lui fallut se taire pour réfléchir un instant. « Et il est très à la mode au Japon, vous dites ?

— Oui, on en a parlé dans les magazines.

— Est-ce qu'il s'agit de mort réelle ou est-ce seulement de l'art ? demanda le directeur en enlevant ses lunettes.

— C'est un vrai suicide, en public. » Une fois que ces mots eurent franchi ses lèvres, leur banalité la déçut.

Il faisait chaud et le duvet qui couvrait les épaules de Su Yun était noyé dans une mince couche de sueur. Sa peau la picotait et ses seins, soudain trop lourds, la gênaient. Sous sa jupe blanche ajustée son ventre un peu gras faisait comme une grosse boule de riz. Sentant sourdre une moiteur aigre de la partie inférieure de son corps, elle croisa les jambes, dévoilant ses magnifiques mollets.

« Comment le public pourrait-il vous regarder vous tuer sans vouloir se précipiter sur scène pour vous sauver ? » demanda-t-il en respirant les odeurs laiteuses qui émanaient de son corps.

Enfin elle avait réussi à faire que sa pièce précède sa vie. Quand elle rentra, elle sortit son cahier, et écrivit tout ce qui avait été dit durant l'entrevue.

DIRECTEUR : Il faudra probablement que vous vous inscriviez avant au Centre de Prévention du Suicide.

SU SU : Ils me connaissent tous déjà. De toute façon, ils sont tellement débordés qu'ils sont prêts à se suicider eux-mêmes !

DIRECTEUR : Pourquoi ne pas seulement faire semblant de vous tuer ? Vous n'êtes pas forcée de le faire vraiment la première fois.

SU SU : Personne ne peut plus faire la différence entre ce qui est vrai et ce qui est faux. Comment est-ce que j'aurais pu m'en tirer sinon avec toutes mes fausses tentatives de suicide ?

DIRECTEUR : J'ai passé quatre ans en prison sans avoir jamais pensé au suicide.

SU SU : Vous êtes plus âgé que moi. Vous n'avez pas l'esprit assez moderne. Savez-vous qu'à l'étranger il y a déjà des plages de nudistes ?

[*Le directeur est abasourdi par cette nouvelle ahurissante en provenance des terres lointaines. Il se lève et marche de la cour au jardin. Le volume de la musique disco monte progressivement.*]

DIRECTEUR : À quelle université êtes-vous allée ?

SU SU : À l'École normale. Ma matière principale était la politique.

DIRECTEUR : C'est l'un des meilleurs établissements d'enseignement supérieur du pays. Mon fils l'a fait lui aussi.

SU SU : Ce n'est pas l'un des meilleurs établissements d'enseignement supérieur, c'est juste une école où les gens sont enfermés pour apprendre à rester à leur place.

DIRECTEUR : Les professeurs sont excellents.

SU SU : Il serait plus juste de les qualifier de gardiens de prison.

DIRECTEUR : La mort est une chose terri-fiante.

SU SU : Monsieur le Directeur – J'ai vu des champs de blé dénudés après la moisson.

[*Elle secoue la tête, émue. Son expression passionnée contraste avec l'attitude implorante qu'elle avait en entrant dans le bureau du direc-teur. Elle allume une cigarette, prend une grande bouffée et esquisse un sourire rêveur tandis que la fumée sort de ses narines.*]

DIRECTEUR : Je crains de n'avoir pas encore reçu notification des autorités autorisant à employer le terme : « Monsieur » sur un lieu de travail.

SU SU : Vous n'avez pas entendu le Premier ministre Deng utiliser les termes « Monsieur le Directeur » au banquet d'État ? Ma mort ne changera absolument rien. L'air sera toujours à votre disposition pour que vous le respiriez. Si vous compreniez que vous n'êtes qu'un grain de poussière dans cette vie, vous sauriez que le suicide n'est pas une affaire privée – il lui faut un public. C'est la seule raison pour laquelle je suis venue vous voir aujourd'hui. S'il ne s'agissait que de me tuer, je ne serais pas obligée de faire tant d'efforts.

DIRECTEUR : Est-ce que vous venez de vous séparer de quelqu'un ?

[*Une lumière s'allume dans le fond, créant un coucher de soleil sur le ciel peint.*]

SU SU : Je ne suis venue que pour vous parler du spectacle. Il faut que je m'en aille mainte-nant, Monsieur le Directeur.

DIRECTEUR : Je peux vous inviter à boire une tasse de café au club ?

SU SU : Si c'est pour continuer à parler du spectacle.

DIRECTEUR : À condition que vous écriviez un testament et que votre numéro soit porteur du message selon lequel le socialisme est une marche en avant, alors...

SU SU : Vous me laisserez mourir sur scène ! Vous promettez ?

DIRECTEUR : Je ne sais toujours pas exactement quels sont vos plans. En quoi consistera exactement ce numéro ?

SU SU : Je vais louer un tigre au zoo. Il me poursuivra sur scène, je le fuirai, et à la fin je mourrai entre ses mâchoires.

DIRECTEUR : Vous n'avez pas peur des tigres ?

SU SU : Je suis née l'année du Tigre, mais évidemment que j'ai aussi peur des tigres que n'importe qui.

DIRECTEUR : Vous êtes incroyable ! Je vous donne ma permission. Moi aussi je suis né l'année du Tigre.

SU SU : Vous avez donc vécu vingt-quatre ans de plus que moi.

À ce moment, le directeur reprit soudain conscience. Il regarda la « morte » assise en face de lui et lui demanda : « Combien voulez-vous pour cela ?

— Rien répondit-elle. Je donnerai ma vie gratuitement. Mais si une partie de mon corps vous intéresse, vous êtes libre de l'utiliser ce soir. Demain il ne sera plus bon à rien. »

Les rides sur le front du directeur s'effacèrent soudain.

Trois jours plus tard, un avis différent de tous ceux qui l'avaient précédé fut cloué sur le poteau à l'entrée du Club de l'Ouverture.

CE SOIR NOTRE CLUB VOUS PROPOSE LE NUMÉRO LE PLUS EXCEPTIONNEL QUI SOIT : LE SUICIDE ! IMPORTÉ DU JAPON, NATION HAUTEMENT DÉVELOPPÉE, CE NUMÉRO EST BASÉ SUR LE CONCEPT JAPONAIS DU HARA-KIRI. LE SPECTACLE BANNIRA DU CŒUR DE LA VICTIME DU SUICIDE TOUT SENTIMENT DE SOLITUDE. IL EXISTE UNE LISTE D'ATTENTE DE PERSONNES DEMANDANT À SE TUER DEVANT UN PUBLIC QUI A ÉTÉ OUVERTE EN 1997. CE SOIR, L'ACTRICE EST LA CAMARADE SU YUN. ISSUE D'UNE FAMILLE DE PAYSANS PAUVRES, MEMBRE DU SYNDICAT DES ACTEURS, C'EST UNE JEUNE FEMME D'UNE BEAUTÉ FRAPPANTE, DANS TOUT L'ÉCLAT DE SA JEUNESSE. SI VOUS VOULEZ VOIR CETTE CHARMANTE DAME METTRE FIN À SES JOURS, DÉPÊCHEZ-VOUS D'ACHETER UN BILLET !
PRIX DE LA PLACE : 1 YUAN
LE 4 JUIN À 3 H DU MATIN.

Cette nuit-là le club fut submergé de dizaines de milliers de personnes qui espéraient voir le spectacle. Tous ceux qui avaient réussi à acheter des billets à la caisse s'insinuaient dans la foule pour les revendre dix fois le prix. Des étals impromptus surgissaient en marge de la foule. Un homme qui vendait des blousons en nylon tenait un écriteau où on pouvait lire : SI VOUS VOULEZ VOUS FRAYER UN CHEMIN JUSQU'À LA CAISSE, CES BLOUSONS EN NYLON VOUS Y AIDERONT, et il écoula sa marchandise en quelques minutes. Bientôt on put voir ceux qui avaient acheté ses blousons en nylon pulluler dans la foule tels des cafards rouges. Tous ceux qui émergeaient de la caisse avaient perdu la moitié de leur épaisseur. On retira de sous les pieds de la foule cinq malheureux possesseurs de billets dont quatre étaient déjà morts.

Tout en repassant l'enchaînement de l'action dans son esprit Su Yun monta sur la scène dressée sur le terrain de basket-ball. Le public éclata en applaudissements délirants qui couvrirent *Tue le tigre et monte la colline*, la chanson diffusée à fond par les haut-parleurs. Le tigre entra en scène debout sur ses pattes de derrière et salua le public de la patte. Une équipe d'athlètes vint alors prendre place au centre de la scène d'un pas assuré, et le public continua à crier et à siffler. Le tigre se fatigua bientôt et fut obligé de retomber à quatre pattes, mais il parvint quand même à soulever une patte avant pour saluer gaiement le public. Su Yun portait un survêtement blanc. Elle avait fixé une fleur blanche derrière son oreille droite. Sa tenue blanche faisait ressortir le rose de sa peau. Elle avait l'air bonne à manger. Les connaisseurs voyaient au passepoil bleu que son survêtement était importé et coûtait au moins cinquante certificats de change – les pantalons fabriqués en Chine n'avaient pas ce passepoil particulier.

Elle jeta un regard autour d'elle, un sourire figé sur le visage, tâchant d'adopter l'expression qu'avaient les membres de l'équipe chinoise de volley-ball à leur retour triomphal des jeux Olympiques. Malheureusement le tigre regardait ailleurs, et ne vit pas son sourire plein d'assurance. Comme les applaudissements se poursuivaient de plus belle, Su Yun chercha le peintre dans le public. Elle savait où il serait assis. Le jour précédent, elle était allée le voir au musée municipal. Elle lui avait donné un billet en lui disant que c'était un one-woman show. Quand il lui avait demandé quel serait son numéro, elle lui avait répondu que c'était un numéro de suicide. Il avait souri et répondu : « Fascinant. » Elle le chercha de nouveau dans le public et finit par repérer ses yeux, dans lesquels se lisait la panique.

« Il croit que je mens encore une fois, se dit-elle, ou que je lui joue un tour. Mais quand le tigre me mangera, il éprouvera du regret. Or il sera trop tard. Il sera embêté de voir mon pied disparaître, ou mon oreille. Cela le ramènera sur terre. À l'instant où le tigre me bondira dessus, il escaladera la cage pour venir à mon secours. » Elle lui fit un nouveau signe de la main, et il lui répondit. Le bruit de la foule décroissait lentement. Pendant un instant elle perdit courage, mais son instinct professionnel reprit le dessus. Douze ans de vie d'actrice lui permirent de garder son calme et d'avancer avec grâce jusqu'au centre de la scène.

Elle inspira profondément puis commença son numéro ainsi que prévu avec le directeur du club. Alors que résonnaient les premières mesures de la chanson *L'Armée de Libération du Peuple est dans le Peuple comme le Poisson dans l'Eau*, elle commença à mimer le lavage des vêtements des soldats bien-aimés de l'ALP. La moitié de son esprit était occupée par le mime et l'autre par le tigre. Elle savait qu'après qu'elle aurait étendu le linge à sécher il lui faudrait retourner en dansant à la caserne et que le tigre – cet « ennemi de classe » à tête d'homme et au cœur de bête – bondirait des fourrés pour planter ses crocs dans sa chair. Après sa mort, le tigre serait arrêté. Mais alors qu'on le mènerait au quartier général de la police locale, un héroïque soldat de l'ALP se précipiterait pour venger sa mort en plongeant sa baïonnette dans le dos du tigre. À l'endroit où elle avait été dévorée, les soldats érigeraient un monument à l'héroïne et chanteraient *L'Internationale*.

Tandis qu'elle repassait dans sa tête les différentes phases de l'intrigue, ses pas devinrent de plus en plus confus. Bientôt elle ressembla à une poupée japonaise, tressautant au rythme enjoué de la musique. Ses gestes utilisés pour mimer le rinçage des vêtements n'étaient pas convaincants du tout. Le scénario spécifiait qu'elle devait alors soulever sa jupe, jeter les vêtements dans un baquet et les battre avec un bâton aussi violemment que le héros Wu Song luttait avec le tigre dans le fameux épisode des *Hors-la-loi du marais*. Malheureusement, le tigre interpréta ses gestes comme des signes d'agression et poussa un rugissement terrifiant. Elle comprit qu'il lui faudrait improviser une grande partie de l'action, car elle n'avait pas eu le temps de rencontrer le tigre avant le spectacle, et encore moins de répéter.

Elle traversa la scène à petits pas (qui lui avaient jadis valu le deuxième prix d'un concours de danse local), s'approchant de plus en plus du tigre. Elle lui fit signe de décrire un cercle autour d'elle, mais le tigre fut paniqué par son brusque mouvement et fit trois bonds en arrière. Quand la musique reprit, elle crut que c'était le signal pour elle de chanter la chanson qui exprimait la joie qu'elle éprouvait à laver les vêtements de la bien-aimée Armée de Libération du Peuple. Elle avança un pied et agita les hanches de haut en bas. Un incendie explosa dans sa poitrine. « Pourquoi est-ce qu'il traîne tant ? » se demanda-t-elle, décidée à ne pas regarder derrière elle pour voir ce qu'il faisait. « Tigre en papier ! » lui lança-t-elle. Puis soudain, sans préambule, le tigre bondit et, bien plus tôt que prévu dans le scénario, planta ses crocs dans sa poitrine.

Le public remarqua deux petites cornes qui sortaient du sommet du crâne de Su Yun et la regarda les utiliser pour essayer de faire reculer la bête. Les spectateurs des premiers rangs l'entendaient même qui faisait tous ses efforts pour dire son texte, hurlant : *Les uniformes de nos camarades, les soldats de l'ALP...*

Le tigre continua de lui donner des coups de patte tandis qu'elle essayait d'arracher à ses mâchoires l'uniforme qu'elle était en train de laver. Même la musique annonçant l'arrivée des bien-aimés soldats de l'ALP ne découragea pas la bête. Les termes du contrat stipulaient que le tigre avait le droit de la dévorer entièrement. Le tigre tenta de refermer ses mâchoires sur son crâne, mais ses deux cornes l'en empêchaient et il décida donc de laisser sa tête tranquille pour l'instant et de se mettre à lui boulotter un bras. Au cours de ce moment de répit, Su Yun passa la tête entre les pattes du tigre et regarda le public qui maintenant hurlait de terreur. La jambe qui n'était pas écrasée par le poids du tigre bougeait encore librement. Elle la leva et jeta un coup d'œil à la phrase en anglais imprimée sur le côté de son pantalon : QUAND VOUS ALLEZ À L'ÉTRANGER, PORTEZ DU BLANC ! ON DIT QUE LES RUES DES PAYS ÉTRANGERS SONT AUSSI PROPRES QUE DES JARDINS PUBLICS. Très bientôt, seule sa tête couronnée de cornes put bouger – toutes les autres parties de son corps étaient écrasées sous le poids du tigre.

Elle rencontra le regard du tigre. Si la bête ne lui avait pas mis du sang plein les yeux, elle aurait pu voir les magnifiques rayures de sa face, qui étaient beaucoup plus vives que celles du tigre en peluche qui était pendu à son mur (un cadeau d'anniversaire d'un vieil amant). Le tigre la fixait dans les yeux tandis qu'il mordait dans sa chair. À sa surprise, elle trouvait très agréable de se faire manger ; elle n'avait jamais ressenti cela auparavant. Le public hurlait d'horreur. Le tigre essuya sa gueule sanglante sur la poitrine de Su Yun, puis leva les yeux et considéra les mouvements qui commençaient à se faire dans les gradins. Su Yun en profita pour tourner la tête et regarder dans la direction du peintre, mais malheureusement ses pathétiques petites cornes obstruaient son champ de vision.

Pensant qu'elle tentait de s'échapper, le tigre posa sa patte sur son visage, l'empêchant de respirer. « Je t'aime, mon chéri, murmura-t-elle au peintre. Maintenant, tu vois que je ne mentais pas. Je veux recommencer ma vie. »

Elle sentit que le tigre la becquetait sous la taille. Comme elle ne pouvait pas bouger, elle espéra qu'il commencerait par sortir les intestins afin de couvrir les parties qui attiraient le plus l'attention des hommes. Elle secoua sa tête pour la débarrasser du sang de l'animal puis la leva, espérant apercevoir le ciel par la fenêtre. Les cornes qui tremblaient sur sa tête lui donnaient un air très animé. Mais au lieu du ciel ses yeux tombèrent sur les mots imprimés sur le drapeau rouge planté sur le podium du président : RESPECTEZ LES QUATRE PRINCIPES FONDAMENTAUX, CONSTRUISEZ LE SOCIALISME À LA CHINOISE. Puis, assis sous les slogans, elle vit le peintre, absolument immobile, qui fixait la scène d'un œil vide.

« Je t'aime », dit-elle au tigre, avec une pointe de sarcasme. Une seconde plus tard, les restes de son corps démembré se raidirent.

« Puisse Dieu avoir pitié de nous, dit l'écrivain. Tout péché a sa rétribution.

— Nous recevons tous ce que nous avons mérité, ajoute le donneur de sang. Mais j'espère que ce sera de notre vivant.

— Tu étais dans le public quand elle s'est suicidée ? demande l'écrivain, se redressant sur son siège.

— Quand qui s'est suicidé ?

— Cette femme ». L'écrivain ne peut pas se décider à dire son nom. Son salon carré ressemble à la boutique d'un brocanteur, avec ses possessions entassées le long des murs. L'ameublement se compose de deux coffres, d'un fauteuil pivotant, d'un tabouret en plastique, d'une table pliante offerte par le syndicat des Écrivains, et de deux fauteuils. Afin de donner à la pièce un air plus net, il a collé des feuilles de papier blanc sur les déchirures dans le papier peint laissées par les précédents occupants.

La seule image à orner le mur est une esquisse au crayon représentant une jeune fille, qu'une ex-petite amie lui a donnée. Lorsqu'il la regarde aujourd'hui, il remarque qu'elle n'est pas aussi bonne qu'elle lui semblait jadis. Il pense que s'il y avait une femme dans la pièce maintenant, et quelques meubles en plus, elle pourrait paraître un peu plus confortable. Il se penche pour mettre une nouvelle cassette dans le lecteur. Le *Requiem* de Verdi emplit la pièce, la voix de la soprano s'élève vers le plafond. Il s'affaisse de nouveau dans son fauteuil. « Cette femme », répète-t-il, augmentant un peu le volume.

Le donneur de sang se lève et commence à aller et venir. Peut-être a-t-il trop mangé. Quand il se tient droit il semble un peu plus grand. « Crois-tu que toi et moi nous nous comprenons vraiment ? » demande-t-il.

L'écrivain jette un coup d'œil au donneur de sang et dit : « Nous nous comprenons mieux que nous pourrions comprendre une femme. » Il se penche, baisse le volume et soupire : « Un homme dont le cœur a été blessé devrait être prudent dans ses relations avec les femmes.

— J'ai été stupide de lui demander de m'épouser. » Le donneur de sang tire sur sa cigarette puis fait tomber la cendre dans une tasse.

« Je ne comprends toujours pas pourquoi elle est partie avec toi, dit l'écrivain. Elle et moi étions bien plus compatibles. Nous avions des intérêts et des goûts identiques. Nous nous ressemblions même. Mais regarde-toi – tu es petit et chauve, tu n'as pas d'éducation, pas de manières...

— Tout ça c'est du passé maintenant. Oublie-le. Nous sommes amis, non ? Quelle importance ont les femmes ? Elles ont juste besoin d'un homme pour s'occuper d'elles, peu importe qui. Il n'y a que pour ses amis que la qualité d'un homme a de l'importance. Les femmes sont des produits de leur

environnement. Elles veulent plaindre le malheureux et vivre aux crochets du riche. Ensemble nous
avons satisfait ces deux besoins en elle.

— Tu veux dire que tu as satisfait ses besoins
matériels et que j'ai satisfait ses besoins spirituels »,
réplique l'écrivain.

Le donneur de sang écrase sa cigarette et baisse
la tête. « Qu'est-ce que tu crois qui l'a amenée à faire
ça ? demande-t-il.

— Je suis étonné qu'elle soit arrivée à vivre si
longtemps. Comment a-t-elle survécu à toutes ces
années ? » L'écrivain essuie alors la graisse qu'il a sur
les mains et se dit à lui-même : « Nous avons grandi
dans un vide spirituel, coupés du reste du monde.
Une génération perdue. Quand le pays a commencé
à s'ouvrir, nous avons été les premiers à tomber. La
culture étrangère est la seule religion maintenant,
mais nous n'avons aucun moyen de la comprendre,
ou d'apprécier sa valeur. Un demi-siècle a passé et
soudain nous nous retrouvons dans la forêt de la vie
moderne sans carte ni boussole. Comment une
société abrutie par la dictature peut-elle trouver son
chemin dans le monde moderne ? Nous sommes
incapables de penser par nous-mêmes, nous n'avons
pas de points de repère, nous sommes égarés, nous
avons perdu pied. Nous affichons une arrogance
superficielle pour cacher la piètre estime que nous
avons de nous-mêmes. »

Les deux amis regardent les coquilles d'œuf vides
et les os sur la table. Chaque fois que ce moment
arrive, ils comprennent qu'il leur faudra se retirer
dans le coin de la pièce pour prendre place dans les
deux vieux fauteuils.

« Pourquoi est-ce que tu veux absolument écrire
sur une femme réelle ? demande le donneur de sang.
Ce serait bien plus facile d'en inventer une. » Il se
lève, s'empare de la bouteille de vin et va s'asseoir
dans un des fauteuils. Il reste encore quelques

gouttes dans la bouteille. L'écrivain s'affale dans l'autre fauteuil et tous deux posent la tête contre le mur. Quand deux hommes sont seuls ensemble, ils prennent souvent cette position décontractée pour essayer de vaincre leur peur de l'intimité. Sans attendre que son ami réponde, le donneur ajoute : « Je sais que tu ne peux pas arrêter de penser à elle. Cette traînée. Elle méritait de mourir.

— Comment est-ce que tu peux dire une chose pareille ! » Une expression de rage passe furtivement sur le visage bouffi de l'écrivain.

« Vous aviez rompu quand j'ai commencé à sortir avec elle. Ou du moins vous n'arrêtiez pas de vous disputer.

— C'est ce que tu appelles rompre ? » L'écrivain se rappelle le jour où Su Yun lui a dit qu'elle ne voulait plus jamais le voir.

« Bien sûr j'ai toujours dit qu'il valait mieux rompre graduellement avec les femmes. Après qu'elle t'a laissé tomber, je t'ai conseillé de ne plus t'approcher d'elle, mais tu as continué à la voir en douce. C'est ainsi qu'étaient les choses. Nous sommes tous responsables.

— Alors, quelle est pour toi la meilleure façon de rompre avec une femme ? » demande l'écrivain avec un petit sourire narquois. Dans son cœur il sait que la seule raison pour laquelle Su Yun les fréquentait était qu'elle voulait rendre le peintre jaloux.

« Il faut l'emmener au concert, ou au cinéma.

— Oui, mais la plupart de nous n'en ont pas les moyens. » L'écrivain détourne le regard et pense : « Su Yun et moi suivions tous deux des voies contraires à notre nature, et à la fin il nous a fallu retourner à notre point de départ. Les hommes cachent leur jalousie, mais les femmes ont besoin de l'exprimer. Est-ce nous qui l'avons détruite ? A-t-elle réellement existé ? Mon souvenir d'elle est comme un bout de verre brisé qui me renvoie de temps à autre une étincelle d'amour. » « Tu la trouvais jolie ? demande-t-il après un long silence.

— Pas plus jolie que n'importe quelle femme pas mal qu'on voit dans la rue, dit le donneur de sang en allumant une autre cigarette. Les femmes sont très pragmatiques. Si tu en remarques une debout devant toi avec une expression froide et vide sur le visage, il faut t'en aller immédiatement.

— Ses yeux n'ont jamais menti, dit l'écrivain. Les yeux des femmes ne s'éclairent que quand elles vous veulent. Une fois qu'elles ont mis le grappin sur vous, les lumières commencent à pâlir. » L'écrivain a l'air d'émerger tout juste d'une chambre noire. Ses yeux sont vitreux. Le donneur de sang est habitué à cet air distrait qu'il a. « Il n'y a rien de plus ridicule que de croire que l'amour peut être éternel, ajoute l'écrivain. L'éternité est une statue en bronze couverte de vert-de-gris. L'éternité est la mort.

— Nous nous forçons à croire que l'amour nous rendra heureux », répond le donneur de sang. Soudain les lumières s'éteignent. Dans le noir, les hommes sont comme deux postes de radio fumants. Celui de gauche poursuit : « Nous divisons les femmes en belles et laides. Nous ne tombons amoureux que d'un visage.

— Alors tu l'aimais vraiment... » L'homme de droite a une voix aussi sombre et creuse que le mur derrière lui.

« Je l'aimais d'une manière différente de toi. Elle disait que je pouvais lui donner des choses que tu n'aurais jamais pu lui donner.

— Quelles choses ?

— Est-ce que tu as une moto ? Est-ce que tu as des billets pour le concert de la semaine prochaine ? Est-ce que tu as des certificats de change ? Est-ce que tu peux emmener une femme dans un hôtel qui reçoit des étrangers ? Tu n'es probablement jamais entré dans la Boutique de l'Amitié. Ton salaire annuel ne suffit pas à acheter une paire de chaussures italiennes. Mais regarde-moi ! Non seulement je peux entrer dans la Boutique de l'Amitié pour regarder ces chaussures italiennes, mais je peux les acheter avec mes certificats de change. Que veulent les femmes d'aujourd'hui ? La réponse est : Tout ce que tu n'as pas. » La voix à gauche est aussi rocailleuse qu'un seau rouillé. « Regarde, mon briquet est importé », ajoute-t-il, l'allumant avec un *ttssaa*.

Quatre globes lumineux regardent la flamme étrangère, bleue. Puis soudain la flamme s'éteint.

« Combien est-ce que ça t'a coûté ? demande la voix de droite.

— Il est à gaz. Si tu rencontres une femme qui fume, allume juste sa cigarette avec ça et elle est à toi.

— Nous devrions penser aux femmes comme nous pensons aux briquets », dit la voix de droite. « Mon briquet est trop vieux, songe-t-il. Il est temps que je m'en achète un neuf. »

Les deux ombres demeurent silencieuses dans la pièce noire. L'obscurité les replonge dans leurs souvenirs. Une image de l'actrice surgit devant leurs yeux, comme à travers leurs corps.

Celui qui est à gauche dit : « Le sexe est une bonne chose. Il fait agir l'amour.

— Je ne crois pas que les femmes attachent plus d'importance que les hommes au sexe. Ce sont des créatures émotionnelles. Si elles n'ont pas d'affection pour toi, leurs corps deviennent durs comme du bois.

— Tout le monde ne voit pas les choses comme toi. Mais si je savais écrire, je suis sûr que je serais un meilleur écrivain que toi. Je connais le monde réel. Toi tu écris juste pour remplir ton vide intérieur, tu n'as pas d'expérience. Tu vois la vie en termes de tragédie et de mythes. Tu es obsédé par ta crainte de la mort. Mais la mort est une chose que chacun doit subir, elle n'a rien de particulièrement intéressant.

— La corruption et le secret sont devenus les seules lois de ce pays.

— Tu ne pourrais jamais obéir à ces lois, dit celui de gauche. Tu t'enfermes ici, tu vis dans la peur, tu rends tout le monde responsable de tes ennuis. Tu n'oserais jamais te frotter à la réalité pour essayer de changer de vie, ou de tâcher par tous les moyens de te sauver.

— La loi ne protège que ceux qui ont le pouvoir. Nous autres nous sommes condamnés à jouer le rôle de la victime. »

Le possesseur *ou* Le possédé

Chaque matin il se réveillait à côté de son épouse et comptait les heures qui le séparaient de l'adultère. Le désir s'insinuait dans son corps comme de l'alcool, lui faisant savourer l'engourdissement de sa chair et le tremblement de divers organes. Il avait l'impression de se prélasser dans quelque jardin d'Éden magique.

Si l'ouvrière du textile n'avait pas tout gâché, peut-être aurait-il pu poursuivre sa vie – du moins il serait toujours assis derrière son bureau de directeur, tendant l'oreille aux pas du facteur annonçant la livraison des lettres d'amour qui se déversaient sur son bureau comme du vin, prêtes à être lentement dégustées.

Depuis le jour où le directeur du magazine littéraire bimensuel de la ville avait trouvé cette nouvelle façon d'échapper au train-train quotidien, il arrivait à son bureau aux heures laiteuses du matin, se préparait avec soin une tasse de thé, ramassait les cheveux (gris et blancs pour la plupart) qui étaient tombés sur le bureau, poussait discrètement d'un côté les lettres adressées au « Directeur » (nota : ces actions n'avaient pas de témoins, il les faisait pour lui seul), puis, du coin de l'œil, il parcourait les enveloppes, à la recherche d'une écriture connue ou espérée. Après qu'il s'était frotté les rides aux coins de ses yeux pour en faire tomber le mucus séché, ses yeux et sa tête se tournaient brièvement dans des directions opposées, comme un chat qui détourne délibérément le regard avant de se jeter sur sa proie. Il enlevait alors ses élégantes chaussures en cuir neuves, ouvrait le tiroir inférieur de son bureau pour en faire un repose-pieds, et déployait un exemplaire du *Quotidien du Peuple* pour cacher ses pieds nus à la vue d'un éventuel visiteur. Ensuite, il se balançait d'un côté et de l'autre dans son fauteuil pivotant, afin que son petit corps signale sa présence par un niveau de bruit satisfaisant, posait la tête sur le repose-tête et fixait le plafond. Tandis que ses épaules osseuses se détendaient lentement, il mettait de la crème hydratante sur ses mains, que des années de cuisine et de vaisselle avaient asséchées et ridées, et ce n'est qu'alors qu'il commençait enfin à ouvrir les lettres.

Parfois, lorsque le directeur quittait le monde magique des lettres d'amour pour retourner à la vie réelle, il clignait des yeux à plusieurs reprises et battait des paupières. Il avait lu que ces exercices aidaient à retrouver une attitude jeune, ou du moins redonnaient leur tonicité aux muscles faciaux. Cela était extrêmement important pour un homme qui avait passé la cinquantaine et ne s'était que récemment embarqué dans une vie amoureuse secrète. Il grinçait souvent des dents en allant au travail, serrant les mâchoires en cadence avec ses pas. Cet exercice l'empêchait de tomber dans des songeries – et améliorait également son apparence.

Dès qu'il ouvrait une enveloppe il voyait à l'écriture s'il s'agissait d'un manuscrit ou d'une lettre d'amour. Il avait trois tiroirs pleins de lettres d'amour que lui avaient adressées de jeunes correspondantes. Certaines provenaient d'écrivaines qui voulaient simplement être publiées ; certaines de jeunes femmes sensibles qui espéraient tomber amoureuses ; d'autres de jeunes femmes dont le respect pour ses talents littéraires s'était mué en béguin. Au cours des deux années précédentes, le directeur avait publié dans son magazine des poèmes tels que : « Le chemin de la vie est tortueux », « Tu m'as quitté, mais je suis incapable de te quitter », « Encore un crépuscule », « Une feuille d'automne entre doucement par la fenêtre de mon cœur », et était parvenu à ses fins avec chacune des filles sentimentales qui les avaient écrits. Il avait compris que pour prendre les jeunes femmes dans ses filets, il n'avait qu'à débiter quelques phrases pompeuses sur le sens de la vie, et ajouter une nouvelle colonne intitulée « Nouveaux Auteurs, Nouveaux Poèmes » à son magazine.

Lorsqu'il choisissait ses proies, il sélectionnait toujours les poétesses, et fuyait les romancières comme la peste. Son expérience lui avait inculqué une peur biologique de la romancière. Il exigeait que tout manuscrit fût accompagné d'une photographie et d'un CV. Au cours des deux années passées, il avait acquis une habileté d'expert à deviner, rien qu'à la vue de l'écriture et de la photographie, celles qui allaient tomber dans son piège. L'expérience lui avait appris que les femmes ordinaires étaient généralement les plus talentueuses, et que leurs mots gracieusement rédigés témoignaient souvent d'un sens aigu de l'observation. Les femmes qui écrivaient à propos de ciels bleus, de nuages roses et de champs verdoyants étaient les premières à mordre à l'hameçon, mais elles avaient généralement d'autres hommes dans leur vie et se montraient volages. Il avait tendance à concentrer son attention sur les filles mélancoliques qui aimaient décrire des crépuscules. Leurs poèmes faisaient invariablement référence à des cabanes en bois dans la neige, aux dernières feuilles d'automne, aux larmes, à « ce soir où il m'a embrassée », et à « une tasse de café noir sans sucre ». Les femmes de cette catégorie étaient moyennement jolies et comme la plupart avaient eu une enfance malheureuse ou des chagrins d'amour, elles nourrissaient de grands espoirs de bonheur futur. Il savait comment exploiter leurs faiblesses, et leur donner le genre d'amour auquel elles aspiraient. Elles étaient habituées à être abandonnées et trompées, et quand venait le moment de les quitter, elles se laissaient faire sans histoire. Excepté la jeune illustratrice de l'usine de textile qui avait fini par s'accrocher à lui comme une sangsue.

La matinée était pour lui un moment important et il vouait toute son attention à ses tâches. Mais lorsque arrivait quatre heures de l'après-midi, il se laissait aller à des rêveries fragmentaires et sans conséquence. (L'écrivain professionnel considère que les rêveries du directeur étaient similaires à celles auxquelles il s'adonne quand la conversation du donneur de sang commence à le fatiguer, ou quand son chef préside une réunion au syndicat des Écrivains.) Quand il se sentait tomber dans une rêverie, l'éditeur faisait semblant de lire le manuscrit qu'il tenait en main, ses yeux suivant les lignes ou se posant sur une phrase. Ses rêveries étaient pareilles à un passant qui s'arrête le temps de fumer une cigarette, puis se lève et repart.

Un après-midi, il rêva qu'il se frayait un chemin dans une rivière d'excréments. (L'écrivain professionnel sourit dans l'obscurité de sa pièce.) Cette image était indubitablement une réaction inconsciente au plaisir excessif qu'il prenait aux rêveries romantiques. Il aimait insérer dans ses rêves quelques phrases flatteuses tirées des lettres d'amour qu'il recevait, se baignant dans un flot de compliments. « Vous êtes le seul homme au monde », entendait-il murmurer la femme. « Un homme puissant. La personne qui compte le plus dans ma vie. Je ne peux pas vivre sans vous. » « Vous êtes un génie au talent sans limites, le grand timonier du monde littéraire. » Il puisait sa force spirituelle de ces paroles d'adulation, et pour la première fois depuis des années, retrouvait l'estime de soi.

Il avait jadis espéré gagner cette estime par ses œuvres. Mais sa femme, romancière professionnelle, avait réussi à le confiner à son rôle d'époux et il était entré discrètement dans sa quarantième année à son poste dans la cuisine, au milieu de poêles et de casseroles. Au début cet « homme au foyer », qui ne mesurait pas plus d'un mètre soixante, essaya d'abandonner ses rêveries durant les brefs intervalles entre la vaisselle et le balayage, afin de trouver une ou deux phrases élégantes à jeter sur le papier. Mais il abandonna bientôt. Dix ans plus tard, il dut reconnaître qu'il était tout au plus capable de prélever quelques lignes à la lettre d'une de ses admiratrices pour les envoyer à une autre. Il savait qu'il n'était que le mari d'une romancière, et que le peu de talent qu'il avait eu par le passé s'était envolé à tout jamais.

Il venait d'une famille d'intellectuels, son père était médecin, sa mère actrice dans la troupe de théâtre locale. Jeune homme, il avait fait preuve de quelques dons. Trois ou quatre poèmes avaient été publiés dans *Le Quotidien Jeune Chine*. Il avait écrit un article sur les hauts faits de Zhao Xianjin, héros local qui, comme Lei Feng, donnait de l'argent aux pauvres et aidait les vieilles dames à traverser la rue. Il avait été publié dans *Le Quotidien de Guangming*, et l'avait rendu aussi célèbre chez lui que Zhao Xianjin lui-même. Il avait quitté son travail insignifiant dans une usine de papier pour le poste de chargé de la propagande au Centre culturel du Peuple. La chance ne l'avait pas quitté. Après avoir vu *Fleurs de pêcher*, film japonais qui racontait les retrouvailles d'un homme et de sa femme séparés par la guerre, il avait écrit une histoire intitulée « L'Amour du foyer » qui contait les retrouvailles d'un habitant de Taïwan avec ses parents chinois, dont le cadre était cette ville côtière.

Le conte avait immédiatement été loué par le Secrétariat à la Guerre du Comité central, étant en parfait accord avec ses aspirations à la réunification nationale. On avait commandé un film, et le Comité central avait envoyé une équipe, ainsi que dix acteurs, dont deux venaient de l'étranger. Durant les dix jours qu'avait duré le tournage, il avait été l'homme le plus recherché de la ville, et quand les chefs de la municipalité le rencontraient dans la rue, leurs paroles avaient un tour déférent. Le soir, sa maison était entourée par la même horde de badauds qui traînent devant les grands hôtels où sont descendues les stars de cinéma.

La preuve de ces jours glorieux était encore chez lui : une photographie de lui et du groupe d'acteurs, qui incluait deux étrangers. À l'époque, c'était la seule photographie en couleurs de toute la ville. Malheureusement la photographie avait été prise à l'hôpital – il avait eu la malchance de contracter une hépatite juste au début du tournage du film. Il avait été très flatté que les étrangers viennent le voir. Après les avoir rencontrés, il devint l'autorité en ville pour tout ce qui était étranger. Quand les gens qui n'avaient vu les étrangers que de face ou de dos, ou qui n'avaient fait qu'apercevoir leurs cheveux ou leurs pantalons, se mettaient à se disputer, il y avait toujours quelqu'un pour mettre fin à la querelle en disant : « Si vous ne me croyez pas, allez voir le Vieil Hep. » C'était eux qui l'avaient surnommé ainsi. Quand le directeur de l'hôpital fut suspendu pour avoir soutenu que tous les étrangers à cheveux noirs sont de race mêlée, la photographie du Vieil Hep le sauva, car elle montrait clairement que l'un des acteurs étrangers avait des cheveux d'un noir de jais. Bien que les autorités l'aient rétrogradé au poste de directeur du bloc opératoire, elles lui avaient au moins permis de garder sa carte du Parti.

En cette année bénie, la romancière – sa future épouse – lui avait envoyé une lettre d'amour à l'hôpital. Elle l'avait qualifié de « Pavel chinois », allusion à Pavel Gorrchagin, le héros d'un film de propagande soviétique. Elle disait qu'il était le soleil autour duquel elle tournait, le rivage auquel elle brûlait d'amarrer son bateau. C'était la première fois que le Vieil Hep recevait un bout de papier où était écrite la phrase petite-bourgeoise : « Je vous aime. » Il passa immédiatement la lettre au chef du Service de Propagande municipale qui était venu lui rendre visite. Après une enquête fouillée des organes du Parti, il fut informé qu'elle était la fille du commissaire politique du régiment local. Dans la semaine, les organes du Parti donnèrent au Vieil Hep la permission de s'embarquer dans une relation avec elle. Ils eurent également la bonté de lui rendre sa lettre après avoir tracé une ligne noire sous chacun des mots malsains et petit-bourgeois qu'elle contenait.

Elle se mit donc à lui rendre visite. S'il n'avait pas eu de fièvre à l'époque, le Vieil Hep aurait pu remarquer que la jupe qu'elle portait était la même que celle que l'actrice Zhao Xiaohong portait la dernière fois qu'elle était venue en ville.

Elle s'assit en face de lui, ses jambes nues piquetées de chair de poule. « J'ai l'impression que toutes les infirmières et les visiteuses portent cette jupe », remarqua-t-il.

Sa future épouse répondit : « Cela fait des siècles qu'on voit cette jupe. En ce moment tout le monde porte la veste de Zhao Dashan.

— Et qui est Zaho Dashan ? demanda-t-il.

— Un acteur. Vous savez, le grand baraqué.

— Je ne me rappelle jamais leurs noms, avoua le Vieil Hep d'un air coupable.

— Même mon petit frère a entendu parler de lui ! » Pareille ignorance était impardonnable.

Avant de partir, elle laissait toujours derrière elle quelque chose pour s'assurer qu'elle demeurerait dans ses pensées. Elle laissait des livres qu'elle lui avait dédicacés d'un petit mot affectueux, des trognons de poire, le parfum persistant de son talc, une mèche de cheveux. Il savait que c'était la fille d'un cadre important du Parti, et il n'en revenait pas de sa chance. La grande différence de leurs positions sociales respectives fit qu'inévitablement il passa ses atouts en revue : il avait trente-six ans, il était membre du Parti, il gagnait 47 yuans et demi par mois, et ses chefs à la fabrique de papier lui avaient décerné le titre d'« ouvrier de pointe ». Ces détails signifiaient probablement peu de chose pour elle. Mais il savait que son succès professionnel l'impressionnait plus. Il était le scénariste du film *L'Amour du foyer* ; il avait réussi à se faire publier presque 200 000 mots par *Le Quotidien Jeune Chine* et *Le Quotidien de Guangming*. Ses années passées à étudier tout seul lui avaient permis de quitter son petit boulot à la fabrique de papier pour un poste de cadre au Centre culturel du Peuple ; il avait été dans la voiture à fanion rouge du chef de la municipalité et il avait représenté sa fabrique de papier au cours d'une visite à Beijing pour rencontrer le fameux ouvrier modèle, « l'Homme de Fer », Li Guoacai. Tout le monde en ville savait tout cela. Bien que la romancière ait grandi dans une maison de cinq pièces avec deux WC, son salaire n'était pas supérieur au sien et, de plus, elle n'était allée qu'une fois à Beijing, et elle était enfant à l'époque. En repensant à tout cela, le Vieil Hep se sentait un peu plus à l'aise. Quand il huma son parfum dans l'air après la visite suivante, il se sentit soudain emporté par la passion et, couché sur son lit d'hôpital, il se décida à l'épouser.

Quelque mois plus tard, le Vieil Hep la prit pour femme, et peu de temps après il fut nommé directeur du nouveau magazine littéraire bimensuel du Centre culturel. Il avait atteint le sommet de sa carrière. Mais sa chance ne devait pas durer, et en moins de deux années sa femme le rattrapa. Deux de ses romans furent publiés par les revues nationales les plus respectées, et on la proclama soudain « talent régional et municipal ». Elle alla deux fois à Beijing et Huangshan pour deux festivals littéraires différents. Le mois où elle et le Vieil Hep furent invités à s'inscrire au tout nouveau Syndicat

Littéraire, elle seule fut choisie par les autorités pour être le premier « écrivain professionnel » de la ville. Le gouvernement lui octroya un salaire mensuel pour qu'elle puisse rester chez elle à écrire des romans toute la journée. Cette tournure prise par les événements ne fut pas du tout du goût du Vieil Hep. Sa femme cessa de le qualifier de « Pavel chinois », et se mit à l'appeler Vieil Hep comme tout le monde. Elle prit contact avec d'autres écrivains professionnels dans le pays et devint une autorité sur les derniers développements culturels. Elle connaissait le nom de la petite amie de l'écrivain pékinois Tan Fucheng, et savait que le romancier Li Tiesheng avait une jambe paralysée. Quand la Politique d'Ouverture fut lancée, elle se révéla réformiste intrépide. Elle fut la première femme en ville à porter un soutien-gorge rembourré, et à se teindre et se permanenter les cheveux comme une étrangère. Elle lut un roman d'un réalisme osé, *Le Professeur de forme* de Liu Xinwu, et elle recevait de Pékin la revue littéraire *Aujourd'hui*. Elle se mit également à composer des vers romantiques et mélancoliques. Lorsque le Vieil Hep arriva finalement à écrire le mot « amour » sur un bout de papier, elle utilisait déjà des termes tels que « stimulation sexuelle ». Elle correspondait avec différents jeunes poètes pékinois, leur envoyait des mots affectueux, et en retour recevait des lettres dans lesquels ils s'adressaient à elle comme à « mon petit agneau », « mon lointain trésor », et « l'ange qui flotte dans mes rêves ». Elle était totalement en phase avec le rythme rapide de la réforme.

Un soir, le Vieil Hep était penché sur les *Textes choisis de littérature occidentale contemporaine* et sur le point de s'assoupir quand sa femme rentra d'une soirée. Il leva les yeux et dans la pénombre vit, avec horreur, deux mains aux longs ongles rouges. Sur le moment il avait cru que son corps frêle ne résisterait pas à la frayeur. Elle posa sur lui un regard serein, puis jeta un coup d'œil à ses ongles et dit : « C'est du vernis à ongles, imbécile. Ne me dis pas que tu n'as jamais vu de vernis à ongles !

— Des mains tachées de sang ! » Il avait les cheveux qui se dressaient sur la nuque.

« Du vernis à ongles ! dit-elle d'un ton cassant. Toutes les actrices étrangères dans les magazines de luxe ont les ongles rouges. Tu n'as jamais vu ça ? »

L'image de mains tachées de sang quitta lentement son esprit. Il n'était pas gêné de n'avoir jamais vu, ni entendu parler d'une femme qui se peignait les ongles. Il savait qu'il était incapable de suivre le rythme du changement. Pour essayer de se faire pardonner, il demanda : « Et pourquoi les peignent-elles en rouge ? » Sa voix était faible et triste.

« Pour que leurs mains soient jolies, imbécile ! » La romancière était en colère. Elle ne supportait pas cet homme qui était effrayé par son rouge à lèvres et à ongles. Elle se jura de ne jamais plus parler cosmétiques modernes avec lui.

Peu après, elle s'acheta une paire de chaussures à talons mi-hauts et commença à porter les cheveux défaits. Puis elle passa à l'étape qui consistait à porter des talons aiguille, fumer des cigarettes étrangères, parler d'Hemingway, boire de la bière, se mettre du parfum dans le cou et fêter son anniversaire avec un gâteau et des bougies. Elle était montée dans l'express de la Politique d'Ouverture et bientôt elle avait lu toutes les traductions des livres de Milan Kundera, équipé son foyer d'eau chaude, d'une sonnette, d'une ligne téléphonique, et avait disposé des bibelots et des jouets derrière la vitre de sa nouvelle bibliothèque. C'était une femme moderne à part entière. Mais il fallut dix bonnes années pour que le Vieil Hep se mette enfin à lire *L'Attrape-cœur* et *Cent ans de solitude*, regarder une vidéo porno, prendre une maîtresse et s'acheter un costume occidental.

Du fait que sa femme était tellement plus à l'aise avec le climat de réforme, il finissait toujours par se sentir exclu. La romancière l'emmenait dans des soirées, mais le Vieil Hep se savait petit et sans charme et il n'avait aucun sens du rythme. Et quand la musique disco se faisait entendre, il tremblait de peur et se retirait dans un coin, regardant d'un air misérable les hommes et les femmes qui faisaient des cabrioles devant lui. Sa femme commença même à se mêler de son magazine. Elle venait au bureau inspecter les manuscrits et les commandes, et il était obligé de s'incliner devant ses décisions. Chez eux, elle était la seule à recevoir des visiteurs. Ses amis passaient pour parler littérature. Depuis la cuisine, le Vieil Hep les entendait débiter des chapelets d'expressions inconnues tels que « poids linguistique », « structure sphérique », « style fragmentaire ».

Le jour de leur troisième anniversaire de mariage, sa femme entra dans *Le Grand Dictionnaire des Écrivains Chinois*, et il sut qu'à partir de ce moment il lui faudrait assumer le rôle de bouffon. Ce soir-là, sa femme invita une foule de jeunes admirateurs à l'appartement pour célébrer sa bonne fortune. Un jeune à cheveux longs tira le Vieil Hep de la cuisine et exigea d'entendre son avis sur un sujet quelconque. Le Vieil Hep demeura immobile au centre de la pièce, incapable de trouver ses mots. Il leva les yeux sur la forêt d'invités et vit le visage de sa femme rougir de rage. Pris de panique, il dit : « Demandez à ma femme. Elle est beaucoup plus intelligente que moi. » Les invités se mirent à rire. Il entendit sa femme qui murmurait : « Quel genre d'homme es-tu ? » Il ne l'avait jamais entendue parler si bas.

Il retourna à la cuisine, humilié et déprimé. Les invités hurlaient de rire. Il baissa la tête et disposa quelques feuilles de chou autour d'un plat de tofu râpé. Il savait que s'il était allé aux toilettes plutôt qu'à la cuisine, il eût fait une sortie plus honorable, et se fût exposé à se faire moins injurier par sa femme une fois les invités partis.

Il abandonna bientôt tout espoir d'un avenir heureux et se mit à chercher refuge dans les rêveries. Chaque fois que sa femme le rabrouait, il s'échappait dans son monde imaginaire. Après qu'elle fut entrée dans le dictionnaire, il lui sembla qu'elle avait grandi d'une demi-tête.

Quand elle atteignit la quarantaine, le visage de la romancière, dont le charme avait dépendu de sa jeunesse, prit soudain la forme de longue gourde de celui de son père. Lorsqu'on regardait bien, on voyait à travers le maquillage que la peau recouvrant les muscles faciaux les plus fréquemment utilisés était maintenant lâche et ridée. Mais son corps était toujours ferme – résultat de la posture assurée qu'elle avait adoptée après avoir été admise au Parti à l'âge de dix-huit ans. Ses os lourds et ses épaules larges lui venaient évidemment de son père militaire.

Son mauvais caractère s'aggrava avec l'âge. Chaque fois que le Vieil Hep faisait quelque chose qui n'était pas à son goût, elle lui tordait le bras dans le dos, fouettait l'air de la main comme une actrice de kung-fu et lui donnait des coups de pied dans les tibias. Son ignorance des choses culturelles devint la cible de sa colère, et elle fut horrifiée quand il avoua enfin ne rien comprendre au nouveau genre de « poésie brumeuse ». À table, il entendait sa femme et ses jeunes invités parler de « structuralisme », de « narration au ras des pâquerettes » et d'« écriture froide », termes qu'il ne trouvait pas dans le dictionnaire. Avant de découvrir qu'il était capable de prendre des maîtresses, il ne pouvait qu'écouter respectueusement les discours de sa femme en la regardant avec des yeux ronds.

Quand la bière et la nicotine étrangère passaient dans son sang, ses paroles et ses expressions devenaient plus animées. Se sentant écrasé par la vibration de sa voix, il cherchait souvent le réconfort dans la rêverie. Il était capable de diviser ses rêves en différentes parties comme un chapelet de saucisses, coupant entre deux scènes pour aller chercher une assiette de radis à la cuisine ou pour resservir du thé aux invités. Tant que sa femme ne criait pas pour attirer son attention, ses rêves pouvaient se poursuivre épisode après épisode.

Alors qu'il tombait de plus en plus bas, il comprit qu'il ne pouvait se sentir libre et agir à sa guise que dans la cuisine. Il pouvait jeter par terre des bouteilles de vinaigre de riz sans avoir à leur demander leur permission ; il pouvait abattre son fendoir sur la planche à découper, qu'il y ait ou non de la viande dessus. Il pouvait même tuer des choses sur cette planche. Transformer des créatures vivantes en créatures mortes devint son passe-temps favori. Quand il regardait un poulet qu'il venait de décapiter se débattre faiblement entre ses mains, les soucis qui l'empoisonnaient dans le monde extérieur disparaissaient de son esprit. À l'instant où l'animal vivant devenait un cadavre, il hurlait un torrent d'obscénités. Un jour, il posa une carpe sur la planche, abattit violemment son fendoir et hurla « Vieille sorcière puante ! » comme la tête tombait sur le sol en ciment.

Avant qu'il sache qu'il était capable de prendre des maîtresses, la seule manière pour lui d'échapper au contrôle de sa femme était de se plonger dans la rêverie. Quand, allongé dans le lit près d'elle, il lui faisait un des massages du visage figurant dans *Le Guide du massage cosmétique*, il se calmait l'esprit en rêvant de poubelles violettes. C'était un rêve auquel il avait très régulièrement recours, et qui semblait changer légèrement chaque fois qu'il le faisait. Pour trouver la poubelle, il lui fallait faire cent mètres dans l'espace-temps, tourner à quatre coins de rue, longer un mur recouvert de cendre blanche qui s'écaillait, s'engager dans une ruelle parsemée de tas de briquettes de charbon, passer devant un marchand de bière, une librairie pour enfants, deux restaurants privés, une boutique vendant des vêtements funéraires (un frisson courait toujours le long de sa colonne vertébrale quand il voyait la fresque montrant des cadavres en pâmoison qui s'élevaient dans le ciel), jusqu'à ce qu'enfin il arrive aux poubelles violettes à l'arrière du parking des bicyclettes. Parfois il voyait son père sortir d'une poubelle, enlever ses lunettes, et le scruter d'un air sournois. Il savait que dans trente ans, il serait identique à cet homme, sans les lunettes.

Quand il refit ce rêve plusieurs années après, la poubelle finit par prendre un avion. Il était dans un bus à ce moment-là, après avoir passé un après-midi torride avec sa jeune maîtresse dans les ruines d'une usine au bord de la mer. Le bus oscillait en cahotant. Alors que son corps était encore fatigué par l'éjaculation et qu'il avait encore le cœur battant, il sortit la poubelle violette de l'avion et la plongea dans l'océan. La poubelle devint alors une masse de pages blanches voletant dans sa tête. « Comme des oiseaux », murmura-t-il avant de retrouver ses esprits.

(« J'aime être avec des gens malheureux, », dit le donneur de sang.

L'écrivain se rappelle que l'homme assis à côté de lui était jadis célèbre pour son habileté à faire des vents. Un jour, au camp de rééducation, il avait pété trente-six fois. L'écrivain se rappelle aussi qu'il avait acheté une poignée de poux à un villageois pour cinq yuans et les avait cachés sous la couette du commandant Li pour le punir de ronfler trop fort.

Il est capable de tout, pense l'écrivain. Mais il n'a jamais eu de succès avec les femmes. Il ne sait pas comment les traiter. Tous nos amis du camp sont mariés et ont des enfants maintenant, mais il est toujours célibataire. Il doit sûrement se sentir seul ! L'esprit de l'écrivain revient à la romancière. Pendant la Révolution culturelle, elle avait été envoyée dans un camp qui n'était qu'à huit kilomètres du leur. Elle y était tombée amoureuse de Huang Gang. C'était un jeune et beau militant, fils d'un ambassadeur, apparemment. Elle et Huang Gang étaient le premier couple de la région à avoir eu le courage de vivre ensemble sans être mariés. Quand ils avaient appris que les chefs du camp allaient envoyer la milice les arrêter pour cohabitation illégale, elle était allée directement au quartier général et avait menacé de se tuer si l'un d'eux la touchait. À l'époque, elle avait un insigne de membre du Parti communiste avec un portrait du Président Mao à la boutonnière, et personne n'avait osé pousser l'affaire plus loin.

Pour elle, Huang Gang était un Marx moderne, et elle était sa Jenny, son assistante et amante. Si Huang Gang n'avait pas été interné en hôpital psychiatrique quelques années plus tard, peut-être auraient-ils fini par se marier, et elle n'aurait pas échoué avec le malheureux directeur de revue. La seule utilité qu'il avait maintenant pour elle était de faire contraste avec son propre succès. Mais elle rêvait d'un homme de fer, un héros ou une figure christique, pour pouvoir prendre le rôle d'une tigresse protectrice, ou d'une enfant gâtée et exigeante. Quand le Marx dont elle était amoureuse avait été renversé par une clique rivale, elle était immédiatement tombée en disgrâce. Sans homme dans sa vie pour la dominer, elle était devenue aigrie et arrogante.

Puis elle avait rencontré le directeur de la revue et était tombée amoureuse. Mais peu après l'avoir épousé, elle avait découvert, à sa consternation, qu'il était faible et veule et elle s'était mise à rêver de plus belle d'un homme qui puisse la fouetter pour ensuite sécher tendrement ses larmes. Son désir de trouver un nouvel homme la propulsa hors de l'appartement et dans les bras de ses admirateurs. Elle cherchait chez les hommes mûrs ce que le directeur ne pouvait lui donner. Un soir, après avoir trop bu, elle alla voir l'écrivain professionnel, une lueur de désespoir dans le regard. L'écrivain savait que, du fait qu'elle avait été élevée par un cadre communiste sévère, elle était mal équipée pour affronter les tourments de l'amour. Il voyait bien que malgré son attitude flamboyante, son cœur était vide.

« Nous sommes irrémédiablement perdus. Il n'y a rien qu'aucun de nous puisse y faire, se marmonne l'écrivain à lui-même dans l'obscurité.

— J'aime être avec des gens malheureux, répète le donneur de sang.

— Personne n'est véritablement heureux en ce monde. » L'écrivain pense toujours à la romancière et au directeur de revue.)

Quand l'hiver s'installait, le Vieil Hep commençait à rêver de pommes. Il creusait dans le fruit juteux comme un ver, se gorgeant de la chair mûre, forant des sentiers dans toutes les directions, puis barbouillant les murs de ses excréments avec le bout de sa queue, laissant des tunnels brun sombre derrière lui. Tout ce qu'il voulait c'était manger, puis s'allonger tranquillement pour digérer. Personne ne pouvait l'embêter à l'intérieur du fruit, et comme les pommes sont faites pour être mangées, elles n'élevaient pas non plus d'objections. Il se déplaçait en larges cercles autour du centre, perçait la peau de temps à autre. Il était convaincu que le capital se trouvait au cœur, et il craignait de s'en approcher. Il soupçonnait que le Président Mao et les cadres importants du Comité central habitaient là. Tant qu'il évitait le cœur, il était libre de manger et d'aller et venir comme il voulait. Dans le monde de la pomme juteuse, il trouvait enfin paix et satisfaction.

« Est-ce que ce n'est pas ça le communisme ? » gloussait-il souvent à part lui-même, allongé dans son lit à côté de sa femme qui ignorait le rêve qu'il était en train de faire. Mais ses rêves n'étaient pas toujours aussi agréables. Chaque année, le jour de la fête nationale, il rêvait qu'il escaladait un arbre en coton et soie entouré de pains en or. Il savait que s'il ne se contrôlait pas, il finirait par escalader le tronc éternellement. Une nuit, comme il tendait la main vers la plus haute branche, sa femme cria : « Lâche-moi, connard ! » Il se réveilla et se retrouva en train d'agripper ses cheveux. Il se dépêcha de les remettre en place et se rendormit, bien qu'il eût beaucoup trop peur pour poursuivre son rêve.

Ce n'est pas avant d'avoir eu onze ans d'ancienneté en tant que directeur de la publication que le Vieil Hep découvrit la vraie valeur de sa position. Lorsque la fin de l'été arriva, il négligeait ses devoirs professionnels et concentrait son attention sur la chasse aux femmes. Avant d'avoir assisté au congrès littéraire du ministère de la Culture ce printemps-là à Beijing, il n'aurait jamais songé à pourvoir prendre un jour une maîtresse. Mais à ce congrès, il avait rencontré une poétesse de Shijiazhuang qui, tout comme sa femme, fumait des cigarettes, se vernissait les ongles en rouge et était même au Parti, elle aussi. Mais elle était plus petite que sa femme et avait des os plus fins. Pendant les discours officiels, il n'arrêtait pas de jeter des coups d'œil pour voir quelle tête elle faisait. La première nuit, alors qu'il marchait dans le couloir en direction de la salle de bains des hommes, la poétesse passa la tête à sa porte et l'appela. Sa lumière était allumée, mais quand il entra dans sa chambre, elle l'éteignit et referma les bras sur lui. Ses tendres baisers apaisèrent ses nerfs et en moins d'une minute ses jambes cessèrent de trembler.

Deux années plus tard, il comprit que depuis cette nuit-là, il avait essayé de retrouver chez d'autres femmes l'odeur de suie aigre qui imprégnait ses cheveux et l'intérieur de sa culotte en coton. Cette nuit à Beijing il avait appris que lui aussi était capable de commettre des péchés. Il se dit : « Si une femme est prête à me donner son corps, pourquoi le refuser ? »

Le lendemain matin, les délégués se retrouvèrent dans la salle de congrès et poursuivirent leurs analyses des articles de rectification politique des troupes culturelles et artistiques. Comme le Vieil Hep s'asseyait dans son siège, il se sentit devenir plus fort et plus grand. Il se vautrait dans la joie d'avoir pénétré la pomme sucrée du Communisme. Sa voix devint fluide et naturelle. Alors qu'il se levait pour faire son discours, le derrière nu de la poétesse traversa brièvement son esprit. Il enleva doucement la culotte à fleurs. Deux fesses blanches et rebondies...

« Il n'y a pas de mots pour exprimer la grandeur des pensées sur la littérature et l'art du Président Mao, résuma-t-il à la fin de son discours. Elles sont tout simplement stupéfiantes ! »

Lorsqu'il retourna chez lui, c'était un autre homme, un homme courageux, un homme capable de posséder d'autres femmes.

Avant la fin de l'été, il demanda à une fille de l'usine de textile locale qui faisait des illustrations pour son magazine si elle voulait sortir avec lui, et elle accepta. Il l'emmena donc dans le bois derrière le parc du Foulard Rouge. Ils s'assirent sur un banc et elle dessina le soleil couchant doré qui se reflétait à la surface du lac. L'eau était calme et l'air plein d'insectes bourdonnants. Le directeur, qui approchait maintenant de la cinquantaine, se tenait debout derrière la fille et, le souffle coupé, regardait son oreille délicate, et la petite main qui n'arrêtait pas de remonter une mèche de cheveux derrière elle. Il savait que toute jeune femme en ville rêvait d'avoir un travail permanent dans son service, et qu'elles le considéraient comme un homme comblé et influent. L'ouvrière du textile avait paru profondément flattée quand il l'avait invitée à sortir. Et de fait, il était tout ce qu'elle cherchait chez un homme. Plein de confiance, il posa la main sur l'épaule de la fille et commenta les branches qu'elle était en train de dessiner. Le rouge lui monta aux joues. Remarquant que le crayon commençait à trembler dans sa main, il s'approcha pour passer son autre bras autour d'elle. Mais son équilibre n'était pas assuré, et quand il se pencha en avant, son pied glissa et il s'affala par terre, entraînant la fille avec lui. Il se glissa furtivement jusqu'à elle et sans un mot la chevaucha. Elle garda les yeux fermés tout du long, sauf à l'instant où elle souffrit le plus, où elle les ouvrit brièvement pour regarder le ciel et vit les nuages virer du rouge au violet.

Après ce rendez-vous couronné de succès, il l'invita plusieurs fois à venir à son bureau après le travail, dans l'espoir de jouir de nouveau d'elle. Elle accepta à chaque fois, et avant longtemps devint sa première maîtresse officielle. La joie de posséder une femme, de posséder une vierge, lui donna une nouvelle jeunesse.

« Avant toi, je n'avais fait l'amour qu'à ma femme », lui dit-il allongé en travers de son corps.

— Et avant de te rencontrer, j'étais vierge, répondit-elle, levant les yeux avec un sourire.

— Tu as changé complètement ma vie, dit le directeur en caressant son front lisse. Je ne me considère pas du tout comme vieux. Après tout, je n'ai que trente et un ans de plus que toi. »

L'ouvrière du textile donnait confiance au directeur, et quand cette confiance s'étendit à sa vie professionnelle, les femmes commencèrent à atterrir sur son bureau comme les manuscrits qu'il recevait chaque jour. Tant qu'il acceptait de publier leurs œuvres, ces femmes étaient prêtes à s'allonger sous son corps ridé. Tout ce qu'il avait à faire c'était de choisir sa proie et laisser tomber quelques allusions subtiles. Il avait rarement le temps de rêvasser, il était trop occupé par le nombre croissant de femmes avec lesquelles il avait des liaisons illicites. Son bonheur secret prêtait à son visage un air de maturité. Personne ne savait que quand il présidait les réunions d'éducation politique au travail, ou qu'il faisait la vaisselle chez lui, il était, dans son esprit, en train de grimper une femme, de lui lever les jambes en l'air et de la soumettre à sa volonté.

Il commença à remarquer les différentes façons qu'avaient les femmes de se conduire au moment de la jouissance. L'ouvrière du textile pâlissait en comparaison des femmes qui lui avaient succédé. Au sommet de l'excitation elle se contentait d'émettre un faible coassement. Elle ne gémissait ni ne criait jamais, ni ne bougeait les jambes comme les femmes mûres. Celle qui lui restait en mémoire était une nouvelliste de Shijiazhuang. Il n'arrivait pas à oublier ses longues jambes de danseuse enroulées autour de son vieux corps. Malheureusement, une fois qu'il eut publié son travail, elle le laissa tomber comme une vieille chaussette. Mais elle finit par être la plus mémorable des vingt et une femmes avec lesquelles il avait couché. Dans son précieux carnet rose qu'il avait intitulé « Abrégé des beautés », il avait soigneusement noté son anniversaire, sa taille de chaussures et son adresse.

Chez lui, le Vieil Hep se décontracta, et commença à faire plus attention à sa femme, qui avait récemment sorti son sixième livre. (Quand l'écrivain professionnel se rappelle l'histoire de « Marx et Jenny » dans le roman qui l'a rendue célèbre, il est pris de nausée. Ses autobiographies à peine voilées puent la régurgitation fétide de son passé.) Les poches du costume du Vieil Hep étaient pleines de cartes affichant ses titres professionnels de « Directeur de revue » et de « Secrétaire du syndicat des Écrivains ». Chaque fois qu'il rencontrait quelqu'un, il lui offrait cérémonieusement une carte en prenant un air sérieux mais cependant avenant. Son petit corps replet donnait l'impression que c'était un homme fiable et travailleur. Après avoir attendu toutes ces années, il avait enfin pris l'express de la Politique d'Ouverture.

Après la publication du premier roman d'une jeune écrivaine qu'il avait découverte (un livre que les critiques déclarèrent être l'œuvre de fiction chinoise la plus à l'avant-garde), il gagna le respect et l'admiration des jeunes loups littéraires de la ville. Ils firent l'éloge de son flair pour le talent et le pressèrent de les rencontrer. Pour se préparer à ses réunions avec eux, le Vieil Hep passa de nombreuses heures à essayer d'apprendre la phraséologie et le ton de voix qu'employait sa femme quand elle parlait littérature. Bientôt il fut capable de saupoudrer ses discours de termes tels que « l'inconscient collectif », « le courant de conscience », « l'absurde » et « pseudo-réalisme ».

Pendant un temps, la romancière se sentit tenue à l'écart, et fit une légère dépression. Elle semblait ne plus avoir la haute main. Quand ils recevaient des visites d'écrivaines qui étaient exactement telle qu'elle était vingt ans auparavant, elle paraissait cireuse et terne en comparaison. Bien que la nouvelle génération de femmes se vernît les ongles du même rouge qu'elle, elles préféraient se mettre du mauve ou du rose fluo sur les lèvres. Le fait qu'elle ait osé porter des jeans serrés dix ans auparavant, et eût même été prête à écrire pour cela son autocritique, signifiait très peu de chose pour ces jeunes femmes qui préféraient maintenant les jeans larges et les survêtements importés. Les femmes les plus avant-gardistes étaient déjà allées à Shenzen et en étaient revenues avec les cheveux frisottés. Quand la femme du Vieil Hep commença à parler du *Vieil Homme et la mer* d'Hemingway, les jeunes femmes allèrent dans un coin parler de Heidegger et Robbe-

Grillet. Son sujet de conversation favori – ses souvenirs de la Révolution culturelle et de sa vie au camp de rééducation – ne signifiait rien pour elles. Elles la traitaient avec l'indifférence détachée avec laquelle elles eussent traité quiconque appartenait à la génération de leurs parents.

(« Nous sommes finis, dit-elle à l'écrivain professionnel un soir qu'elle était venue le voir, à moitié soûle. Cette génération ignore tout de la souffrance et de l'isolement. Ils ont le cœur sec.

— Et quel bien l'isolement fait-il ? demanda l'écrivain.

— Ils ne prennent pas la vie au sérieux.

— Toi non plus, à leur âge.

— Écrire exige un sacrifice complet. Il faut mettre toute son âme dans son travail. Chaque mot doit être payé de sueur et de sang.

— Mais si tu te coupes du monde d'aujourd'hui, comment peux-tu espérer écrire à son propos ? dit l'écrivain.

— Les écrivains sont le produit de leur temps. Un monde superficiel produit des écrivains superficiels. Je ne peux pas m'empêcher de regretter les années que nous avons passées en camp de rééducation.

— Le monde a changé, dit l'écrivain. Tu es restée en arrière. Ces jeunes femmes comprennent la société d'aujourd'hui mieux que toi. Peut-être qu'une forme de littérature plus pure émergera de leurs esprits secs. Ils n'ont pas de préjugés, pas de goût pour la politique. Leurs problèmes sont purement personnels. Mais toi... ton temps est déjà passé ».)

La passion qu'éprouvait le Vieil Hep pour l'ouvrière du textile avait progressivement décliné de la même façon qu'un peuplier en automne perd de plus en plus de feuilles à chaque coup de vent.

Ces vents étaient provoqués, bien sûr, par le nombre croissant de maîtresses du directeur. L'ouvrière du textile supportait d'être négligée et ne perdait pas espoir. Elle pensait que son amour finirait par le gagner, et, collée à lui, elle refusait de lâcher prise. Mais il ne la voyait que lorsque aucune autre proie n'était en vue. Il était bien décidé à vivre pleinement sa vie et à profiter de toutes les occasions que lui offrait son poste. L'adoration de l'ouvrière du textile lui avait donné confiance en lui et les avances de la nouvelliste setchouanaise lui avaient donné du courage. (Même si lorsque la Setchouanaise avait dit des choses telles que : « Défais mon soutien-gorge » ou « J'adore ta petite calvitie », il avait tremblé de peur.) Il savait qu'afin de progresser, il lui fallait continuer d'avoir ces expériences amoureuses.

L'ouvrière du textile avait été élevée de manière stricte. Sa mère était une fonctionnaire qui adhérait religieusement aux règles du Parti, son père était mort à l'hôpital pendant la Révolution culturelle. Elle était fille unique, et pour entretenir sa mère, elle avait commencé à travailler dès qu'elle avait passé son bac. Si elle était entrée à l'université, il lui aurait fallu quitter la ville, et sa mère n'y aurait jamais consenti. Elle avait donc appris à se contenter de ce que cette ville avait à lui offrir. Elle savait que si elle se conduisait bien dans l'usine de textile, elle pourrait peut-être être promue à un travail administratif, et de là peut-être obtenir un poste au Centre culturel du Peuple. Elle rêvait de quitter les métiers à tisser bruyants pour se trouver un travail silencieux derrière un bureau. Le directeur de revue devint son modèle. Il lui avait dit que quand il était ouvrier en usine il avait étudié l'écriture et que son scénario lui avait permis de devenir directeur de revue. Quand elle le regardait, son petit corps lui semblait napoléonien, son visage gonflé et ridé lui rappelait Beethoven. Ayant grandi privée d'amour paternel, elle le considérait comme un père. Elle avait un seul but dans la vie, qui était de rester toujours avec lui.

Malheureusement, à partir du moment où elle lui avait mis le grappin dessus, le bonheur lui avait donné un appétit considérable. La graisse se logea d'abord dans sa taille et ses mollets, puis gagna son visage, lui boursouflant les paupières et lui gonflant les joues. Après deux années de liaison, le directeur ne pouvait plus supporter sa vue. Elle avait perdu tout son charme enfantin, et avait maintenant le corps d'une femme mûre. Les maîtresses qu'il avait prises par la suite l'avaient rejetée dans l'ombre. Il avait honte d'elle, et ne pensait qu'à s'en débarrasser. Un mercredi après-midi, il accepta de la rencontrer derrière le parc du Foulard Rouge, espérant profiter de l'occasion pour rompre une fois pour toutes.

(Les relations entre les gens sont très étranges, songe l'écrivain. Nous nous comportons avec douceur, flagornerie même, envers ceux que nous craignons, mais piétinons les timides et les effacés. Nos rôles sont déterminés par nos adversaires. Nous avons tous une nature double. Le directeur de revue était l'esclave de sa femme et le maître de l'ouvrière du textile – rôles qu'il ne pouvait jouer avec aucune autre femme. Nous passons tous d'un rôle à l'autre. Si je continue d'écrire cette histoire, qui sait, l'ouvrière du textile pourrait devenir encore plus violente que la romancière.)

Quand elle arriva enfin dans le bois derrière le parc du Foulard Rouge, le Vieil Hep bouillait de rage. Il n'avait jamais éprouvé cela auparavant. Alors qu'il allait à son rendez-vous il sentit qu'une transformation physique était sur le point de se faire en lui. Elle courut à lui, son corps grassouillet tressautant comme si elle bringuebalait dans une vieille guimbarde. Elle s'excusa de son retard, mais il continua de lui lancer des regards furieux. Le remords lui fit monter le rouge aux joues. En fait, à ce moment, elle aurait dû se jeter contre sa poitrine, comme elle faisait par le passé, et étouffer le feu qui brûlait dans son corps sous le poids de sa chair. Mais l'expression froide et dure de son visage sapa sa confiance, et elle n'osa pas s'approcher.

Cependant, la tournure que prenaient les événements satisfaisait le Vieil Hep. Son retard lui permettait de continuer à faire bouillir sa colère, et quand il la vit trembler devant lui avec un air pathétique, il sut qu'il était prêt à exploser. (Les femmes laides ne devraient jamais rester immobiles devant un homme si elles veulent le séduire. Elles devraient d'abord arquer gracieusement les sourcils, l'amuser avec une anecdote drôle, ou le couvrir de baisers – tout pour détourner son attention de leurs yeux porcins ou de leur menton pointu. Certes, la chose est épuisante, mais elle est obligatoire. Tout un chacun doit apprendre à faire au mieux avec ce qu'il a.) La rage devait couver en lui depuis des années, car sans une seconde d'hésitation, il fut capable de lever la main pour la laisser retomber violemment sur son visage.

« Espèce de connasse ! cria-t-il après la première gifle. Pourquoi es-tu en retard ? »

Il avait appris ces gestes et ce ton de voix de sa femme. Durant leur vie de couple sans enfant, elle lui avait crié dessus ainsi une fois, quand le chandail qu'il avait lavé et mis à sécher sur le balcon avait été emporté par le vent. Elle l'avait accusé de l'avoir fait exprès, et quand il avait répondu que le chandail était si mouillé qu'il avait été obligé de le pendre à l'extérieur, elle l'avait giflé. À l'époque, il avait senti un organe qui se déplaçait légèrement dans son corps. Il avait couru à la cuisine, et avait bu de l'eau jusqu'à ce que la tête lui tourne. Aujourd'hui il rendait cette gifle. Bien qu'il eût du mal à parler au début, et que sa voix sonnât comme une pelle qui racle un seau en fer, bientôt il se libéra. Sa main n'avait pas manqué son visage. Il avait réussi. Prenant confiance, il lui donna un coup de poing dans la poitrine et elle tomba à l'endroit même où elle avait perdu sa virginité. Ce qu'elle fit par la suite scella son destin. Au lieu de lui rendre son coup, elle se mit à genoux et implora son pardon.

Dans l'esprit du Vieil Hep, cette pose de suppliante était la preuve qu'il avait bien fait. Il abandonna toute retenue. Enfin il rattrapait toutes ces années perdues.

Alors que le crépuscule faisait place à la nuit, le Vieil Hep éprouva un besoin incontrôlable de la posséder. Il la chevaucha et s'empara de son faible corps. Elle serra les dents et coassa tandis qu'il lui mordait les seins et lui tirait les cheveux. Bien qu'elle fût plus grande que lui, chaque fois qu'elle essayait de se relever il parvenait à la faire retomber à coups de pied.

« Est-ce que tu vas me foutre la paix maintenant ? cria-t-il.

— Je ferais n'importe quoi pour te rendre heureux, répondit-elle, levant sur lui un regard d'adoration avant de retomber dans l'herbe.

— Je ne me suis pas fait suffisamment comprendre ? dit-il en relevant son pantalon. Je ne veux plus jamais te revoir ! » puis il cracha par terre et s'en alla.

(Soudain l'appartement du huitième étage s'éclaire. Qu'est-ce que l'amour exactement ? se demande l'écrivain. Il aperçoit une poupée en chiffon affalée dans un coin de sa pièce, et se demande ce qu'elle fait ici. Il la voit souvent, bien qu'il soupçonne ses yeux de lui jouer des tours, parce qu'il ne la voit que la nuit, ou quand il est soûl ou perdu dans ses pensées. Peut-être y a-t-il réellement une poupée en chiffon sous le fauteuil. Peut-être qu'elle lui a été offerte par une femme ou qu'un ami l'a oubliée. Ou peut-être le précédent locataire l'a-t-il jetée là dans un geste de colère. Personne n'a jamais pris la peine de se pencher pour la ramasser. Plus la poupée se couvre de poussière moins il est enclin à la toucher.)

Les tiroirs du directeur étaient pleins de lettres d'amour. Du fait que cette ville est bâtie près d'un grand port elle fut l'une des premières à bénéficier de l'assouplissement des règlements commerciaux de la Politique d'Ouverture. À mesure que son économie florissait, la ville s'étendit et un nouveau quartier fut construit sur les terres agricoles le long de la côte. Des hordes de paysans des villages avoisinants se déversèrent dans le quartier pour y vendre leurs produits et chercher du travail. Bientôt tout le monde en Chine connut le nom de cette ville, et le magazine littéraire du Vieil Hep y gagna en prestige. Il était content de son travail. Ses collègues du département éditorial avaient de l'affection pour lui. Durant les réunions d'études politiques, ses camarades du Parti admiraient son ouverture d'esprit et son courage, qui l'incitaient à exprimer des revendications mineures. Les nouvelles recrues le prenaient en exemple et quand il parlait avec eux il lâchait toujours des termes tels que « sexy », « contemporain » et « chouette », dans la conversation pour les mettre à l'aise. Il savait qu'aussi longtemps que l'ouvrière du textile ne décidait pas de lui faire d'autres ennuis, il pouvait demeurer tranquillement à son poste jusqu'à la retraite. Il se creusait les méninges à la recherche de façons de se débarrasser d'elle. Du fait qu'elle avait perdu toute estime de soi, il savait qu'il pouvait la torturer comme il voulait. À mesure que les semaines passaient, il découvrit qu'il aimait la tourmenter, et du fait qu'elle était une victime consentante, ils finirent par se voir plus souvent que jamais.

Il n'oubliait pas qu'il avait été le premier à tomber amoureux. La première fois qu'elle était venue à son bureau, il lui avait raconté combien il travaillait dur sur son roman, et lui avait parlé des tournois d'échecs qu'il avait gagnés à l'école. Il s'était présenté comme un homme qui avait beaucoup souffert dans la vie, et qui avait un besoin désespéré d'être consolé. Quand l'ouvrière du textile avait levé les yeux sur lui, il n'y avait pas d'amour dans son regard. Mais elle avait besoin d'un père, et elle était flattée de l'importance que le directeur lui accordait – aucun homme n'avait jamais partagé avec elle des pensées aussi intimes. Ainsi, quand il l'avait enlacée dans le bois derrière le parc, elle ne l'avait pas repoussé. Pendant un moment tout alla bien, ils satisfaisaient leurs besoins réciproques. L'ouvrière du textile n'avait pas eu tort de tomber amoureuse du Vieil Hep, son erreur avait été de s'accrocher à lui après qu'il fut passé à une autre proie. Son amour pour lui l'avait détruite.

Chaque fois que le Vieil Hep essayait de rompre avec elle, elle disait qu'elle n'accepterait que s'il lui faisait un enfant. Cette exigence l'avait accablé, et il reprit bientôt l'habitude de s'échapper dans ses rêveries.

Bien que le directeur allât chaque matin au travail avec les joues roses et un grand sourire, il revenait le soir avec un visage terreux. Après être entré, il enlevait ses chaussures, se laissait tomber dans son canapé et commençait à rêver qu'il déplaçait les meubles. Parfois un gros fauteuil en jujubier était si lourd que son visage dégouttait de sueur. Un jour, comme des odeurs de poule au pot venaient de la cuisine, il rêva qu'il arrachait du mur une énorme bibliothèque. Quand il se réveilla quelques minutes plus tard, en train de touiller le bouillon, il ressentit une soudaine envie d'assommer l'écrivain de pacotille, paysan rustaud qui se pavanait devant sa femme dans le salon, avant de déchirer son minable roman en mille morceaux. Il se contenta de mettre de l'eau dans la bière et de saupoudrer le riz de sable avant d'emporter le plateau. Puis il regarda sa femme et l'écrivain qui grimaçaient tandis que le sable crissait sous leurs dents. Ses jambes tremblaient d'excitation. Il se jura que si ce malheureux écrivain restait chez eux une journée de plus, il pisserait dans sa bière.

Mais chez lui il était encore un domestique, toujours obligé de regarder la tête que faisait sa femme avant de lever le petit doigt. Elle le commandait avec la férocité d'une tigresse, et il obéissait scrupuleusement. Après avoir accompli son devoir conjugal, il pressait son préservatif pour en faire sortir le sperme qu'il étalait sur le visage et les cuisses de sa femme. (Elle avait lu dans un magazine que les crèmes de beauté françaises les plus chères étaient à base de sperme, et voulait que le Vieil Hep fasse pénétrer tout le contenu de ses préservatifs dans sa peau.) Quand il était avec l'ouvrière du textile, il pouvait éjaculer dans sa bouche et exiger ensuite qu'elle avale la moindre goutte.

« Sur le visage ! » rugissait la tigresse, tandis que le directeur revenait au lit pour se pencher sur elle. Le Vieil Hep remarquait qu'il y avait très peu de sperme dans ses préservatifs et mettait cela sur le compte du rendez-vous secret qu'il avait eu le jour précédent. Comme il faisait soigneusement pénétrer les dernières gouttes, il jurait intérieurement : « Horrible vieille chauve-souris. Ton visage est aussi plein de sillons que les champs de Dazhai. »

Il frottait jusqu'à ce que le sperme fasse sur sa peau une sorte de poudre blanche. « Je pouvais faire ce que je voulais avec elle, se disait-il. Elle me laissait lui sucer les seins jusqu'à plus soif. Les siens étaient plus blancs et plus doux que les tiens. » Quand il sortait du lit pour se laver les mains, il sentait ses testicules vides qui commençaient à se réchauffer.

Une fois qu'il avait commencé à prendre des maîtresses, il n'avait plus fait ce rêve de déverser des camions entiers de terre dans la mer. Mais quand l'ouvrière du textile lui avait dit qu'elle ne romprait que s'il lui faisait un enfant, il remonta dans la cabine de l'immense camion et vit dans son rétroviseur les montagnes de terre qui tombaient dans les vagues de l'océan. Pendant sa pause de l'après-midi au bureau, il faisait des allers-retours avec le camion, plongé dans l'hébétude. Ses collègues le voyaient fixer le mur en souriant puis froncer les sourcils en regardant le calendrier vieux de deux ans. Ils savaient qu'il plongeait dans un rêve éveillé, et ils profitaient de ce moment pour aller acheter quelque chose à manger ou téléphoner.

Quand il rêvait ainsi, ses collègues devinaient ce qu'il était capable de faire d'après les expressions de son visage. S'il fronçait les sourcils, il était quand même capable d'entendre le téléphone et de regarder ses manuscrits ; il pouvait même se lever, serrer la main d'un visiteur et aller et venir dans la pièce. Mais quand il se réveillait, il oubliait tout ce qui s'était passé. Quand ses lèvres se retroussaient en un léger sourire, le plus qu'il pouvait faire était de se lever, aller à la thermos et verser de l'eau chaude dans sa tasse. Lui seul savait qu'à ce moment le camion qu'il conduisait se déplaçait avec une vitesse et une agilité remarquables. Mais quand le camion commençait à glisser sur la mer et s'apprêtait à l'emporter dans le ciel bleu, son expression devenait terriblement sérieuse, et ses yeux se fixaient dans le lointain. Le sous-directeur Chen, qui connaissait un peu l'art du Qigong, disait que c'était celle d'un homme qui fixe l'éternité après avoir émergé d'une profonde méditation.

« Il est entré dans le royaume du vide », expliquait le Vieux Qigong au directeur artistique qui tentait de se faire pousser un bouc. « Son âme a quitté son corps. Il est aussi parti que la nuit où tu t'es bourré la gueule et que tu as baissé ton pantalon. »

Bien que les rêveries du directeur fussent très intenses, elles duraient rarement plus de vingt minutes.

Quand il devint évident qu'il rêvassait à la maison, la romancière se moqua de lui : « Tu as perdu tes oreilles, espèce d'idiot ? » dit-elle en riant quand il ne répondit pas à sa question. À ce moment-là, il fixait la vaisselle qui était dans l'évier et l'eau qui coulait du robinet, tandis que dans son esprit il escaladait un arbre pour y cueillir la barbe à papa qu'il adorait quand il était enfant. Quand il ne répondit pas à son second appel, sa femme fit irruption dans la cuisine, attrapa une carotte et avec la force d'un général d'armée, la lui planta dans le dos. Immédiatement il sauta des branches, s'écrasa contre le tronc puis atterrit en un tas confus sur le sol de la cuisine. Lorsqu'il se réveilla, il était affalé sur un tas de patates, regardant sa femme qui tenait une louche à la main.

À partir de ce moment, il prit soin de ne rêver que d'un seul côté du cerveau et d'utiliser l'autre pour remplir ses fonctions dans le monde réel. Bien qu'il ne pût pas toujours éviter que les deux mondes se mêlent, il parvenait généralement à garder le contrôle de la situation.

Puis un jour, l'ouvrière du textile découvrit le chemin de son appartement. Elle avait essayé de le suivre à de nombreuses reprises, mais comme il prenait toujours un chemin différent, elle perdait souvent sa trace. Le Vieil Hep n'était pas là quand elle frappa à la porte. Elle voulut repartir sur-le-champ, mais la romancière sentit qu'il se passait quelque chose, et que la jeune femme était liée d'une manière ou d'une autre au Vieil Hep. Quand elle lui demanda comment ils s'étaient connus, l'ouvrière du textile éclata en sanglots et refusa de rien dire. La romancière la chassa rapidement, et décida d'attendre le retour du Vieil Hep avant de commencer son enquête.

« Est-ce que tu as couché ou non avec cette fille ? » demanda-t-elle à son mari comme il passait la porte.

Il leva sur elle des yeux terrorisés. Il savait comme elle pouvait être violente, et savait que ce qu'elle avait derrière elle était encore plus terrible. Son commissaire de père pouvait le battre à mort. Il la vit devant lui, jambes écartées, ferme comme un pont suspendu, et il avoua tout.

L'ouvrière du textile fut immédiatement interrogée par ses chefs. Ils critiquèrent son « libéralisme petit-bourgeois » et lui dirent qu'elle n'aurait pas de promotion pendant deux ans. Son chef d'atelier en profita pour lui ordonner de se raidir les cheveux et d'arrêter de porter des pantalons pattes d'éléphant. Le lendemain elle arriva à l'usine avec des nattes et un pantalon flottant. Mais elle était encore pleine de courage, et dès qu'elle eut pointé après le déjeuner, elle défit ses nattes, se mit du rouge aux lèvres et se rendit au bureau du Vieil Hep.

« Tout m'est égal maintenant, geignait-elle en lui courant après autour de son bureau.

— Si ma femme te voit de nouveau, ma vie est finie. » Ses chefs étaient passés ce matin pour l'avertir de faire attention à son style de vie. « Il faut que tu t'en ailles maintenant. J'ai une réunion, mentit-il.

— Mais il y a quelque chose que je dois te dire. »

Elle le suivit dans la rue. Ils se frayèrent un chemin parmi la foule, l'un devant l'autre, comme des inconnus.

« Qu'est-ce que tu as dit à tes chefs ? demanda-t-il.

— J'ai avoué que nous couchions ensemble depuis des années », dit-elle à sa nuque, tâchant désespérément de ne pas se laisser semer.

Le Vieil Hep crut que sa tête allait exploser. Ses pas se firent lourds.

Elle le suivait de près, refusant de se laisser distancer. « Ils ne me font pas peur.

— Va-t'en, veux-tu, va-t'en ! » siffla-t-il à travers ses dents.

Elle s'arrêta un instant, mais il continuait à marcher.

Quand il l'entendit le rattraper, il dit : « Si je te revois, je te tue ! » Comme il allait courir, il entendit quelque chose qui l'immobilisa net. Il avait clairement entendu les mots : « Je suis enceinte. »

Ces mots l'emplirent de douleur et de colère à la fois. « Marche devant moi, dit-il sans regarder derrière lui. Je te retrouverai à l'endroit habituel derrière l'usine chimique. » Puis il ralentit et regarda sa silhouette molle le dépasser et se dandiner dans la foule en direction de la mer. Son cœur bondit. Dans son service aujourd'hui il avait eu la sensation que quelque chose n'allait pas. Il s'était récemment entiché d'une jeune étudiante d'une université provinciale qui assistait à ses cours de littérature au Service culturel municipal. Elle avait un gros derrière et une grosse bouille ronde qui souriait tout le temps comme une poupée en porcelaine. Quand il avait téléphoné ce matin au Service culturel pour lui demander de sortir avec lui, le fonctionnaire qui avait décroché le téléphone avait dit qu'elle n'était pas là. Quand il lui avait demandé de lui dire d'apporter le manuscrit de son roman, le fonctionnaire avait brutalement raccroché. À ce moment-là il s'était contenté de jurer contre le fonctionnaire qui avait été si grossier, mais maintenant il comprenait qu'on avait répandu des rumeurs.

Quand sa femme avait informé les chefs de l'ouvrière du textile de la situation, ils lui avaient promis de traiter le cas de façon confidentielle, mais il était clair que la nouvelle avait transpiré. Les salauds. Maintenant tout le monde était au courant.

Comme il suivait à distance la forme maternelle de l'ouvrière du textile, ses jambes lui semblaient devenir de plus en plus faibles.

« Alors tu veux un enfant maintenant ? Salope ! » jurait-il entre ses dents, regardant l'ouvrière du textile avancer à travers la foule. Il avait l'estomac lourd et gonflé. Il la suivit dans une ruelle et la vit disparaître dans un trou dans le mur. Il dépassa l'ouverture de quelques pas puis fit demi-tour et s'y engouffra.

À l'intérieur de la carcasse croulante de l'usine abandonnée, il entendait les vagues s'écraser contre le quai en ciment en contrebas. Parfois, quand il venait ici, il sentait les effluves rances de l'usine chimique qui se trouvait au-delà, particulièrement à la tombée du jour, quand la puanteur montait de la terre humide ou était apportée par la brise du soir. Dans la chaleur étouffante de l'été, l'ouvrière du textile avait toujours une boîte de baume du tigre qu'elle appliquait sur les jambes desséchées du Vieil Hep pour les protéger des insectes. Sur les tuiles qui jonchaient le sol il entendait maintenant ses pas s'approcher de lui. Il aimait cet endroit secret. Il était infesté de moustiques, mais il était généralement vide. Des camions venant des banlieues passaient dans la rue de temps à autre, et s'il arrivait que des gens sautent par le trou pour venir pisser dans la cour, personne ne s'aventurait dans le bâtiment en ruine. Lui et l'ouvrière du textile se rencontraient toujours dans une salle au milieu de l'usine qui avait probablement été le centre de contrôle. Les trois murs qui étaient encore debout étaient légèrement plus hauts qu'eux, et le sol était couvert d'une couche unie de ciment. Quand les moteurs Diesel de l'usine chimique voisine s'arrêtaient, ils s'asseyaient pour respirer la brise salée et s'imaginer dans quelque magnifique villa au bord de la mer. Il vit que l'ouvrière du textile avait étalé la feuille de plastique qu'ils gardaient dans un coin sous une brique, et s'asseyait maintenant dessus. Sur le mur croulant derrière elle, un slogan maoïste aux lettres passées proclamait : NOUS ALLONS DE L'AVANT, PORTÉS PAR NOTRE OBJECTIF RÉVOLUTIONNAIRE COMMUN.

« Viens t'asseoir, lui dit-elle à voix basse.

— M'asseoir, dis-tu ! » Le Vieil Hep savait que l'usine chimique n'avait pas encore fermé, il faisait donc attention de ne pas élever la voix. « Comment est-ce que tu as fait pour être enceinte ? Ça fait trois mois que je ne t'ai pas touchée.

— Eh bien je le suis, dit-elle d'un ton de défi. Ça fait très longtemps. »

Chacun formula ses exigences. Le Vieil Hep promit de lui trouver une clinique discrète qui faisait avorter les célibataires. L'ouvrière du textile dit qu'elle n'accepterait d'avorter que s'il continuait de la voir ensuite.

À la tombée du jour, ils étaient toujours aux prises. Les yeux du Vieil Hep brillaient de rage. Il se pencha et grogna : « Si tu n'arrêtes pas de t'accrocher à moi, je ne peux pas être tenu responsable de mes actions. »

L'ouvrière du textile le considéra avec calme. Son corps portait les marques de blessures qu'il lui avait infligées par le passé. Quelques mois auparavant, il lui avait donné de tels coups de pied dans l'abdomen qu'elle avait perdu le contrôle de ses intestins. Elle prenait encore des médicaments. Son estomac était également affecté et les aliments froids lui donnaient d'horribles crampes.

« S'il te plaît, assieds-toi, dit-elle ; je veux te parler. » Elle avait les yeux rouges. C'était aujourd'hui son dix-neuvième anniversaire. Elle calcula que cela faisait deux ans et sept mois qu'elle était avec lui. Leur histoire d'amour en était à son 940ᵉ jour. « Je voulais que tu m'emmènes au restaurant ce soir. » Elle caressa la chaussure du Vieil Hep et, ne sentant pas de résistance, commença à remonter la main le long de son mollet. Elle savait s'y prendre avec lui. Quand il était de mauvaise humeur, il lui suffisait de toucher sa braguette, et il se calmait et lui demandait pardon. Du fait qu'elle était plus grande que lui, elle prenait toujours garde de le faire asseoir avant de le toucher, pour lui donner un sentiment de supériorité. Aujourd'hui elle s'accroupit à ses pieds et se mit lentement à genoux. Elle leva les yeux sur lui, lui offrant ses lèvres, mais il repoussa sa tête en direction de sa braguette ouverte, puis agrippa ses cheveux et imprima à sa tête un mouvement d'aller-retour. Elle eut un haut-le-cœur, sa gorge était si pleine de sa chair turgescente qu'elle pouvait à peine respirer. Enfin ses mains relâchèrent leur prise. Elle s'affaissa à terre, se lova sur la feuille de plastique et s'étouffa avec le liquide qui lui emplissait la bouche.

« Ne tousse pas si fort ! » hurla le directeur en remontant son pantalon.

La nuit était tombée maintenant. La feuille de plastique blanc reflétait la lumière pâle de la lune et l'éparpillait légèrement sur le corps de la fille. Elle faisait de son mieux pour ne pas vomir. Ses paupières gonflées enflèrent encore.

« Espèce de salope ! » jura le directeur du fond de la gorge. On aurait dit qu'il était sur le point de s'évanouir. « Tu es contente maintenant ? » Depuis qu'il l'avait giflée, il avait cessé de lui murmurer des mots tendres à l'oreille ou de lui acheter des recueils de poèmes. En revanche il avait pris l'habitude de la mordre et de la pincer ; et quand il vit sa bouche tordue par la douleur, la tête lui tourna de plaisir. Elle supportait ses tortures comme si elle endurait quelque épreuve amoureuse. Parfois, si elle avait de la chance, le Vieil Hep lui faisait un bref câlin pour la réconforter. Ce soir elle attendait encore cette étreinte tant désirée.

Le directeur s'accroupit auprès d'elle et dit : « Alors tu te fais avorter. C'est d'accord ?

— Non, dit-elle, essuyant le sperme qu'elle avait sur le visage. Je veux que tu m'emmènes au restaurant. C'est mon anniversaire aujourd'hui.

— Au diable ton anniversaire ! Tu te fais avorter oui ou non ? » Il bondit sur ses pieds et lui donna un coup de pied dans le tibia. « Dis-moi – tu te fais avorter oui ou non ? »

L'ouvrière du textile garda le silence et ne céda pas.

« Ouvre les jambes ! » hurla-t-il. L'ouvrière du textile se retourna pour le regarder. Son visage était encore plus pâle que la lumière de la lune. Le directeur lui envoya son pied dans le ventre. Elle frémit de douleur et pressa les mains contre son abdomen. Un hurlement rugit du fond de son estomac, mais émergea de sa gorge en un chuintement timide. En haletant, elle recula jusqu'au mur qui portait le slogan du Président Mao. Le directeur la suivit pour pincer son visage baigné de larmes.

« Je resterai avec toi jusqu'à ma mort, gémit-elle de quelque part en elle.

— Fais-toi avorter d'abord, après j'écouterai tes conneries. » Le directeur essaya d'adopter le ton autoritaire qu'il utilisait pour répondre aux questions de ses subordonnés. Ce ton de voix imposait l'obéissance. Il était utilisé par son chef, le chef de son chef, et tous les chefs au-dessus de celui-ci. Malheureusement, sa gorge était trop étroite pour imiter les tons voilés et melliflus produits par le secrétaire du Comité Municipal du Parti.

« Je te donnerai cent yuans », promit-il, espérant la persuader ainsi.

L'ouvrière du textile tremblait toujours, la tête basse. Mais quand elle entendit ces mots, elle éclata de nouveau en sanglots et articula : « Maintenant que je suis ta maîtresse, je dois rester pour toujours avec toi.

— C'est ce que t'a appris ta mère, dit-il d'un ton méprisant.

— Tu m'as dit toi-même que tu ne voulais pas que j'aille avec un autre homme.

— C'était il y a deux ans ! Ça fait des mois que je te dis qu'il est temps que tu te trouves un autre homme pour te marier.

— Je ne peux pas ! Tu es le seul intellectuel que je connaisse.

— Il y a des travailleurs qui ont un peu de culture aussi, si tu cherches bien.

— Je veux seulement un écrivain. Si je ne suis pas avec un écrivain, ma vie est finie. Je ne pourrais jamais tomber amoureuse d'un homme ordinaire. Et quant à ton passé malheureux et à ta famille – je ne t'en aime que plus.

— J'ai tout inventé, avoua le directeur en donnant nerveusement des coups de pied dans le vide.

— Je ne te crois pas. Pourquoi inventer qu'on a été envoyé en prison ?

— Je ne suis pas vraiment allé en prison. J'ai été arrêté par les Jeunes Pionniers pendant la Révolution culturelle mais il n'est rien arrivé de grave. Ils se sont contentés de m'enfermer pendant deux heures dans un bureau.

— Est-ce que ça signifie que tu as aussi inventé que tu t'étais éduqué tout seul et que c'était grâce à ça que tu avais été promu directeur de publication ?

— Absolument, déclara le directeur avec un rire, jubilant de son malheur ; je suis un nul. Un imbécile dénué de talent ! pépia-t-il, les jambes maintenant parfaitement immobiles. Dépêche-toi de me dire, ajouta-t-il d'un ton plus dur, si tu vas ou non de faire avorter. »

Elle se tut un instant, et déclara : « Je ne suis pas vraiment enceinte – je voulais juste te voir. Je voulais que tu passes du temps avec moi. Personne ne fait attention à moi au travail, ils m'injurient tous derrière mon dos. En plus, c'est mon anniversaire aujourd'hui. » Elle leva le visage en direction du rayon de lune. Comme les larmes coulaient en scintillant sur ses joues, on pouvait voir, cachés derrière sa frange en désordre, deux yeux noirs pleins de terreur et d'amour.

« Tu m'as menti ! » bredouilla-t-il. Il se vit la piétiner à mort. Le sol était jonché de briques et de tuiles. Il songea à la noyer – la mer était à quelques minutes à pied. Il regarda son visage. Cette fille aussi têtue que butée lui avait pris toute son énergie. Rien ne pouvait la faire démordre. Il agrippa une touffe de ses cheveux et cria : « Ouvre la bouche ! Ouvre ! »

Comme il ouvrait sa braguette, l'ouvrière du textile ouvrit la bouche, et fixant le ciel d'un œil vide, elle dit : « Quand tu auras pissé, emmène-moi au restaurant et offre-moi des nouilles pour mon anniversaire. Je t'en prie, juste une fois... »

La nuit, après avoir massé sa femme jusqu'à ce qu'elle s'endorme, il regardait les traces de rouge à lèvres autour de sa bouche ouverte, et pensait à des choses. C'était un moment précieux pour lui. Bien sûr, il était impossible d'écrire des romans ou de la poésie à ce moment-là, mais au moins il pouvait se détendre et jouir des quelques minutes de liberté offertes par le sommeil de sa femme. Elle avait plus de talent que lui, et venait d'une meilleure famille. Le jour où il l'avait rencontrée, son pouls s'était accéléré, et n'avait ralenti depuis que quand il dormait.

Sa peur n'était pas irraisonnée. Il avait un jour vu son beau-père, le commissaire politique, donner une gifle à la romancière. Le bruit de cette gifle s'était répercuté dans sa tête, lui faisant quasiment perdre la raison. Après quoi il avait toujours été pétrifié à l'idée que sa femme puisse vouloir le gifler de la même façon. Avant de frapper l'ouvrière du textile pour la première fois, il était terrifié par la violence. Il avait grandi dans une maison tranquille qui sentait le savon et les médicaments chinois. Son père avait à peu près la même taille que lui, il était même peut-être un peu plus petit, et avait des mains blanches et délicates qui, quand il les bougeait, étaient aussi élégantes que celles d'une dame. Il n'aurait jamais songé à les utiliser pour faire du mal à qui que ce soit. Quand son père avait été pris pour cible pendant la Révolution culturelle, sa famille s'était isolée. Seule sa mère osait élever la voix à la maison. Quand elle était gaie, elle chantait sa chanson préférée : *Les serfs tibétains chantent de joie d'avoir été libérés de manière pacifique.* Quand son père revenait du travail, il jouait aux cartes ou aux dames avec lui. Sans la Révolution culturelle, le Vieil Hep aurait terminé ses études et serait probablement professeur à l'université en ce moment.

Généralement, quand il était au lit avec sa femme, il essayait de déranger son sommeil en approchant la lampe et en la dirigeant sur sa peau ridée. Lui seul savait pourquoi elle tenait à s'asseoir dans un fauteuil précis : c'était parce que la lumière à cet endroit était la plus flatteuse. Un jour elle s'était assise dans tous les sièges de la pièce et avait demandé au Vieil Hep de lui dire où la lumière était la plus douce pour son teint. Quand elle s'était assise dans le fauteuil qu'elle avait choisi, elle avait regardé son visage dans son miroir à main et découvert que la lumière de la lampe orange à côté d'elle donnait vraiment à sa peau une lueur de sérénité et de jeunesse.

Parfois il serrait les poings et sifflait entre ses dents en regardant sa tigresse endormie. Quand elle se mettait à ronfler, il passait en esprit les détails de ses aventures secrètes. Il était fier d'avoir trompé sa femme. Il se moquait de ses seins qui tombaient de chaque côté de sa cage thoracique, et posait les mains dessus pour montrer comme ceux de sa dernière petite amie étaient gros. « Ils sont comme *ça*, murmura-t-il, les coins de ses yeux plissés de joie. Elle a des nichons gros comme ça, et tu n'as que deux petites balles de ping-pong. »

Mais cette nuit-là, le Vieil Hep avait perdu tout courage. Il ne put que se rouler en boule et dans la faible lumière regarder le tas de viande affalé à ses côtés. Avant de s'endormir, la romancière l'avait prévenu que le lendemain elle allait rendre une nouvelle visite à son unité de travail. Elle était déjà venue dans son service cet après-midi, avec l'intention de demander au chef du Vieil Hep de ne pas donner de suites à l'affaire de sa liaison. Elle savait que si son père avait jamais vent de ce qui se passait, elle et le Vieil Hep seraient tous deux perdus. Mais quand elle était entrée dans le bureau vide du Vieil Hep et avait découvert l'énorme tas de lettres d'amour cachées dans ses tiroirs qu'elle avait pu forcer sans peine à l'aide d'un canif ordinaire, elle avait immédiatement changé d'avis. Alors que l'étendue de ses infidélités se faisait jour, sa première idée avait été de le tuer ; sa seconde d'épargner sa vie, mais de la lui rendre intenable ; la troisième de le jeter hors de chez elle et de l'effacer de son esprit. Après avoir rejeté la première et la troisième option, elle se mit au travail sur la seconde.

Elle sélectionna une vingtaine de lettres d'amour qui faisaient montre d'un certain talent littéraire et les mit de côté afin de les utiliser plus tard dans ses romans. Elle choisit une autre vingtaine des lettres les plus intimes cachées dans un cahier intitulé « Abrégé des beautés » – un cahier rose à la couverture illustrée d'une maison et d'un champignon –, échangea les lettres, griffonna « retour à l'envoyeur » sur chaque enveloppe et les posta, de sorte que quelques jours plus tard chaque femme recevrait une lettre qu'une autre admiratrice lui avait écrite. Elle rassembla toutes les lettres sentimentales écrites par les filles amoureuses qui espéraient conquérir le directeur par leurs charmes juvéniles, et les envoya aux comités du Parti de leurs unités de travail respectives. Elle convoqua le chef du Centre culturel du Peuple et lui fit envoyer des lettres officielles aux unités de travail de soixante autres femmes qui avaient écrit à son mari, exigeant une enquête sur leur style de vie. Le service éditorial fut précipité dans le chaos.

Quand le directeur de la revue rentra chez lui ce soir-là, après avoir abandonné l'ouvrière du textile dans l'usine en ruine, il fut accueilli par un jet de thermos. Heureusement il fut atteint à la poitrine, pas à la tête. La tête baissée dans une attitude de honte, il voyait la jupe de sa femme dont le tissu était imprimé de têtes de philosophes. (Ce vêtement était réservé à l'exportation – personne d'autre en ville n'en avait de pareil.) Comme elle s'approchait de lui, il chercha un moyen de faire face à la situation. Mais avant qu'il ait eu le temps de prendre une décision, une jambe mince gainée de nylon transparent (également importé) surgit de sous la jupe et le frappa au bas-ventre. Le Vieil Hep hurla de douleur et se recroquevilla sur le sol tout comme l'ouvrière du textile quelques heures auparavant. La douleur était terrible. Il voyait une nuée d'étoiles dorées filer devant ses yeux. La romancière le frappa de nouveau et les épaules lasses du Vieil Hep s'affaissèrent. Puis la romancière le traîna à la lumière, s'assit dans son fauteuil, lui tendit son cahier rose et lui dit de lire les passages qu'elle avait soulignés au crayon rouge.

Tout ce qui était arrivé ensuite avait disparu de sa mémoire lorsqu'il se retrouva au lit, excepté sa confession larmoyante, et le fait que sa femme avait exigé qu'il fasse des excuses officielles à son unité de travail et se soumette à une enquête. « Si tu ne le fais pas, je te traînerai au tribunal », le menaça-t-elle avant de glisser dans le sommeil.

Maintenant elle dormait à poings fermés, et le Vieil Hep était allongé à ses côtés, comptant les heures qui le séparaient de l'aube. Par le passé la nuit lui avait appartenu, mais maintenant tout était fini et il ne lui restait plus que la peur. Cette peur

129

coulait dans son sang, puis se répandait dans ses os et ses nerfs. Il avait l'impression d'être le rat mort qu'il avait vu un jour au coin d'une rue glacée. Il était resté là pendant trois jours. Dans son esprit, il associait toujours le rat à une collègue, parce qu'elle avait osé s'en approcher et se tenir au-dessus les jambes largement écartées. Quand elle l'avait entraîné pour qu'il regarde, il avait hurlé de terreur et avait cru que sa tête allait exploser. C'était la même peur qu'il avait ressentie quand les Gardes rouges avaient traîné son père au dehors pour le jeter à la foule qui aboyait devant la porte. Il savait que durant ces moments de terreur, il était nu et seul. La face du rat pourrissant passa une fois de plus devant ses yeux. Les Gardes rouges le poussaient dans un puits d'obscurité, la tigresse montrait les crocs, prête à le dévorer. Personne ne venait à son secours. Lui et son père étaient encerclés. Les cris de la foule étaient si assourdissants qu'il n'entendait que la haine résonnant à l'intérieur de son corps. Il savait que la foule était une seule grande masse, et que lui était seul. Pendant un instant, il vit ses propres yeux greffés sur la face du rat. Ils étaient sales et immobiles, mais vivants. Ils voyaient tout.

Ce qu'il avait apprécié le plus après son mariage c'était de vivre en sécurité sous la protection bienveillante de la tigresse. Il pouvait se cacher discrètement derrière elle pendant qu'elle s'occupait des problèmes. Elle était grande et forte, tel un mur contre lequel il pouvait s'appuyer. Si elle n'avait pas été emportée par la Politique d'Ouverture, ne s'était pas teint les cheveux, peint les lèvres et n'était pas entrée dans *Le Grand Dictionnaire des Écrivains Chinois*, sa vie vaudrait encore aujourd'hui la peine d'être vécue. Son attitude stricte et inflexible lui convenait ; il s'y était habitué. Elle était une mère pour lui et il aimait vivre sous son aile. Il avait espéré que sa vie continuerait ainsi pour toujours.

Aux petites heures du matin, sa respiration se fit plus profonde et plus sonore, et de nouveau il fut saisi par la terreur récurrente d'être emporté par une foule hurlante. Il sentit sa femme le prendre par le bras pour l'entraîner au dehors. Immédiatement il fut entouré d'une bande hostile. Il n'y avait rien à quoi se raccrocher, il était seul et impuissant. Ses yeux étaient ouverts comme ceux de son père, comme ceux du rat mort, mais il ne voyait absolument rien.

Une idée lui vint soudain. « Il faut que je m'échappe ! marmonna-t-il. M'assurer qu'ils ne m'attrapent jamais. » Il pensa à une divorcée avec qui il avait eu une aventure. Elle vivait seule. Peut-être pourrait-il habiter avec elle. Si elle portait du rouge à lèvres et se vernissait les ongles comme sa femme, et allait jusqu'à lire les mêmes livres qu'elle, au moins elle n'avait pas mauvais caractère. Son principal défaut était qu'elle éclatait toujours en sanglots après son deuxième verre. Mais il n'arrivait pas à se rappeler son nom. Il pensa à toutes les femmes recensées dans son « Abrégé des beautés », mais il ne put mettre de nom sur aucune. Puis il pensa à l'ouvrière du textile, et à la façon dont ses lèvres avaient tremblé de peur la première fois qu'il l'avait embrassée.

Ses pensées furent soudain interrompues par le sentiment de sa perte imminente. Cette sensation semblait aussi réelle que ses rêveries diurnes. Il se retourna pour regarder la tigresse ondulante, et son corps se glaça. Il comprit que le rat mort, c'était lui.

Terrifié à l'idée que sa femme découvre sa véritable identité, il se glissa sous le lit. Tout paraissait plus grand vu d'en dessous. Il se demanda pourquoi les yeux du rat mort étaient si ouverts, et il espéra que ses yeux n'étaient pas écarquillés à ce point. Il rampa jusqu'à la cuisine. Depuis le sol, tout paraissait familier et cependant étrange. Il apercevait des parties de la cuisine qu'il n'avait jamais vues avant. Sous l'évier il trouva une grande toile avec deux araignées qui dormaient au centre, embrassées. Entre deux bouteilles vides il vit une vieille patate germée et un pot de moutarde qu'il croyait avoir jeté depuis des mois. Le ciel s'éclaircissait. Il essaya de décider d'un plan d'action. La tigresse allait bientôt se réveiller. Il se mit debout et commença à préparer le petit déjeuner. Quand il comprit qu'il lui fallait d'abord s'attaquer à la pile d'assiettes sales, il glissa dans une rêverie, ainsi qu'il faisait toujours avant de commencer la vaisselle.

Il grimpa dans le poste de pilotage du vapeur et saisit la barre. Mais au lieu de laisser le bateau s'élever dans le ciel, il le conduisit dans les profondeurs de la mer bleue. Un ouvrier de la maintenance courut lui dire d'arrêter. Il dit que le bateau avait une voie d'eau et coulait rapidement. « Pourquoi est-ce que vous continuez à barrer ? » demanda l'ouvrier, lui jetant un regard sévère.

Quelques mois plus tard, l'écrivain professionnel vit le directeur de revue qui marchait en rasant les murs dans les couloirs du Centre culturel du Peuple. Il semblait se mouvoir comme une boule de pâte qui aurait été maniée par des mains invisibles. Sa femme l'avait viré de l'appartement, et il passait ses nuits sur un lit de camp dans un coin de son bureau. Sans une femme sur qui s'appuyer, il avait perdu ses repères et développé toutes les caractéristiques d'un vieillard. Il était devenu sale, il avait l'esprit lent, il perdait la mémoire. Son corps dégageait une odeur indéfinissable qui vous retournait l'estomac. Ses vêtements élégants semblaient déplacés sur son corps maintenant flétri et voûté. À l'heure du déjeuner il allait jouer aux échecs devant le Centre culturel avec les vieux retraités qui se rassemblaient là. L'écrivain avait été décontenancé par sa transformation. À le voir, personne n'aurait cru que ce vieillard malpropre était le directeur du magazine littéraire le plus prestigieux de la ville depuis quatorze ans.

L'esprit de l'écrivain se tourne vers la romancière, une femme avec qui il a couché une fois. Immédiatement il se rappelle l'odeur de maquillage et de tabac sur son visage. Il lui arrive de la rencontrer parfois devant le syndicat des Écrivains ou à quelque événement littéraire, et il est stupéfait par son air hagard. Il est toujours surpris de la façon dont certaines femmes semblent devenir vieilles du jour au lendemain. Il la tient pour responsable de leur moment d'intimité. Un soir, deux ans auparavant, il est allé chez elle lui donner son avis sur son dernier roman. Quand il est arrivé, il a trouvé les lumières tamisées, des bougies allumées, et le Vieil Hep absent. Il est tombé sans résistance dans son piège, mais l'a regretté presque aussitôt. Il l'a jugée superficielle et lui en a voulu de son succès littéraire immérité.

Elle manquait d'imagination, se dit-il. Elle comptait sur ses liaisons pour lui donner la matière de ses histoires d'amour larmoyantes. Les critiques prétendaient que c'était un grand écrivain, ils disaient que ses livres étaient inspirés. Pour avoir du succès en tant qu'auteur aujourd'hui, il faut avoir vécu une vie agitée. Plus vous avez souffert, mieux vos livres se vendront. Les femmes d'aujourd'hui comprennent l'importance du temps, mais ignorent la nécessité d'une direction. Elles se concentrent sur la couleur d'un abat-jour, se demandant quelles parties de leur corps montrer ou cacher. Dès qu'elles ont trouvé un homme pour être leur terre ferme, elles se mettent à flotter sur la vie comme un navire à la dérive. Elle était un bateau perdu en plein océan, et le directeur (je suis malade rien que de penser à ce vieillard) était une chaussette sale qu'elle avait jetée par-dessus bord des années auparavant mais qui continuait à flotter à ses côtés.

Aujourd'hui, le directeur est un vieux retraité qui traverse le parc chaque matin en écoutant son transistor. Sa femme a divorcé l'année dernière et a ouvert une quincaillerie dans une pièce vide du syndicat des Écrivains. Ce commerce d'apparence innocente cache en fait diverses activités de marché noir. Grâce aux relations militaires de son père, elle peut obtenir de nombreuses autorisations très recherchées pour acheter des produits qu'elle revend au double du prix. Elle s'est fait une petite fortune, et a perdu tout intérêt pour l'écriture. Ses affaires sont beaucoup plus compatibles avec cette société malade, et lui ont procuré tout ce qui fait l'apparence du succès : un matelas « Rêve d'Occident », du papier peint, une bouilloire électrique, une télévision grand écran, un service de table en porcelaine, un pot de Nescafé, une bouteille de vin français, des cadres de fenêtre en aluminium, et l'appartement au chauffage central qui contient toutes ces choses.

« Est-ce pour cela que nous travaillons tous ? demande l'écrivain professionnel. Ce pour quoi nous allons à l'université, nous faisons des amis ? Dis-moi, cela vaut-il tous ces efforts ?

— Quels efforts ? » Le donneur de sang écrase sa cigarette. Il s'est mis à aimer les questions presque autant que l'écrivain.

« Ce que je veux dire c'est que... toute littérature a un prix. Les écrivains doivent souffrir pour leur art. » L'écrivain professionnel ne veut pas poursuivre son idée de départ.

« Tout a un prix. Si tu travailles assez dur, tu peux acheter tout ce que tu veux. Sauf le temps, bien sûr », affirme le donneur de sang d'un ton presque triomphal.

« Oui, sauf le temps. » L'écrivain sait que cette passade avec la romancière était insignifiante, qu'il n'était aucunement question de sentiments. Il reconnaît que quand elle était jeune, son écriture avait été très prometteuse, mais qu'elle n'avait jamais tenu ses promesses. Tout ce qu'elle avait fini par produire était une suite de mots sans conséquence. L'écrivain professionnel a un sourire suffisant, se convainquant que s'il n'arrive pas à terminer son roman c'est parce qu'il ne fait pas n'importe quoi. Mais dans son cœur il sait qu'il est encore moins bon que la romancière. Il n'a pas le courage de se vouer entièrement à une chose, ou de prendre le taureau par les cornes. Il veut être spectateur, témoin objectif, mais pour gagner sa croûte, il est obligé de dépendre des autres et de se soumettre à leurs besoins. Il est paresseux de nature, et obsédé par lui-même, et condamné à tirer le diable par la queue dans les marges nécessiteuses de la société pour le restant de ses jours. Il y a toujours un détail obscur à éclaircir ou une question matérielle à régler, qui, tout en lui fournissant une distraction bienvenue, lui donnent une excuse pour remettre à plus tard ce qu'il doit faire. Cependant ces diversions le ramènent sur terre. Sans elles, il passerait toute sa vie dans les nuages.

Les lumières se sont de nouveau éteintes, et la pièce est plongée dans l'obscurité totale. Pendant un instant, l'écrivain professionnel a l'impression d'être un sac en plastique soulevé par le vent. Il lui vient à l'esprit que bien que le sac en plastique soit sans valeur, il est capable de s'élever au-dessus de la réalité matérielle et de changer de direction. Quand le vent souffle contre lui, il s'emplit d'air et plane dans l'espace – choses que ceux qui sont retenus au sol ne pourront jamais faire.

L'écrivain public
ou Le sac en plastique dans les airs

En esprit, l'écrivain professionnel voit l'écrivain public accroupi sur un trottoir dans une nouvelle partie de la ville, qui était encore la campagne il y a quelques années. C'est un quartier tout neuf au bord de la mer, en béton et ciment. Les paysans locaux qui ont été chassés de leurs terres et relogés dans les nouveaux blocs en béton à trois étages ne sont pas encore habitués à leur nouvelle vie. Ils continuent à conserver du bois et des imperméables moisis à l'extérieur, même s'ils n'auront plus jamais à brûler du bois ou à travailler dans les champs. Les femmes continuent à enrouler des écharpes noires autour de leurs têtes, bien qu'elles n'aient plus besoin de se protéger du soleil. Les hommes portent des costumes maintenant, mais continuent à fumer leur pipe à eau tous les après-midi. Ils se tiennent toujours penchés, comme s'ils étaient appuyés à leurs houes dans les champs. Les enfants continuent à chier dans les rues plutôt que d'utiliser les nouvelles toilettes dans leurs salles de bains. Les toits plats sont percés d'une foule d'antennes de télévision. Les fermiers de l'intérieur qui ont trouvé du travail en ville mais n'ont pas réussi à obtenir un permis de résidence viennent en foule louer des chambres dans ce nouveau quartier. Les paysans locaux sont devenus de riches logeurs du jour au lendemain, et les habitants de la vieille ville ont été obligés de remarquer les « péquenots à têtes de choux » qu'ils préféraient ignorer jusqu'alors.

L'écrivain public regarda le sac en plastique qui flottait dans le ciel et laissa les pensées quitter son esprit. Les passants pensaient qu'il regardait l'église nouvellement restaurée, ou l'acacia qui était à côté. Personne n'aurait pu deviner qu'il regardait le sac en plastique, ni qu'il était en fait accroupi dans ce seul but. Dans cet angle sombre et poussiéreux de la rue, lui et le sac en plastique devinrent un.

Il était venu dans cette ville sur un coup de tête, sans même avoir demandé un transfert de résidence. L'air lugubre et enfumé de sa ville natale le déprimait, et de plus, il n'avait pas de quoi payer les 300 yuans de la prime d'assurance obligatoire annuelle que son usine métallurgique exigeait maintenant de chacun de ses employés. Il avait donc quitté son travail et s'était installé dans cette ville-champignon au bord de la mer, à laquelle il s'était alors collé comme un chewing-gum. Après un moment, la police se fatigua de l'arrêter pour résidence illégale et le laissa tranquille. Il avait fait toutes sortes de petits boulots. Il avait été plongeur dans un restaurant, videur dans un bar (en fait, il n'aurait pas eu assez de force même pour bousculer un infirme), livreur de bonbonnes de gaz, ramasseur de bouteilles en plastique et transporteur de restes des restaurants pour les élevages de cochons privés en banlieue. Après deux ans de dur labeur, il s'était installé à son compte comme écrivain public. Les gens le payaient pour écrire des lettres de doléance, des lettres d'affaires et des enseignes commerciales. Ses seuls instruments étaient un stylo, du papier et une pile d'enveloppes.

Il se familiarisa avec les documents les plus récents publiés par le comité local du Parti et les principales administrations du gouvernement central. Il apprit les procédures de mariage, les lois touchant les finances et le journalisme, les taxes commerciales, les règlements des entreprises privées, les droits des propriétaires, le code de la route, les dernières nouveautés de la politique de Redressement des Injustices Passées et les indemnités des accidents du travail. Les réclamations qu'il écrivait pour ses clients étaient cohérentes, bien argumentées et conformes aux usages. Il aidait des familles condamnées comme droitistes à obtenir leur réhabilitation, et des victimes d'accidents du travail à obtenir des indemnités. Les jeunes amoureux le payaient pour écrire des lettres d'amour à leurs petites amies ; des épouses d'artistes infidèles le payaient pour écrire des lettres de dénonciation de leurs maris destinées à être lues devant le tribunal ; les locataires et les propriétaires le payaient pour remplir leurs contrats de location ; les paysans illettrés le payaient pour lire les lettres qu'ils recevaient. Il remplissait sa tâche avec le plus grand soin, et ses honoraires étaient raisonnables. Sa spécialité était l'écriture de lettres d'amour. Si un client envoyait une de ses lettres à une femme, il était sûr que le lendemain elle accepterait de s'asseoir à côté de lui sur un banc.

Si nous prenons rien qu'une lettre dans les milliers qu'il a écrites, nous pourrons constater la fluidité de son style, l'amour qu'il porte à son art, et sa connaissance profonde de la nature humaine. Il rêvait de devenir un écrivain professionnel, ou du moins un intellectuel. (Bien qu'il fondât ses lettres sur ce que lui demandaient ses clients, il raffinait toujours le vocabulaire et le style, touchant juste à chaque coup.) Ses mots coulaient en un flot continu, comme la lumière de la lune scintillant à la surface d'une rivière.

Un jour il écrivit une lettre pour une vieille femme qui espérait dissuader sa fille de poursuivre une relation avec l'écrivain professionnel. Comme la lettre avait peu de rapport avec ce qu'elle lui avait demandé, elle revint l'après-midi même exiger d'être remboursée. L'écriture de cette lettre avait été si douloureuse pour l'écrivain public qu'il avait songé à abandonner sa profession. Voici un extrait de la lettre refusée :

... C'est la curiosité qui rapproche hommes et femmes, pas l'amour. Ils sont curieux de savoir s'ils pourraient jamais faire un. Ton père était un écrivain. Il écrivait des articles pour les journaux, mais n'est jamais parvenu à publier un livre. Je me suis liée à lui par hasard, sans réfléchir. J'avais d'abord été attirée par son visage exceptionnellement large – il était de la taille d'une feuille de plantain. Son regard me faisait sourire et rougir. Le jour où la peau d'une femme touche les lèvres d'un homme, elle cesse d'avoir peur de ses seins cachés sous ses vêtements, et elle est contente que l'homme les touche et les presse.

J'étais aussi curieuse que lui de mon anatomie, et j'ai laissé cet homme au large visage caresser tout mon corps, puis écarter mes jambes. L'acte qui suivit fut horriblement obscène. Si j'avais su, jeune fille, que les femmes doivent passer la moitié de leur vie les jambes grandes ouvertes pour que les hommes puisent s'agiter entre elles, je ne les aurais certainement jamais fréquentés. Quand j'ai souri pour la première fois à la face de feuille de plantain, je n'imaginais pas que ma rougeur avait quelque rapport avec son vil organe. Avant longtemps, j'étais « tombée amoureuse » ou du moins c'est ce que me disaient mes amies. Je pensais que « l'amour » désignait tous ces sentiments honteux et sordides que l'on ressent quand un homme prend possession de votre corps. Une fois que nous nous fûmes familiarisés avec nos parties intimes respectives, nous pûmes habiter ensemble et mes amies me dirent combien nous étions merveilleusement compatibles.

J'étais stupide. Même après avoir découvert ce qu'était en réalité ce prétendu « amour », je n'y mis pas un terme. Au contraire, j'étais heureuse de satisfaire ses moindres désirs et nous nous collâmes l'un à l'autre. Nous dépensions notre énergie, nous effondrions d'épuisement, puis mangions et nous endormions. Tel était l'emploi du temps de nos journées, qu'on qualifie de « vie de couple normale ». Puis tu es arrivée. L'unique bonne chose que ta naissance a apportée c'est qu'elle a détruit notre vie sexuelle. Aujourd'hui tu as l'âge que j'avais quand je l'ai rencontré. Si tu écoutes ce que ta mère a à te dire, peut-être choisiras-tu une voie meilleure qu'elle.

Mon premier conseil : ne crois jamais ce que te dit un homme. Surtout, ne fais jamais confiance à un écrivain – ils t'entortillent dans une toile de mots dont il est impossible de s'échapper. Ils gagnent leur vie en inventant ces histoires, ce sont des menteurs professionnels. Ils te racontent des histoires à propos de choses qui n'arrivent jamais dans la réalité. Du moins je n'ai jamais été témoin d'une histoire d'amour comme celles dont ils parlent dans leurs livres.

Je présume que toi et l'écrivain avez commencé à avoir des relations sexuelles, parce que s'il t'a déjà parlé d'amour, il a sans doute exécuté simultanément des mouvements sur ton corps. Si tel est le cas, peut-être as-tu découvert que l'amour est un mot de peu de conséquence que les hommes crachent sans même y penser. Nous sommes femmes toutes deux. Nous avons pleine connaissance des divers monticules et failles de notre corps, et savons qu'ils sont loin d'être aussi sublimes que les hommes l'imaginent. Tu dois tenir les hommes à distance aussi longtemps que possible, parce que dès qu'ils auront pressé et exploré la moindre parcelle de ta chair, tu auras perdu toute valeur à leurs yeux, tu ne vaudras pas mieux qu'un bout de viande sur une planche à découper. N'attends pas le jour de ton mariage pour lui mettre un peu de plomb dans la cervelle. Dis-lui immédiatement qu'il doit arrêter de t'entraîner au lit ou dans des cabanes abandonnées et des accotements herbus. Prends garde de rester toujours debout ou assise. Ne lui donne jamais une occasion de te coller au sol.

Tu te convaincs que chercher ton corps équivaut à chercher l'amour. Mais l'amour n'est pas une chose qu'on tâte ou qu'on caresse...

Il avait basé sa lettre de dix pages sur les informations fournies par la vieille femme au cours de leur entretien. Elle lui avait dit qu'elle avait essayé d'écrire la lettre toute seule, mais que ses mains tremblaient tant qu'elle était incapable de tenir un stylo. L'écrivain public avait été frappé par sa franchise et sa vision cynique de l'amour.

Quand il se rappelait combien son visage était dur, il avait la chair de poule. Il rougissait à la pensée des lettres d'amour qu'il avait écrites par le passé. Il savait que les femmes qui les avaient reçues se dandinaient maintenant dans la rue avec satisfaction en soutenant leurs gros ventres tandis que les hommes qui les avaient envoyées revenaient le voir en douce pour lui demander d'écrire des lettres à leurs maîtresses.

« L'amour est une perte de temps, lui avait déclaré la vieille. Si cet écrivain veut épouser ma fille, il ferait bien de venir me voir d'abord. Je suis l'image même de ce qu'elle sera dans neuf mille jours. Quand il me verra, son amour fondra comme neige au soleil. »

La vieille avait marmonné que les jeunes d'aujourd'hui confondent les peines de cœur et la souffrance. Elle avait déclaré que c'étaient deux choses différentes : la vraie souffrance coule dans le corps comme le sang, mais les peines de cœur sont une réaction passagère à une prise de bec sans importance entre amoureux. Elle avait dit que si l'on se sent exalté par les joies de l'amour, cela signifie alors qu'on n'a pas suffisamment sondé l'âme de son partenaire. Enfin, après qu'elle lui eut déclaré que sa fille qui ignorait toutes ses lettres avait l'intention de se suicider en public, elle s'écria : « C'est moi tout craché ! Elle est inébranlable. Elle veut louer un tigre au zoo pour se donner à lui en pâture. Si elle revient en ce monde, nous ferons une équipe imbattable. »

Après le départ de la vieille, l'écrivain public dut se vider la tête avant de pouvoir penser clairement. Ce soir-là, il retourna à son appentis dans le vestibule d'un immeuble situé en centre-ville et essaya de mettre de l'ordre dans les idées confuses de la vieille. (Apparemment les précédents propriétaires de l'appentis – une mère et son fils, lequel avait un crématorium privé – étaient allés un beau jour en banlieue et avaient disparu depuis.) Il se concentra ; l'ampoule électrique au-dessus de lui éclairait son crâne qui commençait à se dégarnir. Bien qu'il n'eût pas la vue perçante de la vieille pour déjouer les vaines apparences de ce monde, sa matière grise avait été si fortement éprouvée par le passé qu'il avait des poils frisés qui lui sortaient des narines.

Son visage révélait qu'il n'était pas fait pour le travail manuel. Il était en forme de cœur, et blanc comme la lune. Ses lèvres étaient aussi humides et rouges que celles d'une jeune fille – bien que ce fût probablement un premier signe de tuberculose. Le blanc de ses yeux était jaune. Il souriait souvent sans raison. Tant qu'il avait écouté la vieille et écrit la lettre, le sourire n'avait pas quitté son visage.

Comme il était assis sous l'ampoule occupé à contempler le mur de briques, ses pensées se tournèrent vers Chi Hui, une fille à qui il avait écrit pour un client. Bien qu'il éprouvât de forts sentiments pour toutes les femmes à qui il écrivait, c'est à Chi Hui que son esprit retournait le plus fréquemment. En pensant à elle, il sentit son esprit s'envoler comme un sac en plastique dansant dans le vent. Par le passé, l'odeur des cigarettes étrangères lui faisait penser aux feuilles d'érable au printemps, à la similitude entre les urètres et les caniveaux, ou à un couple s'embrassant au sortir des toilettes publiques. Mais les paroles de la vieille avaient bouleversé ses habitudes de pensée, et son esprit avait sombré dans la confusion.

(À la nuit tombée, l'écrivain professionnel voit souvent l'écrivain public traverser d'un pas mal assuré les carrefours du centre-ville. Il est toujours frappé par le fait qu'il a les yeux d'un jeune homme inquiet, le crâne dégarni d'un quadragénaire, le front ridé d'un sexagénaire et le corps d'un enfant. Il n'a aucune idée de ce à quoi il peut penser, mais il aimerait beaucoup le savoir. Peut-être est-ce la raison pour laquelle il le cherche toujours de l'œil dans les rues.)

« L'Absurde est plus réel que la vie », griffonna l'écrivain public dans un coin de son journal.

Les lettres qu'il composait ne révélaient rien de sa personnalité véritable. Dans chacune, il adoptait une voix différente. Il pouvait endosser le rôle d'un avocat, d'une écolière, d'un paysan, ou d'une veuve. Il pouvait être n'importe qui, de m'importe quel âge et de n'importe quel sexe. S'il fallait lui donner une identité, il faudrait dire qu'il était un composé de tous les rôles qu'il assumait. Chaque lettre était pour lui un nouveau départ, une chance d'essayer un nouveau personnage. Parfois il avait l'impression de patiner en cercles qui se chevauchaient. Il savait d'où il était parti, mais ne savait pas où il allait.

Le matin, il portait plainte pour des plaignants, l'après-midi il écrivait des réfutations pour les défendeurs. Il écrivait des déclarations d'amour passionnées, mais était souvent obligé de rédiger les refus qui s'ensuivaient. Il ne pouvait s'empêcher d'être triste pour les gens dont il aidait à repousser l'amour. Il vivait à travers ses lettres. Tard dans la soirée, quand tout était silencieux, les mots qu'il avait écrits étaient brassés en lui comme de l'herbe dans l'estomac d'une vache. Parmi les tas de papiers sur son bureau se trouvait le brouillon d'une lettre qu'il avait écrite la semaine passée et qui commençait ainsi : « Chère camarade Chi Hui, Il est temps que nous mettions fin à notre relation (bien que cela m'attriste profondément)... » L'écrivain public se rappelait avoir supplié son client de lui permettre d'ajouter la phrase entre parenthèses. Il avait écrit trente-cinq lettres d'amour à Chi Hui pour son client, et il était passé par l'inquiétude de la première déclaration, la passion brûlante qui avait succédé, l'opposition du père de la fille et de l'unité de travail, la tentative de transfert de permis de résidence, une brève histoire avec un tiers, une réconciliation dans les larmes, et maintenant la rupture finale. L'idée du chagrin qu'il avait causé à Chi Hui le torturait. Il ressentit un soudain besoin de trahir son jeune client sans cervelle et de révéler à Chi Hui les défauts cachés du jeune homme. Ce qui le peinait le plus c'est que le jour où il avait écrit la dernière lettre à Chi Hui, cet imbécile lui avait demandé d'écrire une lettre à une nouvelle fille.

Il retourna le brouillon, saisit sa plume et écrivit : « Je vois votre petit visage triste, vos cheveux noir corbeau flottant au vent. Il y a des larmes dans vos yeux. Comment peut-il avoir rompu avec vous de manière si cruelle ? Savez-vous que je l'ai aidé à vous écrire cette lettre ? Vous devriez voir son écriture – c'est une horreur ! Vous avez été dans mes pensées toute l'année. J'ai lu toutes les lettres que vous lui avez envoyées en retour, ma chérie. » (Bien que son métier fût d'écrire des lettres d'amour, le rouge lui montait toujours au visage quand il employait des termes d'affection pareils.)

Il retourna de nouveau la feuille et lut : « Tu ne signifies plus rien pour moi maintenant. Tu n'es sortie avec moi que parce que Yuci t'avait laissée tomber. J'ai bouché un trou. Yuci m'a montré les lettres que tu lui avais écrites. Elles étaient beaucoup plus aimantes que celles que tu m'as envoyées. » Puis, dans sa lettre à Chi Hui, il écrivit : « J'ai écrit cette lettre moi-même, mot pour mot. Chi Hui, l'idée que vous l'avez lue m'est insupportable. J'ai terriblement peur que vous preniez des somnifères. Si seulement je pouvais voler vers vous deux fois plus vite que cette damnée lettre pour l'empêcher de vous contaminer les mains. »

La retournant de nouveau, il lut : « Tu me déprimes. Et ta famille sinistre aussi. J'ai l'impression d'être un cadavre quand je suis avec toi. Ton apparence gracieuse ne cache pas les vilaines cicatrices laissées par ton enfance terrorisée. »

« J'aime vos gestes charmants, Chi Hui, poursuivit-il de l'autre côté (bien qu'il n'ait jamais vu cette fille qui habitait à des milliers de kilomètres de là.) J'aime votre famille, j'aime votre fragilité. Votre milieu et votre personnalité correspondent parfaitement aux miens. » Il s'interrompit un instant, submergé par un bref sentiment d'orgueil, puis poursuivit : « De toutes les jeunes dames que j'ai vues... (ses clients lui montraient parfois des photographies de leurs bien-aimées) vous êtes la plus belle. Vous avez l'air mélancolique caractéristique de nos « beautés fragiles » classiques. Nous sommes tous deux minces et faibles. Nous devrions passer notre vie à nous soigner mutuellement. Quand je vous regarde, je vois les premières neiges d'hiver tomber sur ma ville natale, les fenêtres couvertes de givre d'une cabane en bois, une tasse fumante de thé au lait. Oh, je ne peux pas me pardonner de vous avoir écrit ces lettres cruelles ! » Pourtant, il avait raillé son visage en forme de gourde et son expression sans vie. « J'ai correspondu avec vous pendant toute une année. Comment puis-je vous abandonner tout simplement maintenant avec une telle insensibilité ? Je dois être fou ! »

Il tourna et retourna la feuille. Il savait que ses deux côtés étaient réels, et qu'il était pris entre les deux. Il avait conscience qu'il avait fait quelques progrès, pourtant. Dix ans auparavant, il était un jeune homme faible qui pleurait facilement et ne pouvait digérer que de minuscules quantités de nourriture. Mais aujourd'hui il était un homme mûr de trente ans avec tout un éventail d'émotions complexes. Enfant, il n'aimait que les films tristes. Quand il avait vu mourir l'héroïne de *La Fleuriste*, il avait pleuré devant toute la classe. Il était toujours attiré par les personnes qui portaient des cicatrices, parce qu'il savait que chaque cicatrice représente un moment de souffrance.

Il poursuivit sa lettre à Chi Hui : « Quand j'étais petit j'avais envie d'avoir une cicatrice, mais ce n'est qu'à l'âge de seize ans que j'ai réussi à me couper. Mon inertie et ma léthargie m'ont empêché de rien réaliser dans ma vie qui ait une grande importance. Peut-être est-ce dû à ma mauvaise digestion et à mon cœur malade. J'ai choisi de devenir écrivain public parce que je pensais que je me guérirais de ma solitude, mais maintenant je me trouve en butte à une multitude de soucis. Ces anxiétés sont préjudiciables à ma santé. Quand je vois des parents faire leurs adieux à leurs enfants sur le quai d'une gare, je suis toujours pris de nausée. »

Après une brève hésitation, il poursuivit : « J'ai souvent l'impression d'être si léger que je pourrais m'envoler. Pour empêcher cela, je m'alourdis avec des bouts de métal que je mets dans mes poches. Parfois on dirait que mes pieds quittent le sol. Je suis si petit et si maigre que je me demande comment le vent ne m'a pas encore emporté. » Il s'arrêta de nouveau, sentant qu'il n'écrivait plus maintenant que pour lui-même. Il savait qu'à la fin il parvenait toujours à disparaître de la page. Il était capable d'être ce que les gens avaient besoin qu'il soit, mais il ne parvenait jamais à entrer dans leurs vies.

146

Assis sous la lumière, l'écrivain public peut examiner son visage hagard et son corps qui disparaît lentement. (Dans ses notes, l'écrivain professionnel fait de fréquentes remarques sur le sourire de l'écrivain public et ses rides prématurées. Quiconque a grandi dans un village de pêcheurs se représentera immédiatement l'écrivain public comme une crevette qui vient d'être tirée de l'eau.) Son apparence frêle et maladive lui a permis de se rendre invisible, mais n'a pas empêché sa pratique de devenir florissante. Son talent était très couru. Les émigrants illettrés qui s'installaient dans le nouveau quartier de la ville lui étaient reconnaissants de ses services qui leur permettaient de passer pour des locaux. Les jeunes qui avaient quitté prématurément l'école comptaient sur lui pour combler les lacunes de leur éducation. Ils grouillaient autour de lui. Il souriait d'un air entendu quand ils lui racontaient les derniers potins sur leurs voisins. Les informations lui parvenaient plus vite que par le télégramme, et il était le premier vers qui ils se tournaient pour apprendre ce qui s'était passé dans la journée.

« Tu as revu le chat ? » lui demandaient les gens en passant devant son coin de rue. Ce qu'il avait appris du fameux « incident du chat étranger » l'avait rendu célèbre dans toute la ville. Un chat étranger de la taille d'un chien s'était échappé d'une usine chimique qui dépendait d'une entreprise sino-occidentale. Le chauffeur de l'usine, le Vieux Sun, avait été un des premiers à entendre parler de la fuite. Comme il savait que le chat passait souvent devant chez l'écrivain public, le Vieux Sun lui avait demandé s'il l'avait vu dernièrement. C'est alors que l'écrivain avait révélé tout ce qu'il avait rassemblé sur l'affaire. Il lui avait appris que parce que le chat étranger avait un œil bleu et un œil rouge, et disait « Au revoir », « Bonjour », « Vive le Président Mao » et « Cochon » en anglais, il avait été arrêté, interrogé, et emprisonné

147

pour espionnage. La police avait découvert un micro et un appareil télégraphique fixés à sa queue, et derrière son œil une caméra miniature qui avait filmé la face cachée du système socialiste chinois. Mais ce qui est étrange c'est que pendant son interrogatoire par deux officiers du Ministère de la Sécurité Nationale, il avait crié « Vive le Président Mao ». Il est clair que l'espion réactionnaire avait essayé de leur jeter de la poudre aux yeux. Le soir où le chat devait être transféré à Beijing, il avait rongé ses chaînes et s'était échappé. L'écrivain public dit qu'il l'avait vu à plusieurs reprises, détalant devant lui puis disparaissant par-dessus le haut mur de l'autre côté de la rue. C'était un an avant que la police finisse par le découvrir et le tuer à coups de bâton.

L'écrivain public travaillait tard la nuit, classant les brouillons qu'il avait écrits pendant la journée, et les annotant, par exemple pour se rappeler de demander au client des détails sur sa famille et son statut politique, au cas où la police déciderait de faire une vérification sur lui. Dans le nouveau quartier qui ressemblait à un emplâtre sur une vieille blessure, il avait fait la connaissance de beaucoup de gens importants, dont le directeur du comité du Parti du Ministère de l'Industrie et du Commerce, et un éleveur de volaille qui avait été désigné pour représenter le Congrès National du Peuple. Ce paysan illettré recevait des sacs entiers de lettres contenant des dénonciations pour toutes sortes de crimes et d'affaires de corruption, aussi bien que des demandes de transfert de résidence. On voyait le pauvre délégué sillonner la ville, se dépêchant d'aller résoudre un des multiples différends qu'il était appelé à arbitrer quotidiennement. Chaque jour son costume était plus sale et son dos plus courbé. Les enfants qui rentraient de l'école le suivaient en chantant

Le vieux est sale et tout bossu
Il sent la merde et pue du cul.

148

S'il ne dormait pas ou n'écrivait pas des lettres pour ses clients, l'esprit de l'écrivain était occupé par les brouillons des lettres d'amour empilés sur son bureau. C'était son bien le plus précieux. Ils contenaient des descriptions de ses bien-aimées, des déclarations d'amour saupoudrées de quelques mots obscènes qui, depuis la Politique d'Ouverture, ne valaient plus l'emprisonnement à vie – des mots tels que « amour », « lèvres douces », « le soleil autour duquel je tourne » et « mélancolie ». Il ressentait de l'affection pour chacune des femmes à qui il écrivait, à chacune il ouvrait son cœur. Il gardait non seulement les brouillons des lettres qu'il leur envoyait, mais aussi les lettres qu'elles envoyaient à ses clients. Il avait acquis une connaissance profonde de leurs sentiments, et attribuait un grand prix à sa science de l'âme féminine.

Les soirs d'été, quand les couples se promenaient dans la brise de mer tiède, l'écrivain public travaillait, penché sur son bureau, des gouttes de sueur lui tombant du front. Les tâches que lui assignaient ses clients ne satisfaisaient jamais complètement son besoin de création. Au fond de lui, c'était un poète. Quand les gens tombaient amoureux au printemps, comme toujours, il employait tout son talent poétique à tomber amoureux pour eux. Quand l'automne arrivait, il écrivait des lettres de rupture. S'il y avait un millier de lettres d'amour au printemps, il lui faudrait écrire plus de neuf cents lettres de rupture à l'automne. Sa vie dépendait beaucoup des saisons.

Sa vie amoureuse compliquée le rendait nerveux, et quand il retournait à son appentis chaque soir, il regardait partout si quelqu'un n'était pas caché. La fouille durait presque une demi-heure, parce que le précédent propriétaire avait entassé dans les coins des planches avec lesquelles il avait eu l'intention de faire des meubles. Il y avait aussi six ou sept caisses de vêtements funéraires, de lanternes de papier et de tortillons d'encens, et sous le lit qui occupait un tiers de la pièce se trouvait un autre tas de choses diverses. Quand il s'allongeait sur le lit il s'inquiétait toujours de ce qui pouvait être caché en dessous, et craignait que quelqu'un s'y soit glissé pour l'espionner. Avant d'entrer dans l'appentis, il écoutait à la porte s'il n'y avait pas de bruit à l'intérieur. Il avait un marteau sous son oreiller au cas où quelque chose apparaîtrait au pied de son lit. Il faisait des marques sur les caisses en bois, et vérifiait régulièrement que rien n'avait été déplacé. Dans un tiroir secret de son armoire, il cachait les lettres qu'il avait écrites aux femmes de ses clients, dans lesquelles il exprimait son amour éternel. Bien sûr, il ne les postait jamais. C'étaient les lettres les plus personnelles et sincères qu'il écrivait.

Avec le temps, il s'inquiéta de plus en plus du contenu de ces lettres secrètes. Parfois il en sortait une du tiroir inférieur et rayait quelques lignes avant de la remettre soigneusement à sa place. D'une lettre écrite à Chi Hui il avait effacé : « Oh, vie, tu passes trop rapidement. Prends ma main et reste un moment pour me raconter de quoi tu es faite. » Un bout de papier arraché à une autre et confié à la poubelle portait les mots suivants : « Ce stylo à encre vous a écrit pendant sept ans. Il me comprend, il me pardonne. Vous pouvez lui demander ce que vous voulez, si vous avez le moindre doute sur mon amour pour vous. » Dans un autre passage supprimé il était écrit : « Les femmes m'attirent irrésistiblement. Avec l'une d'elles à mes côtés, je me sens à l'aise et en paix. Vous irradiez des ondes qui pénètrent le moindre recoin de mon corps. Que je sois assis dans la rue ou au fond d'une salle de cinéma, un seul coup d'œil au duvet qui couvre votre peau suffit à me plonger dans le ravissement. »

Il regarda l'ombre projetée sur le mur au-dessus du coffre dans le coin de la pièce. « On dirait vraiment un policier, ce soir », se dit-il. Il avait souvent songé à débarrasser l'appentis de tout ce qui l'encombrait, y compris les planches de bois, mais il n'était jamais chez lui dans la journée, et il craignait que la nuit le bruit attire l'attention des voisins et de la police.

Mais un matin il décida de rester chez lui et de nettoyer à fond sa pièce. Il déchira le tissu rouge qui était accroché au-dessus du lit et le rangea dans le coffre. Puis il donna un coup de peinture à la table et aux murs et décora la pièce avec des calendriers ornés de photos de grues couronnées porte-bonheur et de portraits de Liu Xiaqing, la star de cinéma. Quand il se mit au lit ce soir-là, la pièce semblait bien plus accueillante. Il dormit si bien qu'il éjacula dans ses rêves.

À trois ou quatre heures du matin, il fut réveillé par un bruit léger et étouffé. Il ouvrit les yeux et vit une ombre longiligne qui voltigeait dans la pièce.

« Qui est là ? » demanda-t-il, des perles de sueur tombant de son front ridé. Maintenant il voyait que l'ombre était une vieille sorcière avec de longs cheveux blancs et des chaussures de cérémonie en papier.

« Cet incinérateur était trop chaud, dit l'ombre dans un fredonnement pareil à celui d'un moustique ; je cherche un tissu qui ne serait pas encore passé. » Elle se pencha pour fouiller dans le coffre.

« C'est chez moi ici ! » répondit-il, le corps soudain couvert de sueur.

L'apparition tremblotante partit d'un grand rire. « Ha ! Mais j'ai habité ici toute ma vie ! Je connais chaque coin de cette pièce comme ma poche. Quand le mouchoir sale sous ton oreiller était neuf, j'y mettais mon alliance. Tu as déjà regardé sous le lit ? »

L'écrivain public secoua la tête et découvrit qu'il était encore en vie, et que la vieille sorcière qui voletait devant ses yeux était vivante elle aussi. Ses cheveux noirs se dressèrent sur son crâne à moitié chauve. Il ouvrit la bouche. Sa langue était toute sèche.

« Qu'est-ce qu'il y a sous le lit ? » demanda-t-il. Il regarda la vieille sorcière qui s'approchait de lui, puis s'asseyait ou plutôt se laissait tomber sur le lit. « Quelle créature pathétique tu fais, fredonna-t-elle. Tu n'es pas plus épais qu'une allumette. Combien de temps comptes-tu rester ici ?

— Mais j'habite ici », dit-il au visage dont les traits étaient estompés par la pénombre. Ces mots le calmèrent, et bientôt ses cheveux retombèrent sur son crâne. Il soupçonnait qu'il était en train de parler à un fantôme. Cela lui arrivait souvent. Il avait reçu la visite des fantômes de la Vierge Marie et du Président Mao, d'une fille qu'il avait vue dans un magazine, et d'une femme aux petits pieds qui l'avait croisé dans la rue. Une nuit que l'esprit d'un policier qui l'avait importuné quelques années avant lui avait rendu visite, il l'avait giflé et avait fait tomber son casque. Qui sait, peut-être que cette vieille aux idées confuses était encore un nouveau fantôme. Il tenta de sortir du lit, comme il avait fait quand il était allé gifler le policier, mais ses jambes ne pouvaient pas s'arrêter de trembler.

« Espèce de ver de terre, disait la vieille sorcière, du même ton rude qu'elle utilisait avec son fils. Tu es comme un asticot qui creuse dans un cadavre. Tu retournes vite à ton appentis tous les soirs, en jouant les fous, toujours à crier le nom d'une femme. Dans quelques milliers de jours, ces filles seront les vieilles ménagères que tu vois passer en traînant leurs marmots après elles. Même le visage le plus frais ressemblera un jour à une tranche de jambon fumé. Toutes les femmes se mettent à sentir et à devenir maladroites l'âge venant. Pourquoi est-ce que tu n'as pas écouté ce que t'a dit la mère de l'actrice ? Pourquoi es-tu toujours ici à perdre ton temps à écrire ces lettres obscènes ? »

Comme la vieille bique tombait par terre, il entendit un bruissement à l'intérieur du coffre. Deux souris sortirent de sous le lit et sautèrent dans le tiroir inférieur de son bureau.

« Pourquoi ne pas y mettre fin maintenant ? Il faudra y aller tôt ou tard, donc tu ferais aussi bien de t'en débarrasser tout de suite. Ha ! Je vois que nos affaires sont toujours là. Au moins tu n'as rien volé. » Le bruissement cessa. Il posa la main sur ses poumons et son cœur pour vérifier qu'il était encore vivant. Quand il n'entendit plus aucun bruit, il s'assit dans son lit, alluma la lumière et attendit que l'aube paraisse.

Tôt le lendemain matin, il retourna à son coin de rue. Il faisait beau. Il voyait qu'il n'y avait pas de vent parce que les sacs en plastique ne bougeaient pas et que les nuages blancs étaient parfaitement immobiles. S'accroupissant contre le mur, il voûta les épaules et se demanda pourquoi son moral était si bas. Peut-être était-il contrarié par la vieille bique qui l'avait importuné la nuit dernière, ou par ce que lui avait dit la mère de l'actrice la semaine passée, ou peut-être la tension causée par l'écriture de tant de lettres quotidiennes finissait-elle par lui peser. Comme il habitait depuis si longtemps loin de sa famille, ses pensées retournaient souvent à sa ville natale, bien que la vue du sac en plastique blanc le ramenât toujours au présent aussi vite que le claquement d'un élastique. Accroupi dans son coin, il se rappelait comment, enfant, quand les feuilles d'érable viraient au rouge, les yeux pleins de larmes, il était allé à un arbre, avait sorti un crayon et avait gravé sur le tronc ces mots : « Au secours ! Au secours ! » Même petit, il aimait écrire des mots pour exprimer ce qu'il pensait. Il se rappelait être resté debout des heures durant devant le comptoir d'une papeterie à regarder les stylos qu'il ne pouvait pas s'acheter ; avoir couru toute la journée sur les berges d'une rivière après que sa mère l'eut giflé devant ses camarades de classe ; avoir secrètement pleuré la mort d'une voisine qui s'était suicidée ; avoir arraché les premières pousses d'herbe au printemps et s'être roulé nu sur la terre nue.

Maintenant qu'il avait trente ans il savait que les espoirs qu'apporte chaque printemps sont trompeurs. Il avait découvert que les étapes du voyage de sa vie étaient en fait aussi précisément déterminées que les caractères chinois sur les pages de ses brouillons. Il savait qu'il faisait piètre figure, et que son esprit était plein de souvenirs secs et insignifiants. La vieille bique qui l'avait importuné la nuit dernière avait raison – il n'était qu'un bout de déchet collé par un crachat au coin de la rue.

Il prit son stylo. Quoi qu'il arrive, il savait qu'il lui fallait écrire. Deux paysans qui lui avaient demandé de rédiger une plainte se tenaient patiemment à côté de lui. Ils étaient venus en ville pour dénoncer le meurtre d'une veuve et de ses enfants par le secrétaire du Parti de leur village. Après que l'écrivain public eut terminé la lettre, il les aida à la poster et les invita à manger. Quand il vit les regards reconnaissants de paysans qui pressaient dans leurs mains noires les boulettes de pâte blanche, les pensées remplirent de nouveau son esprit. Il avait déjà vu beaucoup de paysans comme eux dans les trains qu'il prenait pour retourner chez lui. Ils vivaient comme des cafards, décampant d'un endroit à l'autre, se battant pour survivre. Il pensa à la façon dont, dans le train, les odeurs de nourriture rance qui sortaient de leurs sacs en simili cuir se mêlaient à la puanteur des toilettes à l'extrémité du wagon.

Chaque fois qu'il retournait chez lui, il se sentait aussi frêle et vulnérable qu'un ver à soie qui vient de quitter son cocon. Son permis de résidence serait à jamais fixé à son lieu de naissance ; il n'avait pas les relations qui pourraient l'aider à demander un transfert. La seule manière de survivre dans cette vile côtière était de se faire invisible. Il entrait rarement dans les boutiques et n'allait aux bains publics qu'une fois par mois, et encore, juste avant la fermeture. Ce n'est qu'au milieu de la nuit qu'il osait aller chercher de l'eau au robinet extérieur. Pour éviter de laver ses vêtements et d'être ensuite obligé de les mettre à sécher, il se contentait de gratter l'huile et la crasse de ses cols de chemise tous les quatre jours avec la lame de son coupe-papier. Il prenait ses repas à un étal en le propriétaire duquel il avait confiance. Il quittait toujours son appentis tôt le matin, avant qu'aucun de ses voisins soit levé. Il était stupéfait d'avoir survécu toutes ces années sans problème majeur.

« Regarde son maquillage ! On dirait un œuf peint ! » marmonna-t-il à la vue d'une femme qui passait dans la rue. Il fut choqué par ce commentaire. Il se prit la tête dans les mains, saisit un bout de papier et écrivit : « Je suis vraiment devenu fou cette fois-ci. Rien ne me semble réel. » Comme sa plume courait sur la feuille, il se revit enfant, à l'âge de six ans, s'extrayant d'une caisse, levant de grands yeux humides et criant : « Laissez-moi ! Je peux sortir tout seul. » Il souleva l'enfant et le posa par terre. Le petit garçon rampa sur le sol et soudain une de ses jambes tomba. Puis sa tête tomba, et roula vers le rayon de lumière qui entrait de biais par la fenêtre. « Tu n'es pas réel », dit-il en allant à l'enfant et en lui sortant les yeux de la tête. Puis il vit les yeux de l'enfant exposés dans une vitrine. Une grosse femme les acheta et les emporta, et il la suivit à travers un labyrinthe de ruelles étroites. C'était un rêve qu'il faisait depuis treize ans.

« Ces yeux voient tout, soupirait-il souvent en se réveillant de son rêve. Quand je monterai au ciel, je volerai comme un oiseau. »

Quand il rentrait chez lui le soir à la lueur des réverbères, il voyait souvent l'enfant démembré qui tombait à terre comme une plume. Mais ce soir-là, comme il s'approchait de l'intersection dans le centre-ville, les paroles de la vieille bique toujours dans son esprit, ses pensées s'éclaircirent, et il fut pris d'un terrible sentiment de culpabilité. Il eut honte d'exercer cette profession malhonnête et d'avoir détruit tant d'amour. Il avait voulu mener une vie honnête, mais il n'y avait pas de place pour l'honnêteté dans cette ville.

Aux heures silencieuses qui précèdent l'aube il était encore debout, en train d'écrire à son bureau.

« Ce n'est que par la souffrance que l'homme peut acquérir la sagesse. Les gens qui n'ont jamais souffert sont incapables de devenir adultes. Le bonheur est une cabane en bois que l'on trouve après un long et difficile voyage ; les gens qui choisissent la facilité ne la voient jamais. Le malheur dont j'ai souffert par le passé était le malheur des autres. Il ne m'a pas marqué. »

Quand enfin la vérité apparut à l'écrivain public maigre comme un coucou, il éclata de rire. Il pensa à ce que la mère de l'actrice lui avait dit, et aux centaines de lettres d'amour qu'il avait écrites. Même si ses clients avaient exploité sa créativité, ils lui avaient apporté une grande quantité de savoir. Ce que les femmes lui avaient révélé de leur vie intime avait permis à l'écrivain puceau de mûrir avec grâce. Il comprenait qu'il avait fini par vaincre sa timidité et son embarras et qu'il était maintenant temps pour lui de chercher l'amour. Stupéfait par cette idée, il sauta dans son lit et resta un moment immobile. Il était aux anges. Il n'aurait jamais cru qu'un jour viendrait où il s'embarquerait dans une histoire d'amour bien à lui.

« Mais qui aimer ? » se demanda-t-il. Rougissant, il pensa à Chi Hui, la jeune femme habitant une province lointaine à qui il avait écrit des lettres d'amour passionnées pendant toute une année. Quinze jours auparavant, il était prêt à étrangler son client pour toute la peine qu'il lui avait faite. L'amour qui était tombé de ses lettres comme des flocons de neige lui avait fait tourner la tête.

Il repoussa les paroles cyniques de la mère de l'actrice au fond de son esprit, s'assit par terre et feuilleta toute la correspondance relative à Chi Hui. Une étrange passion avait surgi dans son cœur. Il voulait avoir une histoire d'amour avec une femme rien que pour lui. Il voulait souffrir les tourments de l'amour. Il voulait embrasser, conquérir, adorer quelqu'un. Il voulait une femme en chair et en os. Une mince couche de sueur se déposa sur son visage. Il rit de ravissement tout en passant en revue les brouillons des lettres qu'il avait envoyées à Chi Hui. Il comprenait qu'il l'aimait, que peut-être il l'avait toujours aimée. Dans ces lettres, il avait écrit des descriptions de ses cheveux, de ses dents, de ses fossettes et de ses seins magnifiques et entre chaque mot et chaque ligne il avait laissé des traces de son amour.

Il se leva et alla à son bureau. Une joie immense semblait emplir la pièce. Les terminaisons nerveuses jusqu'alors insensibles de son bas-ventre et de ses cuisses s'éveillèrent soudain. L'espoir lui troublait l'esprit et lui brûlait la poitrine ; son pouls s'accéléra d'un battement. Il se vit souriant timidement tandis que Chi Hui secouait la tête. Il serra contre lui une brassée de lettres de Chi Hui et bondit dans son lit. Il passa la langue sur sa lèvre supérieure, allongea une longue jambe devant l'autre et gloussa de contentement.

Un coup léger frappé à la porte lui fit rapidement ravaler son rire. L'expérience lui avait appris que le rire attire toujours la police. Il boucla sa ceinture, et comme un homme qui a été convoqué pour interrogatoire, il ouvrit la porte, tête basse. Une silhouette, qui dégageait une odeur à la fois rance et parfumée, s'engouffra dans la pièce, referma brutalement la porte et se tint devant lui. À travers ses cils, l'écrivain public reconnut le visage de la mère de l'actrice. Sa grande bouche se déforma en un sourire, ses yeux étaient aussi profonds et étroits que ceux d'un léopard.

« C'est vous... » murmura-t-il, terrifié, éperdu.

« Ma fille s'est suicidée hier soir. Elle ne m'a pas écoutée. » La vieille femme s'approcha et referma les bras sur lui.

Il n'eut pas le temps de se défendre. La vieille femme porta l'écrivain public frêle et tuberculeux sur le lit et pressa ses lèvres tachées de vin sur sa bouche. L'image qui traversa ensuite son esprit n'était pas celle de Chi Hui et de ses boucles, ni du policier qui l'avait tourmenté au coin de la rue – c'étaient les yeux noirs de la vieille scintillant dans la lumière de la lampe. Puis il eut un trou et il ne vit plus qu'un sac en plastique blanc flottant dans l'air immobile. Soudain, il sentit son petit corps, comme un souffle, plonger dans une cuve sombre pleine de graisse. Il essaya de se libérer de l'emprise de la vieille, mais avant qu'il ait pu rassembler ses forces, les lumières s'éteignirent, tout devint noir, et il ne vit plus rien.

Au miroir de juger *ou* Nue

L'écrivain professionnel voit la fille nue courir dans la rue, ses seins pendants aussi tristes et solitaires que les yeux d'un aveugle. Dans son esprit, il la confond encore avec la mère de l'entrepreneur, dont la personnalité semble s'être infiltrée dans bon nombre des personnages de son roman non écrit.

Les seins de la fille étaient gros, dodus, lourds, et pendants. Les femmes considèrent ces protubérances charnues comme des instruments destinés au flirt et à la nutrition. Pour les hommes, ils sont l'inspiration d'une multitude de pensées criminelles. Les étudiants érudits les nomment poitrine ; les artistes les représentent comme des pêches à bouts roses ; les paysans les considèrent tout juste comme des choses qui pendent sur l'estomac et sont saisies quand les nourrissons ont besoin de téter. Dans les villages, les hommes voient des seins nus tout le temps ; pour eux une poitrine nue est aussi peu remarquable que des bras nus. Mais dès que ces protubérances pénètrent en ville, elles deviennent des objets d'une immense valeur. Les femmes modernes en font tout en mystère en les cachant dans des soutiens-gorge serrés. Les photographes font attention quand ils dirigent leur objectif sur la poitrine d'une femme, car ils savent que montrer la naissance des seins peut mener à une accusation de « libéralisme bourgeois », et leur valoir quatre ans de prison.

Les écrivains contemporains les plus hardis les qualifient d'« oreillers bien roulés », de « tendres boulettes de pâte », de « pétales de rose », de « raisins mûrs » et de « mon refuge ardemment désiré ». Quand ils décrivent la première fois qu'ils ont touché une poitrine, ils prétendent « avoir rejoint les immortels », « s'être évanouis de ravissement », « avoir vacillé entre la vie et la mort ». En réaction à cette sentimentalité, les écrivains d'avant-garde préfèrent utiliser des mots tels que « loches », « roploplos » et « fraises flétries. »

Avec l'arrivée de la Politique d'Ouverture, quelques faits touchant les seins ont pénétré la conscience publique.

De gros seins ronds indiquent une femme vertueuse, apte à la procréation, bonne à épouser.

Les seins de taille moyenne, mutins, à aréole pâle indiquent la maîtresse idéale. (De tels seins font baver les artistes de désir.)

Les seins tremblotants et tombants, qu'ils soient gros ou petits, sont le signe d'une femme qui s'est adonnée au plaisir de manière excessive et n'est plus de la première jeunesse.

Les femmes à tout petits seins sont généralement chastes et réservées, et ont tendance à être très intelligentes. Leur modestie naturelle induit une sensibilité particulière et elles font souvent preuve de talent pour la poésie ou l'étude. Quand elles tentent de séduire un homme, elles se parent d'amples vêtements, baissent les lumières et lui murmurent des mots tendres à l'oreille. Elles lèvent sur lui un regard affectueux et tâchent de détourner ses yeux de leur poitrine vers leurs jolies jambes, leurs lèvres pleines, leurs douces mains, leur chevelure abondante, ou leurs sourcils gracieusement arqués. Elles achètent des pompes destinées à faire grossir les seins – produit qu'on trouve sur le marché depuis la Politique d'Ouverture – et dès qu'elles rentrent chez elles, elles verrouillent leur porte et se mettent à pomper. Un grand magasin local a reçu deux milles pompes d'un coup, et les a vendues en deux heures.

Un homme d'affaires japonais fit une étude du marché du sein chinois et décida d'ouvrir la première clinique de chirurgie esthétique en ville. On proposait aux femmes une injection de liquide qui gonflait leur poitrine pendant trois jours. Durant cette période leurs petits amis pouvaient les caresser et les presser sans leur faire aucun mal. Ces injections étaient idéales pour les femmes qui, dans un avenir proche, attendaient leur nuit de noces, ou un rendez-vous galant. La clinique pouvait également redresser les nez plats, épiler les sourcils broussailleux ou les supprimer totalement pour les remplacer par des tatouages. Si vous n'étiez pas satisfaite de la taille de votre menton, de la largeur de votre front, de la forme de vos dents ou de votre bouche, ils pouvaient également remédier à ces problèmes.

Quelques mois plus tard, les journaux rapportèrent qu'une grande découverte scientifique avait été faite. Après cent jours d'expérimentations, les savants chinois avaient réussi à produire une crème qui augmentait le volume des seins. Une technicienne s'en était laissé tomber un peu sur la bouche pendant les tests et ses lèvres étaient devenues deux fois plus grosses. Les fabricants prétendaient qu'avec deux pots de crème une femme à la poitrine plate pourrait obtenir des seins de la taille de petites boulettes de pâte. Les journaux parlaient aussi de savants étrangers qui avaient créé une technique d'agrandissement des seins qui consistait à insérer des sacs d'un fluide gluant et translucide sous la peau au-dessus de la cage thoracique.

Il semble que les seins jouent un rôle important dans nos vies.

La jeune femme qui était récemment entrée au service de la Propagande Culturelle de la ville possédait le genre de seins qui indiquent une bonne épouse apte à la procréation. Quand elle était à l'université, la vue de ses seins provoquait chez les étudiants des collisions avec les arbres et les réverbères. Quand elle entrait dans la cafétéria, ils laissaient tomber leurs baguettes, submergés par le désir et l'admiration. Elle savait que la possession de ces deux trésors sans prix la rendait exceptionnelle. Mais elle savait aussi qu'il lui faudrait passer le restant de ses jours à se demander quand les cacher et quand les montrer. Elle pouvait fermer les yeux et être sûre que sa silhouette était plus attirante et jolie que celle de n'importe laquelle des filles qui l'entouraient.

Elle n'avait pas toujours été aussi fière de ses seins. Quand les deux masses de chair avaient commencé à saillir de sa poitrine, elle avait cru être tombée malade, et avait eu trop peur pour le dire à sa mère. Quand elle avait compris qu'elle était en train de devenir une femme, elle avait éprouvé honte et culpabilité. Elle sentait les yeux de la foule fixés sur les seins qui pointaient si visiblement sous sa chemise serrée et ballottaient de côté quand elle marchait dans la rue. Elle avait eu du mal à s'habituer à la curiosité publique et avait passé les premières années de son adolescente les épaules voûtées.

Les femmes qui ont un joli visage mais une poitrine plate savent à quel point il est important de rejeter ses cheveux en arrière d'un air provocant. Certaines apprennent même à tortiller du derrière quand elles passent devant un homme, à exposer un bout de cuisse en croisant les jambes, ou à murmurer des mots suggestifs entre leurs lèvres laquées de rose. Les femmes qui ne sont ni jolies ni bien en chair doivent compter sur leur intelligence, leur vaste culture et leurs manières raffinées si elles veulent exciter le désir d'un homme. Mais avant même d'avoir quitté l'université, cette fille savait déjà que ses seins doux et pâles étaient destinés à être la raison principale de l'intérêt que lui porteraient les hommes, et la source de son bonheur futur. Si par le passé elle en avait eu honte, elle les considérait maintenant comme des objets mystérieux et fascinants.

Après avoir terminé ses études, elle vint dans cette ville et prit l'emploi qui lui était assigné par le Parti. Elle devait passer toutes ses journées dans un bureau avec quatre femmes et un homme. Si elle n'avait pas eu les problèmes qu'elle avait rencontrés pendant le premier mois, elle aurait pu conserver son poste jusqu'à l'âge de soixante-deux ans, puis prendre paisiblement sa retraite. C'était un travail sûr. Le premier jour les deux cactus qui avaient oscillé entre la vie et la mort se couvrirent soudain d'une multitude de fleurs blanches. L'atmosphère se détendit immédiatement. Elle savait qu'elle débordait de jeunesse, et que chacun de ses souffles emplissait l'air d'un parfum de printemps. Bien que ses collègues femmes se sentissent secrètement menacées par son arrivée, elles l'accueillirent avec courtoisie. Mais dès qu'elle quitta la pièce, elles se mirent à se demander si son teint pâle était le résultat d'une application de la crème « Flocons de neige », ou si sa taille apparemment mince était en fait comprimée dans un corset.

« Son ventre m'a pas semblé très ferme », déclara la comptable, qui allait sur ses soixante ans, après avoir suivi la fille aux toilettes.

La traductrice, qui avait passé la cinquantaine, releva les yeux de sa machine à écrire. « Son visage est tellement empâté qu'elle a déjà des fossettes aux joues, dit-elle. Quand j'ai eu quarante ans, j'avais encore la peau du visage tendue et lisse.

— Elle n'a pas vingt ans et elle a déjà les seins d'une matrone, dit d'un air pincé la Présidente Fan, une vierge de cinquante-cinq ans. Je ne serais pas surprise qu'elle se soit fait avorter. »

La jeune secrétaire qui venait de se marier ajouta son grain de sel en déclarant : « Peut-être qu'elle s'est injecté quelque chose.

— Pour moi, elle a mis de la crème, avança la vierge, retournant à son siège près de la fenêtre. Ou alors elle a laissé trop d'hommes les presser. Sinon pourquoi seraient-ils si gros ? » Si vous aviez pu voir de près la Présidente Fan, vous auriez remarqué une lueur de malice dans ses yeux. Elle avait travaillé à son bureau à côté de la fenêtre dans le coin pendant trente ans. Avant qu'arrive la fille aux gros seins, elle n'avait jamais condescendu à bavarder avec ses collègues. Personne n'osait approcher de son bureau, ni même jeter un coup d'œil de son côté de la fenêtre. La moitié de la fenêtre que touchait son bureau était toujours d'une propreté immaculée. Elle avait collé une pancarte « Interdiction de fumer » sur le carreau supérieur et tendu un morceau de tissu sur les deux carreaux inférieurs pour tamiser les rayons du soleil de l'après-midi. Son coin de la pièce sentait toujours les caoutchoucs mouillés et l'antimites. La fille aux gros seins s'était vu attribuer le bureau qui faisait face au sien. Aux yeux de la vierge, les seins de la fille paraissaient effectivement d'une taille extraordinaire. Ils avançaient à ce point qu'on aurait dit qu'ils allaient attaquer son bureau.

Quand la fille revint des toilettes et se rassit à sa place, les quatre femmes se turent. Elles savourèrent ce moment de complicité secrète – elles se sentaient unies par leur communauté d'opinion touchant les seins extraordinairement gros de la nouvelle. Après cela, quand la fille arrivait au bureau le matin, les yeux pleins de la joie du printemps, les autres femmes arboraient des sourires figés et échangeaient des regards entendus.

Avant d'avoir reçu sa première paye, la fille s'était déjà liée d'amitié avec la secrétaire, qui était la plus jeune de ses quatre collègues féminines. La secrétaire lui avait confié des exemples du caractère violent de son mari en échange de descriptions de ses amours universitaires ; elle lui avait offert un bout de nougat que son mari avait rapporté d'un voyage d'affaires, et la fille lui avait donné un porte-clés en plastique. Bientôt elles se mirent à plaisanter sur leurs collègues plus âgées, et elles étaient sur le point d'échanger des secrets sur la vie privée de leurs amies.

L'atmosphère au bureau devint tendue. Après que la secrétaire se fut désolidarisée des trois femmes plus âgées, une guerre froide s'installa et l'esprit de corps quitta la « vieille garde ». Si l'une posait brutalement sa tasse sur son bureau, une minute plus tard une autre la posait plus brutalement encore. Un matin, la traductrice arriva vêtue d'une nouvelle robe à fleurs et annonça que ses poules avaient cessé de pondre et n'étaient plus bonnes que pour la casserole. Sachant que cela était une plaisanterie voilée à ses dépens, la vieille pucelle lança un regard à la traductrice et demanda d'un ton méprisant : « Où avez-vous acheté cette robe ? Elle vous rajeunit beaucoup. » Leur antagonisme ne respectait pas même les cours de formation politique. Quand la comptable quinquagénaire eut donné lecture d'un rapport sur un héros local qui s'était tragiquement noyé en essayant de sauver la vie d'un porc d'État, la traductrice et la secrétaire ne parurent pas émues. Elles ne tentèrent même pas de manifester de la douleur. La Présidente Fan remarqua leur conduite et en prit note.

Un jour, après le travail, la fille déclara à la secrétaire : « Elles semblent avoir quelque chose contre moi. » Elles étaient maintenant si proches qu'elles partageaient leur déjeuner. Les relations au bureau en étaient au stade de la « préparation au combat du deuxième degré ». Bien que l'un des cactus eût encore ses fleurs, l'autre les avait perdues et ses aiguilles étaient devenues rouges et dures.

Elles se dirigeaient vers l'arrêt du bus. Depuis deux jours, elles se tenaient par la main quand elles marchaient dans la rue. La secrétaire menait, et la fille se laissait conduire. Toutes les femmes ont besoin de ce genre de relations. La secrétaire appréciait cette intimité, elle la consolait de tout ce qu'elle souffrait chez elle depuis le jour de son mariage. Elle aimait révéler les secrets d'alcôve à la fille qui n'avait pas encore eu de relations sexuelles (ou « sauté à l'eau », comme on commençait à dire). En retour, elle connaissait des plaisirs inconnus jusqu'alors : la sensation de la main tiède et innocente de la fille dans la sienne ; le sentiment de pitié pareil à celui que peut éprouver un chat avant de bondir sur sa proie ; le fait de savoir qu'elle avait le pouvoir de contrôler ce qui pourrait arriver, ou ne pas arriver à la fille. Sa vie semblait soudain plus intéressante. Elle avait essayé de se retenir maintes fois, mais alors, n'y tenant plus, elle révéla enfin le secret qu'elle partageait avec ses collègues.

« Elles se sont disputées à cause de toi, dit-elle.

— Quoi ? » La fille prit une brusque inspiration. « Pourquoi ? »

La secrétaire ne voulait pas mettre en danger son amitié avec la fille. C'est pourquoi, tout en conservant la main de la fille fermement dans la sienne, elle dit d'un ton réconfortant : « Tu n'as pas remarqué ce qui se passait ? »

La fille aux gros seins n'avait aucune idée de ce dont parlait la secrétaire.

« Dis-moi ce que tu sais, s'écria-t-elle. Dis-le-moi immédiatement !

— Essaie d'abord de deviner.

— Je n'ai pas envie de jouer. » Le visage de la fille devint rouge.

« Il semble que la Présidente Fan avait raison. »
La secrétaire faisait durer le plaisir.

« S'il te plaît, petite sœur, je t'en prie. Dis-moi. »
La fille retombait dans le rôle de qui a besoin d'être
protégé.

Ce n'était pas la première fois que la secrétaire
était traitée de « petite sœur » et son expression ne
changea donc pas. « Elle est jalouse de toi – cette
vieille poule stupide qui ne peut plus pondre.

— Qu'est-ce qu'elle a dit sur moi ? » Le visage de
la fille vira du rouge au blanc.

« C'est tes seins, dit la secrétaire en touchant légèrement le bras de la fille. C'est parce que tu as de si
gros seins. » Elle avait maintenant le ton de voix
qu'adoptent les femmes quand elles parlent de
contraception et de sexualité.

La fille se couvrit le visage de ses mains et s'arrêta
pile. Le complexe d'infériorité qu'elle avait enterré des
années auparavant refit soudain surface et la ramena
à l'époque où elle marchait les épaules voûtées
comme une vieille femme, remplie de honte et de
crainte par les deux excroissances de sa poitrine. Elle
se rappela la fois où sa mère l'avait humiliée devant
ses camarades lorsqu'elle avait dit : « Tu devrais avoir
honte de porter ce T-shirt. Tout le monde voit tes
tétons ! » Ce soir-là, elle avait emprunté le soutien-
gorge de sa mère pour se plaquer les seins contre sa
poitrine. En sortant le lendemain matin, elle avait
senti que tout le monde savait qu'elle avait les seins
bandés.

La confiance qu'elle avait travaillé si dur à
acquérir était en train de tomber en miettes.

« Qu'est-ce qu'elles ont dit ? » la faible voix de la
fille était presque noyée par les bruits de pas sur la
passerelle au-dessus de leurs têtes. La secrétaire ne
s'était pas attendue à ce que la fille éprouve une telle
confusion. Elle avait l'impression de voir un agneau
se noyer, un agneau qu'elle pouvait sauver en dépen-
sant moins d'énergie qu'il n'en faudrait pour souffler

sur un grain de poussière. Étant mariée, elle savait bien des choses que la fille ignorait mais brûlait d'apprendre. Hier, elle avait parlé à la fille du plaisir de sentir la langue d'un homme descendre sur son ventre. Quand elle avait abordé le sujet des seins de la fille quelques instants plus tôt, elle avait senti une moiteur sourdre entre ses cuisses.

La secrétaire hasarda une autre question. « Est-ce que tu as mis des crèmes étrangères ou tu leur as injecté quelque chose ? » Elle jeta un regard d'envie sur le teint frais de la fille. Il était aussi rose que le sien avant son mariage. Elle sentait combien la fille était mal à l'aise, et comme son cœur battait vite.

En quelques secondes, on aurait dit que la fille avait vieilli de dix ans ; son corps tout entier sembla se ratatiner. « Jamais, jamais, protesta-t-elle. Je n'ai jamais fait d'injections ni utilisé de la crème étrangère.

— C'est ce que je pensais, poursuivit la jeune femme. Peut-être que la Présidente Fan a raison alors.

— Qu'est-ce qu'elle a dit ? » Pour la première fois de sa vie la fille était obligée de parler de ses seins en public.

« La vieille pucelle est maligne », dit la secrétaire en jetant un regard derrière elle pour s'assurer qu'elles n'étaient pas écoutées. Elles étaient presque arrivées à l'arrêt du bus. « Elle a dit que tu les avais fait grossir en laissant les hommes te les caresser. En fait, c'est ce que je pensais moi aussi, au début. »

Le visage de la fille rougit de nouveau.

« On te l'a sûrement dit ! reprit la secrétaire avec un rire. Plus les hommes les caressent plus ils grossissent !

— Je n'ai jamais laissé un homme les caresser ! » La fille avait la gorge toute sèche. « Ils ont toujours été aussi gros depuis que j'ai quatorze ans. » La rougeur s'étendait maintenant à ses oreilles et à son cou.

« Tu ne dois pas en avoir honte. » Bien que la secrétaire éprouvât de la sympathie pour sa nouvelle amie, elle continuait à examiner son visage à la recherche de la vérité.

« Mais c'est vrai ! » La fille baissa la tête d'un air désespéré. Elle désirait plus que tout échapper à cette situation humiliante. « Tu ne me crois toujours pas, hein ? »

Sans se regarder, elles accélérèrent le pas, et la tendresse qui s'était établie entre elles au cours des semaines passées s'évanouit. Quand elles arrivèrent à l'arrêt du bus, la fille se mit dans la queue à l'intérieur de la barrière, tandis que la secrétaire restait à l'extérieur. Au cours des derniers jours, la secrétaire avait toujours attendu la fille pour prendre le bus avant de poursuivre son chemin à pied.

« Ne prends pas ça trop au sérieux ! Qu'est-ce que ça fait si elles parlent de toi ? Elles sont juste jalouses parce qu'elles sont plates comme des limandes. » Bien que les seins de la secrétaire fussent légèrement tombants, elle entrait quand même dans la catégorie des « femmes à poitrine ».

« Je n'ai jamais fait d'injections et je n'ai jamais pris de pilules. » Une ride profonde barrait le front lisse de la fille.

« Les temps ont changé. Les vieilles matrones sont dépassées. Elles sont jalouses de toi, c'est tout. Tu n'as que vingt ans. Quelle importance que tu aies laissé un garçon te les faire grossir en les pressant ? » La secrétaire posa les yeux sur l'ample poitrine de la fille. Elle supposait qu'elle avait incité à bien des actes illicites. Leur vue lui rappela des événements passés, et le plaisir qu'elle éprouvait quand son mari pressait ses seins. « Dès que les hommes nous approchent, ils veulent toucher. Mais je ne permets à mon mari de les sucer qu'avant qu'on s'endorme. » La secrétaire ne pouvait s'empêcher de révéler quelques détails supplémentaires de sa vie privée. Remarquant que la fille continuait à froncer les sourcils, elle regarda du côté d'où le bus arrivait et le maudit de tarder tant.

« Pourquoi faut-il qu'elles parlent de moi ? » la voix de la fille était toujours faible. À présent rien de ce que pourrait dire la secrétaire ne la consolerait. « Je suis née comme ça », murmura-t-elle tout bas.

La secrétaire lui sourit et répondit : « Ne fais pas attention à elles. Leurs beaux jours sont derrière elles. Je te comprends. Je ne serais pas choquée si tu me disais que tu portes un soutien-gorge rembourré. Il n'y a aucun mal à avoir des gros seins. Ces femmes seraient toujours plates même si elles portaient dix soutiens-gorge rembourrés.

— Je n'ai jamais porté de soutien-gorge rembourré », sanglota la fille.

La jeune femme ne la crut pas un instant. « Il ne faut pas non plus qu'ils soient trop gros, les gens s'en apercevraient. Les femmes comme nous qui ont de gros seins n'ont pas besoin de porter des soutiens-gorge rembourrés. »

Le bus finit par arriver, et la fille fut emportée par la vague montante de la foule. Elle avait l'impression que sa gorge était pleine de coton. Elle porta ses deux seins lourds jusqu'à chez elle et, à peine la porte ouverte, courut se jeter sur son lit et éclata en sanglots.

« Au miroir de juger », se murmura-t-elle, debout face au miroir rectangulaire. Pour la première fois de sa vie, elle regarda longuement les deux gros globes de chair couronnés d'une fraise flétrie. À la vérité, nul homme n'y avait jamais porté la main. À l'âge de quatorze ans, quand ils s'étaient mis à pousser, ils lui avaient fait mal. À l'université, ils avaient fait sa fierté. Quand elle marchait dans la rue et qu'ils oscillaient de haut en bas, ils lui causaient gêne et plaisir à la fois. Ses lectures lui avaient appris que son type de poitrine indiquait une bonne épouse apte à la procréation – exactement le genre de femme qu'elle avait toujours voulu être. Dans ses rêves, elle donnait naissance à des centaines d'enfants et, debout au milieu d'eux, leur distribuait des pommes. Elle les habillait de beaux vêtements et les abreuvait des flots de lait intarissables qui coulaient de ses tétons. Ses seins pourraient nourrir une multitude d'enfants et donner de la joie et du plaisir aux hommes. Mais aujourd'hui, ces rêves étaient anéantis. Aux yeux des autres, elle était une mystificatrice, une fille qui essayait d'attirer les hommes avec des faux seins. Ils croyaient avoir vu clair dans son jeu. Tout le monde était arrivé à la même conclusion, même le jeune homme au bureau qui ne cessait de lire pour se préparer à ses examens.

« Au miroir de juger. » Elle parla à voix basse, parce que derrière le rideau toute sa famille dînait. Son lit était séparé du reste de la pièce par un rideau. Elle demeura éveillée toute la nuit. Le lendemain matin elle avala des somnifères et se fit porter malade.

(Tandis que le donneur de sang discute de l'histoire de la fille, l'écrivain professionnel se souvient soudain de l'actrice qui s'est jetée dans la gueule du tigre. Il demande : « Tu crois que la fille essayait elle aussi d'échapper à ce monde ?

— Non, répond le donneur de sang. Elle était trop jeune. Elle n'avait encore rien à quoi échapper. Ce n'est pas à cause de la pression extérieure qu'elle a craqué, mais à cause de sa propre faiblesse. Si tout le monde était aussi faible qu'elle, il y a bien longtemps que nous aurions perdu la tête. Elle n'a couru qu'une seule fois toute nue dans la rue. Ce n'est pas bien terrible.

— Peut-être que son histoire ne vaut pas la peine d'être écrite, soupire l'écrivain avec lassitude.

— Tu as tort de penser que toutes les histoires doivent avoir un rapport avec la mort. Le problème n'est pas la mort, mais la vie, et la vie est une course d'endurance – il faut serrer les dents et poursuivre son chemin. Tout comme je le fais. Je supporte tout ce que la vie m'envoie. J'ai souffert beaucoup plus que tu ne pourrais le faire de toute ton existence insouciante. »

L'image des gros seins de la fille est encore dans l'esprit de l'écrivain. Les deux tétons couleur de raisin le fixent d'un air engageant. Si la fille avait compris qu'il est impossible dans ce monde de distinguer le réel du faux, alors peut-être qu'elle n'aurait pas eu si souvent recours aux somnifères.)

Quand sa famille découvrit qu'elle prenait des somnifères tous les soirs, et que sa santé se détériorait gravement, ils n'eurent d'autre choix que de l'emmener à l'hôpital. La secrétaire et la Présidente Fan lui apportèrent des fleurs, son chèque de fin de mois, un savon et une paire de gants en soie. Elle était allongée calmement dans son lit, fixant les murs blancs d'un regard vide. Quelques jours après être revenue chez elle, elle enleva tous ses vêtements et courut nue dans les rues. Accablée par la honte, la famille quitta la ville et s'installa dans une ferme dans les faubourgs. Mais son passé la rattrapa, et ses parents furent obligés de l'envoyer vivre dans leur ancien village. Quelques années plus tard elle épousa un paysan, mais quand il eut vent de sa réputation, il devint violent, et la battait fréquemment jusqu'à la laisser pour morte.

La Présidente Fan n'a pas encore pris sa retraite à l'heure qu'il est. Après que la fille aux gros seins eut donné sa démission pour cause de maladie, la secrétaire s'est installée à son bureau. Les deux cactus sur l'appui de la fenêtre ont tellement grandi qu'il a fallu les mettre dans le couloir.

L'abandonneur
ou L'abandonnée

Les conversations entre l'écrivain et le donneur de sang ne mènent jamais nulle part. Au lieu de prolonger une discussion, ils préfèrent souvent la laisser en suspens. Mais il est intéressant de noter que durant la conversation de ce soir, le donneur de sang semble avoir la haute main. Le donneur de sang est par nature un homme de profit qui croit que les gens devraient utiliser tous les moyens possibles pour prendre à ce vilain monde ce dont ils ont besoin. L'écrivain est un idéaliste, mais quand il est confronté à la réalité et à ses propres échecs, il surmonte sa déception en adoptant un air d'indifférence. C'est un invalide, capable de penser mais pas de bouger. Dans son cerveau sous-alimenté, il tisse les histoires du livre qu'il sait qu'il n'écrira jamais.

Elle émergea d'entre les cuisses de sa mère juste un mois après le lancement de la politique de l'enfant unique.

(Dans son esprit, l'écrivain professionnel voit le père qui marche dans la rue en portant son enfant demeurée avec quelque chose de furtif dans le regard. Le désespoir se lit sur sa bouche aux coins tirés vers le bas et ses pommettes creuses. La petite fille qui est dans ses bras semble calme, mais légèrement

173

perturbée. On dirait que ces deux-là sont toujours en train d'aller quelque part.)

Étant du groupe sanguin A, né l'année du Bœuf, le père était à la fois buté et timide. Alors qu'il avait vingt et un ans, une vieille femme à tête de chou lui lut les lignes de la main dans une graineterie et lui dit qu'il n'aurait jamais de fils. Après son mariage, sa femme lui donna une fille gravement handicapée, et cinq ans plus tard, une deuxième fille, qui était normale. Le père paya alors la somme de six yuans à un boiteux nommé Zeng pour lui dire de nouveau l'avenir. Zeng lui prédit que lorsqu'il aurait quarante-huit ans il aurait une troisième fille ; à l'âge de quarante-neuf ans il serait promu à un poste supérieur (il était maintenant comptable de rang moyen au service de la trésorerie de la municipalité) ; lorsqu'il aurait cinquante ans, un monsieur viendrait du sud-ouest lui apporter la chance (il passa en revue tous ses amis et parents qui habitaient le sud-ouest, et découvrit qu'il avait un oncle ex-général du Kuomintang qui était maintenant dans la guérilla en Birmanie, bien que la famille n'ait pas entendu parler de lui depuis plus de trente ans) ; lorsqu'il aurait cinquante-sept ans, sa mère décéderait et sa femme mourrait d'une maladie des poumons ; à l'âge de soixante ans, il rencontrerait une veuve de groupe A née l'année du Mouton, qui l'épouserait et lui donnerait une quatrième fille. La mort devait le frapper dans sa soixante-troisième année. Il avait demandé à Zeng le boiteux s'il pouvait prolonger sa vie de quelques années – juste deux ans suffiraient – mais le diseur de bonne aventure affirma qu'il était impossible de changer le cours du destin.

Ce qui chagrinait le père n'était pas la brièveté de sa vie mais de ne pas avoir de fils pour perpétuer la lignée. Il mit la veuve de côté dans son esprit et se concentra sur la recherche de moyens pour se procurer un fils. Comme sa première fille était née demeurée, l'unité de travail de sa femme avait fait une exception à la politique de l'enfant unique et lui avait accordé un quota de deux enfants, mais ils ne lui permettraient certainement pas d'en avoir un troisième. Elle ne pourrait obtenir un nouveau permis de concevoir que si l'un des enfants disparaissait. Sans la planification des naissances, le couple aurait été libre de faire un enfant après l'autre jusqu'à ce qu'un fils apparaisse, mais les choses étant ce qu'elles étaient, le comptable décida que son seul espoir résidait dans la disparition de sa fille demeurée.

Il se lança donc dans un combat contre son destin. Quand sa fille demeurée eut sept ans, il la prit dans ses bras, l'emmena dans un parc et tenta, sans succès, de l'abandonner sur un banc. Après trois autres tentatives infructueuses, il prit un jour de congé dans l'espoir de finir enfin le boulot. Son avenir en dépendait. Ce n'est qu'après sa disparition qu'il pourrait retenter sa chance pour avoir un fils. Les diseurs de bonne aventure n'avaient pas révélé que sa première fille naîtrait demeurée ni que le gouvernement s'apprêtait à lancer la politique de l'enfant unique. S'il avait su à l'époque comment les choses allaient se passer, il aurait dit à sa femme de se faire avorter à l'instant où elle avait découvert qu'elle était enceinte.

Sa fille aînée était semblable à la plupart des enfants qui partagent son handicap. Elle avait une petite tête plate couverte de cheveux fins et duveteux, un front large et ridé, des yeux pareils à des têtards profondément enfoncés dans des orbites jaunâtres, le nez plat et de larges narines qui s'évasaient à chaque inspiration. De sa bouche continuellement ouverte tombaient de la salive et des morceaux d'aliments qui coulaient le long de son petit menton et s'accumulaient dans les plis de son cou épais. Son existence ne lui causait que des ennuis.

Au cours de ses sept années de vie elle avait acquis quelques talents. Par exemple elle savait crier quand elle sentait un besoin naturel, et avait appris à ne jamais refuser ni nourriture ni médicament. Mais elle ne se départait jamais de la peur d'être arrachée à la froide humidité de la pièce familiale pour être portée à l'air libre. Chaque fois que son père la prenait dans ses bras et l'emportait là où le ciel était visible, ses cheveux se dressaient sur sa tête et ses mâchoires se serraient si fort qu'il était impossible de les lui ouvrir. Elle avait déjà passé un week-end entier seule dans les bois, une nuit sur un banc en pierre, six jours dans un orphelinat à la campagne, et quarante-huit heures dans un train en route pour la capitale. Avant chacune de ces malheureuses expériences, elle perdait soudain son père de vue et se retrouvait seule. Mais elle finissait toujours par être sauvée du danger et retrouvait le havre de la pièce sombre qui sentait la boue et le chou pourri.

Au début de chacune de ses expéditions, il ignorait s'il réussirait à l'abandonner, mais il était bien décidé à poursuivre sa guerre contre son destin. Pour son fils à venir, pour le succès de la fertilisation du prochain ovule de sa femme, il poursuivrait son plan. Il se disait qu'il ne s'occupait de sa fille que pour attendre l'occasion de se débarrasser d'elle. Quant à elle, chacune des sorties qu'ils faisaient ensemble était l'occasion de prouver sa capacité à survivre.

Bien qu'il eût adhéré au Parti en 1958, et eût travaillé consciencieusement pendant les trente années suivantes, il n'était toujours qu'un comptable de rang moyen. Pendant la Révolution culturelle, il était entré dans une cellule qui n'avait pas réussi à s'adapter aux changements et avait été mise hors la loi par une cellule rivale. Il avait fini par épouser une militante de la cellule qui avait mis la sienne hors la loi. Il faisait l'amour à sa femme dans leur dortoir tandis que les balles sifflaient au dehors. Aucun des deux n'avait de connaissances étendues en matière de sexe, hormis le peu qu'ils avaient appris de jurons divers, de sorte que la femme ne fut pas enceinte avant leur deuxième année de mariage. Le médecin lui dit que les malformations de l'enfant étaient dues à une activité sexuelle excessive pendant sa grossesse.

Quand il eut atteint la cinquantaine, il résolut de se consacrer plus énergiquement à l'abandon de leur fille aînée. Il commença à négliger son travail. Les diseurs de bonne aventure lui avaient précisé que, vu l'année de sa naissance, il ne réussirait à se débarrasser de sa fille que s'il était sûr que quelqu'un la recueillerait. Il n'abandonnait donc jamais sa fille s'il jugeait qu'elle avait la moindre chance de mourir de faim ou de courir quelque danger que ce soit. Ses insuccès étaient clairement liés à l'année de sa naissance. Il était convaincu que s'il était né l'année du Tigre ou du Coq, à l'heure qu'il est il tiendrait un fils dans ses bras.

Un matin, il la laissa seule dans un champ à l'extérieur de la ville. Il se cacha derrière un buisson et la surveilla toute la journée. Quand le soleil se coucha à l'ouest, il abandonna tout espoir de la voir sauvée et, défaillant de faim, il courut à elle, la prit dans ses bras, et la ramena à la maison. Il souffrait toutes sortes d'épreuves pour elle. Un jour, il lut un article sur un orphelinat situé dans une ville voisine. Il prit une journée de congé, se rendit dans la ville en question et déposa sa fille à la réception de l'orphelinat en déclarant qu'il l'avait trouvée dans la rue. Le directeur de l'orphelinat lui dit que l'enfant n'était pas nécessairement orpheline, et qu'il fallait la porter au poste de la sécurité publique. Pris de panique, le père expliqua qu'il avait voulu accomplir une bonne action à l'exemple de Lei Feng, mais ne pouvait pas faire plus, ayant un train à prendre. Le directeur accepta donc de porter lui-même l'enfant au poste de la sécurité publique. Le lendemain, alors qu'il regardait par la fenêtre de son bureau, la police de la ville voisine lui téléphona pour lui demander de venir au poste récupérer sa fille. Il prit une nouvelle journée de congé, au grand dam de son chef, du fait qu'il allait ainsi manquer la réunion hebdomadaire du Parti de son service. Cet après-midi-là, il quitta sa femme et sa fille cadette, qui avait alors deux ans, et partit chercher sa fille.

(« Tu vis dans ton petit univers, déclare le donneur de sang à l'écrivain. Tu es enfermé dans ton esprit, et ton appartement pas plus grand qu'une valise. Nous nous éloignons de plus en plus l'un de l'autre.

— Qu'est-ce que tu veux dire ?

— Nous n'avons pas les mêmes valeurs. Je me suis rendu à la réalité et j'ai réussi ma vie. Tu joues les arrogants, mais tu es un raté, tu vis des rebuts de ce monde. »)

Avant d'abandonner sa fille aînée, il lui donnait toujours un somnifère, craignant que si elle restait éveillée, elle ne s'étouffe dans ses larmes, ou que ses cris n'attirent une bande de loups. Comme elle passait beaucoup de temps à l'extérieur, il lui avait même acheté un imperméable pour la protéger de la pluie. Sa femme était une Chinoise typique. Chaque fois qu'il partait avec sa fille dans ses bras, elle l'accompagnait toujours jusqu'à la porte, les yeux pleins de larmes. Malgré ses échecs répétés, elle parvenait toujours à pleurer chaque fois qu'il prenait congé d'elle. Elle était entièrement d'accord avec lui. Par le passé elle-même avait payé les services d'une entremetteuse pour qu'elle vende l'enfant à un couple stérile, mais malheureusement quand le couple avait découvert que l'enfant était demeurée, ils l'avaient rapportée et avaient exigé d'être remboursés.

La petite demeurée était soumise à une série interminable d'épreuves et de traumas, mais parvenait toujours à rester en vie. Avant d'avoir fait ses premiers pas, elle avait survécu à deux accidents de voiture et à une chute du troisième étage. Plus tard, elle tombait de son lit sur le sol en ciment quasiment toutes les nuits. Les voisins disaient qu'il n'y avait qu'un enfant béni pour survivre à tant d'accidents et ils prédisaient qu'elle serait pour sa famille source de chance et de prospérité. C'est ainsi que durant toute une année, le père suspendit ses tentatives d'abandon et attendit que sa chance tourne.

Mais il ne se passa rien, et le père finit par se convaincre une fois de plus que l'avenir prédit par Zeng le boiteux était inéluctable. La fin imminente de sa lignée pesait lourdement sur son esprit. Il savait que si sa femme dépassait son quota de deux enfants, il perdrait tout ce qu'il avait travaillé si dur à gagner : son poste dans l'administration, sa carte du Parti, sa pièce, son salaire. La présence de sa fille aînée dans sa famille menaçait son existence à tous points de vue.

Il finit par décider de prendre sa retraite anticipée afin de consacrer toutes ses journées à l'abandon de sa fille. Mais chaque fois qu'il tentait de s'en débarrasser il sentait croître son attachement pour elle. Par le passé il avait espéré qu'elle coopérerait avec lui, et disparaîtrait discrètement de sa vie afin de lui permettre d'essayer d'avoir un fils. Mais à mesure que cet espoir diminuait, elle devint son réconfort. Bien qu'il la fît souffrir, elle était la seule personne au monde à pouvoir lui pardonner.

Avec le temps, elle devint sa meilleure amie. Il ne pouvait pas s'empêcher de lui confier ses problèmes conjugaux, les soucis que lui inspiraient la marche du monde et le chagrin que lui causait le mal qu'il lui faisait. Sachant qu'elle ne pouvait rien répondre, il se sentait libre d'utiliser avec elle le langage le plus grossier. À mesure qu'il prenait conscience de l'inutilité de ses efforts, il perdit lentement le contrôle de ses pensées. Chaque fois qu'il essayait de l'abandonner, il avait l'impression d'abandonner et lui-même et l'avenir qui lui était destiné. Mais il ne renonçait pas pour autant.

Parfois il avait l'impression que c'était sa fille qui l'entraînait à travers la ville, plutôt que le contraire. Avant chacune de ses tentatives, c'était comme s'il l'entendait qui disait : « Je consens à être abandonnée. Avec le temps, j'ai conquis ma propre identité, et les épreuves que je t'ai fait subir t'ont appris des choses sur la vie. Un père peut tromper une enfant demeurée, mais une enfant demeurée peut aussi tromper son père. J'ai donné une forme, un rythme à ta vie. Tu dois comprendre que ta mission finira par être ta perte. Je t'ai appris sur toi des choses que tu aurais préféré ignorer. Dans un monde aliéné, seuls les demeurés peuvent trouver le bonheur. Je ne partage aucun de tes engagements, aucune de tes responsabilités. Le passé, le futur, que ton sperme rencontre un autre ovule, tout cela ne m'importe en rien. Je ne suis pas même certaine d'exister. Si tu étais demeuré, tu comprendrais ce que je te dis. J'aimerais que tu abandonnes cette mission inutile. Tu as fait de ton mieux pour tout le monde. Tu ne m'as pas laissée tomber, et tu ne t'es pas non plus laissé tomber toi-même. Tu ne peux rien faire de plus. »

Avec les changements provoqués par la Politique d'Ouverture, les gens commencèrent à moins parler de ce père et de cette fille qui passaient leur vie à se séparer et à se retrouver. Mais chacun savait qui ils étaient. De temps à autre ils voyaient un homme au col et aux poignets propres (on reconnaissait le cadre au premier coup d'œil) émerger de derrière le musée municipal, une enfant demeurée dans les bras. Il empruntait la passerelle piétonnière, puis s'engageait dans le quartier neuf, en direction non du parc en bord de mer, mais des champs au-delà. Quand il avait atteint sa destination, il posait l'enfant sur le bas-côté de la route, puis s'accroupissait derrière un arbre distant d'une dizaine ou d'une vingtaine de mètres. Les passants remarquaient que lorsqu'il était accroupi là, les traits de son visage semblaient disparaître. Mais dès que quelqu'un faisait mine de s'emparer de cet « objet perdu », il bondissait sur ses pieds et se précipitait pour la prendre dans ses bras. Dans cette ville, il devint l'unique protecteur de l'enfant demeurée.

Que va-t-il m'arriver demain ? se demande l'écrivain professionnel. Peut-être que je vais tomber sur ces deux-là dans la rue, et voir le désespoir dans le regard du père. L'esprit de l'écrivain se tourne vers la serveuse discrète aux longs cheveux qui travaille dans le restaurant de nouilles où il va manger son bol de riz. Il aime la regarder. Elle est débordante de vie, mais elle a une attitude réservée et paisible. Il se demande comment la faire entrer elle aussi dans son roman.

Le chien insouciant
ou Le témoin

Son aboiement me réveillait souvent. Il était différent de celui qu'il utilisait pendant nos conversations : c'était l'aboiement d'un chien. Pendant les deux mois qui suivirent sa mort, son aboiement continua de me réveiller. Je ne me remettrai jamais de ne pas avoir été avec lui quand il est mort.

(L'écrivain professionnel caresse son briquet et se rappelle le jour où il a déjeuné avec le peintre à la cafétéria du musée municipal. Le peintre l'avait regardé dans les yeux et lui avait demandé : « Tu crois que mon chien se réincarnera ? Comment se fait-il qu'il parlait comme toi et moi ? Je n'ai encore jamais dit la vérité sur lui à personne, pas même à ma petite amie. Je vais te la dire maintenant, mais tu ne me croiras peut-être pas. »)

Je n'ai pas vu à quoi il ressemblait une fois mort. Quand je suis revenu de mon congrès, il avait déjà été transformé en pièce de musée. Le Secrétaire Wang, le directeur du musée, ne m'a jamais dit comment il était mort, il a juste envoyé un policier chez moi me critiquer pour avoir gardé un chien en cachette. Les enfants du rez-de-chaussée m'ont dit qu'ils avaient vu le chien battu à mort par le vieux menuisier qui habite le quatrième. Ils m'ont même conduit sur la scène supposée du crime. Ils m'ont montré une tache sur le sol en ciment en prétendant que c'était le sang du chien. J'ai examiné la tache avec soin, et découvert que c'était en fait une tache de peinture laissée par des décorateurs il y a quelques années. Je n'ai donc pas abordé le sujet avec le vieux menuisier. Un jour, le Secrétaire Wang a vu une photo que j'avais prise du chien et m'a dit : « Eh bien, si tu ne voulais pas que ça arrive, tu n'avais qu'à pas laisser ton chien pisser dans l'ascenseur. » J'ai lâché le morceau et lui ai demandé si le vieux menuisier était responsable de la mort de mon chien. Le Secrétaire Wang a jeté un coup d'œil à la porte et a dit : « Est-ce que ce policier a fini par venir te voir ? Il était furieux d'apprendre que tu avais un chien. »

Quand je lui ai demandé de nouveau comment le chien était mort, on aurait dit que le Secrétaire Wang se changeait en mite. Ses yeux sont devenus de plus en plus petits, puis il m'a tourné le dos et s'est envolé par la porte. Je remarquai que son cul n'était pas plus propre qu'aucun de ceux que je vois dans les toilettes publiques. À mon retour du congrès, la niche était vide et il n'y avait pas d'odeur d'urine sur la terrasse. Le tissu que j'avais découpé dans ma couverture de lit était encore dans son panier, mais il était infesté de fourmis et de mites. Quand j'ai regardé, les fourmis m'ont regardé à leur tour, puis se sont remises à filer à travers la forêt de laine, aussi vite que les gens dans les rues en contrebas.

Je suis sorti en rampant de la niche et j'ai commencé à chercher sur la terrasse des signes de la présence du chien. Le toit-terrasse est immense. Il y a tant de cheminées qui en sortent qu'on dirait une forêt morte, ou un champ de pierres tombales. Certaines cheminées de plus de cinquante ans sont en forme de croix. Ma pièce est dans la grande tour de l'horloge au bout de la terrasse. Elle a une petite fenêtre qui donne sur les rues. Avant que ma petite amie se suicide, elle venait souvent me voir. Elle se plaignait de ce que la terrasse ressemblait à un cimetière et la tour de l'horloge à la maison du gardien du cimetière. Elle détestait tous les tuyaux qui courent sur le toit, elle n'arrêtait pas de trébucher dessus. Mais mon chien a joyeusement gambadé sur la terrasse pendant deux ans sans se plaindre une seule fois, et il n'avait que trois pattes.

L'horloge ne sonne plus les heures. Pendant la Révolution culturelle, une cellule maoïste appelée « l'Armée Innombrable » a pris le contrôle de la tour et a enlevé certains éléments de l'horloge pour en faire des armes contre la cellule maoïste rivale, « l'Expulsion de la Brigade des Factions Ennemies ». Par le passé, les policiers de la ville se réglaient sur l'horloge pour prendre leur service. On la voit de partout dans la ville. Et moi aussi je vois toute la ville de ma terrasse, même le quartier neuf en bord de mer. Quand je me lève le matin et que je sors sur la terrasse, je vois mes anciens camarades de classe et d'autres personnes de ma connaissance monter dans le bus et prendre leur petit déjeuner dans la rue. Ceux qui sont déjà au bureau, coincés dans une réunion politique, me font des clins d'œil par leurs fenêtres. Quand ils sortent du travail, je leur crie ce que j'ai à leur dire et ils me répondent de la même manière. C'est plus pratique que le téléphone.

Mon chien est né là-haut.

(C'est évidemment impossible, pense l'écrivain. Pour commencer, aucune chienne n'a jamais mis les pattes sur la terrasse. La vérité c'est que ce chien est né en banlieue, dans la cour d'un crématorium privé. Il n'y a que là que les chiens ont pu faire des chiots qui ressemblent à ce point aux hommes. La cour était hantée par l'esprit des morts. Les chiens en ont pris certains en pitié et leur ont permis de se réincarner dans leur progéniture.)

Quand j'ai vu qu'il n'avait que trois pattes, j'ai été pris de pitié et j'ai décidé de m'en occuper. Il n'était pas ferme sur ses pattes. Quand il était debout il m'arrivait de lui prendre la patte de devant pour le faire tomber. Après quelques mois il avait compris que s'il disposait ses pattes en trépied, il tenait mieux dessus. Lorsque j'ai essayé ensuite de le faire tomber, il a montré les dents et a dit : « Tu perds ton temps, l'ami. » J'ai été si surpris de l'entendre parler que j'ai eu envie de prendre la fuite. Mais avant que j'aie pu bouger, il a soupiré : « Je te dis – laisse tomber.

— Tu es vraiment un chien ? j'ai demandé.

— Eh bien, qu'est-ce que tu es ?

— Un homme, bien sûr.

— Eh bien, je suis un chien alors. Mais j'ai dû être un homme dans une vie antérieure, sinon comment est-ce que je pourrais parler ta langue ?

— Quel homme tu penses que tu étais ?

— Tu n'as qu'à aller consulter le registre des décès, si ça t'intéresse tant que ça. Pourquoi est-ce que je te le dirais ? Ce que je peux te dire c'est que j'ai vécu dans cette ville pendant plus de cent ans. Je n'aurais jamais deviné que je reviendrais cette fois-ci en chien à trois pattes. Quelle blague !

— Qui étais-tu dans ta dernière vie ? répétai-je, toujours tremblant comme une feuille.

— Je ne suis pas sûr. Il est impossible de savoir. Tout ce que je sais c'est que je ne voulais pas revenir en humain. Ça ne me gêne pas d'être un chien, c'est juste dommage qu'il me manque une patte. »

Nous nous entendions bien. Dès que j'avais terminé mon travail au musée, je me précipitais sur la terrasse et je le voyais qui m'attendait devant sa niche. Je traversais en bondissant le labyrinthe de tuyaux, j'ouvrais ma porte et je le faisais entrer.

Je peignais pendant quelques heures, puis nous nous couchions pour lire des livres et parler de diverses affaires de la journée. Il a lu presque tous les livres qu'il y a dans ma pièce, sauf ceux qui sont sur le rayon supérieur. Je lui avais interdit d'y toucher parce que j'avais peur qu'ils ne corrompent son esprit, et qu'en plus je ne supportais pas l'idée qu'il me dépasse. J'exigeais aussi qu'il s'assure que la porte de notre terrasse était bien verrouillée avant qu'il élève la voix ou qu'il aboie. Trois des employés du musée, dont le vieux menuisier et son fils le plombier, appartenaient à la brigade d'extermination des chiens. S'ils avaient appris qu'il y avait un chien sur ma terrasse, ils auraient eu le droit de venir la fouiller et de manger tous les chiens qu'ils y auraient trouvés. Ils mangeaient toujours les chiens qu'ils tuaient – leurs chefs ne leur demandaient de leur apporter que la tête.

Je travaille comme illustrateur pour le département d'histoire naturelle du musée municipal. Mon travail consiste à faire des croquis de tous les animaux empaillés qui sont exposés dans le musée. C'est un bien meilleur boulot qu'aucun de ceux que mes camarades de classe se sont vu attribuer, c'est pourquoi j'estime que j'ai eu beaucoup de chance. Après que le survivant se fut installé chez moi (c'est le nom que le chien se donnait), j'ai craint qu'il mette ma carrière en péril et, pour me protéger, je me suis mis à travailler de manière plus assidue et j'ai redoublé d'efforts pour adhérer au Parti. Mais le chien a fini par mourir, et tout ce qui survit de lui maintenant, c'est cette magnifique dépouille.

(L'écrivain se rappelle le visage inexpressif du peintre tandis qu'il racontait son histoire dans la cafétéria. Il était impossible de savoir s'il disait la vérité ou non. Peut-être le survivant n'était-il qu'une extension de lui-même. Quand l'écrivain lui avait demandé s'il croyait vraiment que le chien avait

vécu sur cette terrasse, le peintre avait eu un gro-
gnement d'impatience et avait déclaré : « Sa niche y
est toujours. Tu l'as vue toi-même. »)

Quand je suis revenu du congrès, j'ai découvert
que le chien avait été enlevé de ma terrasse pour être
placé dans l'atelier du musée. J'avais entendu dire
qu'il irait à Beijing le mois prochain pour prendre
part à une exposition nationale. La première fois que
j'ai été le voir dans l'atelier du menuisier, son poil
semblait plus doux et luisant que lorsqu'il était en
vie. Ses yeux tristes avaient été remplacés par une
paire de boules de verre brillant. Ses oreilles étaient
tombantes, mais maintenant qu'elles avaient séché,
elles se dressaient d'un air guilleret. Le menuisier lui
avait bourré le ventre de tant de coton qu'on aurait
dit une chienne enceinte. Autour de lui il y avait des
tas d'animaux morts qui attendaient d'être empaillés.
Un léopard avec des yeux en verre était appuyé contre
le mur, ses quatre membres encore cloués à un cadre
en bois ; un renard éventré attendant d'être mis à
sécher au soleil regardait d'un air triste par la fenêtre.
Comparé aux faisans, aigles chauves, et pythons
démembrés et lacérés qui étaient à côté de lui, le
survivant paraissait très animé. Mais quelque mal
que je me sois donné, je n'ai jamais pu associer le
survivant mort au chien que j'avais connu.

Mon toit-terrasse est immense. Quand vous êtes
au bord, vous voyez toute la ville étendue à vos
pieds. Le survivant pouvait espionner chaque foyer
de chacune des rues. En plus de deux ans, il n'a
jamais quitté le toit, c'est-à-dire qu'il a passé toute
sa vie en plein ciel. Il gardait ses distances avec le
reste de l'humanité et refusait d'entrer dans son
monde. Tandis que trois mille chiens périssaient
sous les coups de la brigade d'extermination de la
ville, il a pu survivre pendant deux ans là-haut, grâce
à moi et aux distances qu'il gardait avec la foule. Il
voyait souvent ses semblables poursuivis et frappés

par les autorités, et cela le bouleversait. Mais je dois avouer qu'à sept reprises j'ai été tenté de le livrer à la police, sachant que cela augmenterait mes chances d'entrer au Parti. Je pensais parfois que je déshonorais le Parti en m'occupant de lui. Il exprimait souvent des idées réactionnaires qui me troublaient l'esprit durant les cours de formation politique à mon travail.

Il a beaucoup mûri pendant les deux années passées avec moi, et il a appris quelques tournures de phrase élégantes. Il a acquis une connaissance profonde de tout ce qui était arrivé et n'était pas encore arrivé. Son poil noir luisant et ses oreilles tombantes lui donnaient l'air d'un avocat étranger. Son crâne curieusement chauve et ses longues moustaches grises ajoutaient à son air de vieux sage. Il se considérait sans le dire comme un messager et un prophète. Il était optimiste quant aux conséquences de la Politique d'Ouverture et il était d'accord avec les autorités que l'exposition de peintures de nus n'était pas en phase avec le climat social de notre pays. Quand le Comité central avait annoncé qu'il avait donné à une Chinoise la permission de se marier avec un Français, il avait loué son courage. Il disait que le Système de Responsabilité pouvait sauver le socialisme et applaudissait à la politique d'incitation à l'investissement étranger dans notre pays. Je lui avais demandé si cette politique équivalait pour lui à permettre aux capitalistes étrangers de prendre le contrôle de l'économie chinoise, mais il m'avait répondu par un rire glacial. J'avoue que je m'étais beaucoup attaché à lui. Chaque jour je lui rapportais des choses délicieuses à manger et à boire. Je perdais des heures de sommeil à m'inquiéter que la police le trouve et l'emporte. J'étais si attaché à lui que je parvins à assister au spectacle du suicide de ma petite amie sans verser une larme.

Nos conversations étaient fascinantes. Il me racontait des histoires tirées des légendes grecques et des fables de la Bible. Ses sujets allaient du monde ancien au moderne, de la Chine à l'Ouest. Son imagination était sans bornes. C'était un plaisir de passer mes soirées avec lui. Quelques jours avant que nous soyons témoins du viol collectif qui eut lieu dans la rue sous nos pieds, je lui demandai quels changements les chiens pourraient faire s'ils dirigeaient cette ville. Il m'a répondu : « D'abord et avant tout, nous éliminerions la brigade d'extermination des chiens. Les chiens ne sont pas responsables de la rage – nous ne sommes que les innocents porteurs du virus. Les chiens de cette ville auraient les mêmes privilèges que les chiens des villes étrangères : ils recevraient des colliers en cuir véritable et des manteaux en laine bien chauds. Nous encouragerions les humains à suivre notre exemple et à se limiter aux saisons des amours, afin d'améliorer la qualité de leur espèce. Nous protégerions nos frontières, aurions la liberté de voyager et celle d'avoir des partis d'opposition. »

Ses oreilles tombantes battirent de bonheur et il poursuivit : « Notre gouvernement enverrait vos hommes politiques et vos généraux à la campagne afin de produire pour nous de la viande de bonne qualité. Leurs salaires et statuts ne seraient inférieurs qu'aux nôtres. Si j'étais le maire de cette ville, j'interdirais toutes les réunions et les cours de formation politique et j'encouragerais les gens à marcher à quatre pattes de manière aussi modeste et discrète que nous. Je supprimerais aussi la diffusion de la musique assourdissante qui accompagne la gymnastique matinale pour que les gens puissent continuer à rester au lit s'ils en ont envie.

— Et quels seraient nos devoirs dans la nouvelle société ?

— Servir les chiens, dit-il. Vous devriez seulement changer votre devise : « Servir le Peuple » en

« Servir les Chiens ». Votre principale responsabilité serait de nous fournir à boire et à manger. Tant que vous ne commenceriez pas à perdre votre temps en réunions politiques inutiles, vous ne feriez pas de mal. Rappelle-toi – le chien est le meilleur ami de l'homme, et l'homme est le meilleur partenaire du chien. »

Quelques jours plus tard, comme nous regardions la fille se faire violer dans la rue, le chien revint à cette conversation et déclara : « Mais il y a une chose sur laquelle nous insisterons quand nous arriverons au pouvoir : nous interdirons toutes les voitures les camions et les bicyclettes dans la ville pour nous assurer que les chiens puissent traverser les rues quand ils le veulent. »

Ce jour-là, la circulation dans les rues était totalement bloquée. Au carrefour, un groupe de jeunes hommes avait plaqué une fille au sol et la violait de manière répétée. Ils avaient arraché tous ses vêtements, qu'ils avaient jetés en l'air.

(« Les viols collectifs deviennent un spectacle commun dans les villes chinoises, dit le donneur de sang à son ami. À Shanghai l'année dernière, un viol collectif a duré deux heures. La circulation sur Nan-jing Road s'est immobilisée. La foule des spectateurs était si dense que la police n'a pas pu arriver jusqu'au lieu du crime. Quand la fille a fini par réussir à se libérer elle a grimpé à la tourelle du policier qui réglait la circulation pour le supplier de l'aider mais il a refusé de lui ouvrir sa guérite. Alors les garçons l'ont fait redescendre et ont recommencé à la violer. J'ai lu qu'ensuite la fille avait fait une dépression. Lorsque les violeurs ont fini par être arrêtés, leur chef a été fusillé dans un stade. »)

La fille finit par se libérer. Elle monta à la tourelle du policier qui règle la circulation pour le supplier de l'aider, mais le policier refusa de lui ouvrir. Il lui

déclara qu'il n'était responsable que de la circulation. Avant qu'elle puisse répliquer, un des atta-
quants la tira à lui et la plaqua au sol. Depuis la
terrasse, il ressemblait à un jouet mécanique tandis
qu'il entrait et sortait du corps de la fille. Ses par-
tenaires étaient en cercle autour de lui et repoussaient les badauds.

« Ils ont bloqué la circulation, dit le survivant.
Quand les chiens s'accouplent, nos amis ne restent
pas là à nous regarder.

— Cela ne devrait pas arriver ! m'écriai-je. C'est
une honte ! »

Une foule importante s'était massée. Les
habitants des immeubles avoisinants s'étaient mis à
leurs fenêtres. Les gens accoururent sur la passerelle
piétonnière bien qu'elle n'ait pas encore été officiellement ouverte au public. Dans la bousculade,
quelques personnes furent précipitées par-dessus
bord et tombèrent dans la foule. On put voir le soutien-gorge blanc de la fille voler dans les airs, puis
redescendre doucement. Sa culotte rouge fut lancée
si haut qu'elle se prit dans l'un des lampadaires de
la passerelle. Deux jeunes hommes se défièrent à qui
irait la chercher. Tandis qu'ils escaladaient les
piliers en ciment de la passerelle, la foule se mit à
applaudir. Le plus mince des deux arriva le premier.
Il saisit la culotte, y déposa un baiser et la lança
dans la foule. Un homme l'attrapa et la relança en
l'air. Pendant une minute ou deux, elle voleta au-
dessus de la foule comme une colombe avant de
retomber au sol.

« Les humains ont un fort instinct grégaire. Pas
étonnant qu'il faille les contrôler. Vous feriez bien
mieux de vivre ensemble comme les fourmis, les
antilopes et les mites plutôt que de vous enfermer
dans des pièces séparées.

— Je ne comprends pas ces gens, dis-je. Ils doivent avoir perdu la tête.

— Peut-être y a-t-il d'autres animaux qui sont aussi indifférents au sort de leurs congénères, mais je doute qu'aucun puisse trouver autant de façons de faire souffrir que l'a fait l'homme. Il me semble que l'homme est le plus bestial de tous. »

Cela faisait alors presque deux ans que le chien vivait sur la terrasse.

« Regarde la jubilation qui illumine les visages, dit-il. Tout le monde voit ce qui se passe, mais personne n'est prêt à y mettre fin. Maintenant tu sais quelle méchanceté se cache derrière les visages inexpressifs que tu croises tous les jours dans la rue. Chaque fois qu'un réverbère tombe en panne, une femme se fait inévitablement violer. Regarde tous ces hommes. Il en faut généralement beaucoup pour les faire rougir mais en ce moment ils sont si excités que leurs visages sont rouge vif. Je sens le sang qui afflue dans leurs organes génitaux.

— Ce n'est rien, m'exclamai-je. Quand le Président Mao est venu accueillir les Gardes rouges sur la place Tienanmen, la foule était bien plus excitée que ça.

— Qu'est-ce qu'il y avait de si excitant à voir le Président Mao ?

— Imagine un peu. Pendant toute notre enfance nous l'avons vu sur tous les murs, dans tous les livres, tous les journaux et tous les films. On ne parlait que de lui. Il était donc naturel que le jour où nous avons pu le voir de nos yeux, l'émotion atteigne son comble.

— Mais quand on y pense, le Président Mao était un homme comme les autres, déclara le chien.

— Sans moi, il n'y aurait pas toi. Sans le Président Mao, il n'y aurait pas d'aujourd'hui », répliquai-je. Ses idées réactionnaires commençaient à m'énerver.

« Et qu'est-ce qu'aujourd'hui a de si bien ? » Il fit la moue et pointa le museau en direction de la scène qui se déroulait à nos pieds. La fille avait été de nouveau jetée à terre et se trouvait palpée par d'innombrables mains. Sa voix s'était tue, et les larmes qui trempaient ses cheveux s'étaient taries. Une bande de jeunes grimpa sur le toit d'un bus en stationnement pour avoir une meilleure vue. Les hommes les plus proches de la fille nue maintenaient ses jambes à terre et se battaient à coups de pied pour la chevaucher.

« Je suis sûr que ces voyous viennent de familles dissolues, dis-je.

— À quoi sert l'existence humaine ? demanda le chien d'un ton pompeux.

— On dirait une phrase tirée d'un des livres qui sont en haut de ma bibliothèque ! Dis-je d'un ton brusque. J'espère que tu n'as pas lu ces livres derrière mon dos ! »

La rougeur envahit les joues du chien et il détourna la tête de honte. Il avait passé la matinée allongé dans le coin le plus ensoleillé de la terrasse, la tête posée sur un tuyau en métal, la patte avant (qui sortait du centre de sa poitrine) paresseusement étendue. Quand le vent tiède caressait sa fourrure brillante, un poil se détachait et voletait en direction de la foule. À midi il y avait encore plus de monde. Un autocar se trouva arrêté par le bus en stationnement et ne put avancer ni reculer. La fille était maintenant trop faible pour opposer la moindre résistance. Quand les hommes qui étaient vautrés sur elle entendirent la sirène d'une voiture de police, ils bondirent sur leurs pieds et tâchèrent de se cacher dans la foule, mais ils ne trouvèrent aucun espace où se faufiler. La fille releva les genoux et les entoura de ses bras comme si elle essayait de se réchauffer. Quand les assaillants finirent par s'échapper, la foule se referma sur elle. Des centaines de mains pressaient et caressaient son corps. Elle était allongée sur la chaussée, aussi faible qu'un lapin mourant, agitée de frissons convulsifs.

« Ce jeune homme qui vient de s'enfuir est le petit ami de la fille, dit le survivant.

— Comment sais-tu ça ? » m'écriai-je. Les haut-parleurs de la passerelle s'étaient mis à diffuser l'hymne révolutionnaire *La Lumière du Président Mao Éclaire le Monde* à plein volume.

« Le mois dernier je les ai vus se promener ensemble dans la rue de la Libération. Ils ont pris la cinquième rue puis la rue de la Paix en direction de la rue de la Paix-Ouest. En tout début de matinée je les ai vus qui sortaient du parc de l'Amitié.

— Si c'est son petit ami, comment a-t-il pu amener trois hommes avec lui pour la violer ?

— Les hommes possèdent un trait de caractère que les chiens n'ont pas.

— Lequel est-ce ?

— La jalousie », dit-il en se grattant les moustaches. La horde de spectateurs était prise d'impatience. Il continuait à arriver du monde des rues et ruelles avoisinantes. Les policiers sortirent de leur voiture et chargèrent la foule. Les gens qu'ils repoussaient trouvaient bientôt de nouveaux trous à remplir. Des haut-parleurs, la voix mélodieuse d'un ténor chantait :

Notre bien-aimé Parti, tu as été comme une mère pour moi. Tu m'as appris à aimer mon pays et m'as encouragé à étudier dur. Un lendemain radieux me fait signe d'aller de l'avant...

Le bruit de l'orchestre et des sirènes de police se répercutait dans l'air au-dessus de la foule.

« Est-ce que tu veux dire qu'elle lui aurait été infidèle ?

— Les humains ne devraient pas avoir le droit de tomber amoureux, dit-il d'un air très pénétré.

— Ce qui se passe en bas n'est qu'un accident, avançai-je pour la défense de la race humaine.

— Regarde comment tu as traité ta petite amie !

— C'était un cas exceptionnel. »

Le survivant sourit. Quand il souriait, ses yeux brillaient et ses moustaches montaient et descendaient en frémissant.

Une nouvelle fournée de policiers en uniformes blancs se mit à charger. On décida de faire de la baraque de chantier qui se trouvait sur la passerelle piétonnière le quartier général provisoire de l'unité de dispersion de la foule. Quatre hommes apportèrent un banc et une serveuse d'un restaurant proche un plateau avec des tasses à thé et un thermos d'eau chaude. C'était le signe que les chefs étaient sur le point d'arriver, et de fait, quelques minutes plus tard, deux limousines avec des drapeaux rouges sur le capot arrivèrent du bâtiment du comité municipal du Parti, et trois voitures noires aux vitres teintées du poste de la sécurité publique. Les véhicules se frayèrent un large chemin dans la foule et s'arrêtèrent sous la passerelle. Les officiels descendirent, se serrèrent la main et se désignèrent mutuellement d'un air jovial leurs ventres proéminents. Puis ils montèrent sur la passerelle, et avec beaucoup de cérémonie, pénétrèrent dans la baraque pour discuter de la façon de régler la situation.

Le chien lécha sa patte étendue en évitant l'excroissance rouge dépourvue de poils qui se trouvait au-dessus de ses griffes. On aurait dit une blessure bien que ni l'un ni l'autre ne puissions expliquer comment elle était apparue. Reposant la tête sur le tuyau métallique il dit d'une voix ensommeillée : « Il va falloir encore deux heures avant que la police n'arrive à la fille. Elle sera quasiment morte.

— Mais regarde, ils y sont presque.

— Non, ils ne bougent pas. Ils attendent que les chefs prennent une décision. »

En y regardant de plus près je vis qu'effectivement les policiers demeuraient immobiles. La foule semblait s'être un peu calmée, bien que chacun parût gêné de se trouver si près des autres. Certains sortirent des cigarettes de leurs poches et en offrirent aux policiers. Puis ils firent passer leurs briquets à la ronde et se mirent à parler de la coiffure de Tian Gu dans son dernier film : *La Révolution Heureuse*.

« Si ces voyous étaient des chiens, qu'est-ce que tu en ferais ? demandai-je au survivant.

— Le fait est que des chiens ne commettraient jamais un tel crime.

— Pourtant les chefs du comité font du bon travail. Ils ont pris le taureau par les cornes en décidant de régler cette question en personne.

— Bien sûr, l'éditorial du journal de demain prétendra que le secrétaire du comité municipal du Parti est sorti de son lit de douleur pour se dépêcher de venir mettre fin à cette émeute de vauriens. Vous êtes des créatures viles, bien inférieures à nous autres chiens. Vous essayez d'adopter notre conduite civilisée et notre sens de la morale et de la justice, mais dans vos cœurs vous ne pensez qu'à l'argent et aux tickets de rationnement. »

Le chien sembla ignorer un instant le bruit qui montait de la rue. Il détourna la tête. « Tu peux me rendre un service ? demanda-t-il en fixant le sol. J'ai vu des travers de porc dans une poubelle de la rue Servir-le-Peuple. Il restait encore de la viande sur les os. »

Je gardai le silence.

« Apparemment, ils ont été cuits dans une sauce épaisse et épicée », dit-il, le regard toujours détourné. Il prit une lampée d'eau à son bol, puis pointa le museau en l'air et renifla la brise.

« Tu n'as toujours pas terminé cette épaule que j'ai rapportée hier de la cafétéria.

— Elle était immangeable, gémit-il. Tu sais que je n'aime pas les os de mouton.

— Mais je ne peux pas trouver des os autre part que dans la partie réservée aux musulmans. »

Il baissa la tête et soupira.

La foule commençait à se disperser comme une nuée de fourmis. Il arriva encore des policiers et des hommes de la sécurité. Puis un régiment de l'Armée de Libération du Peuple, précédé de deux tanks, apparut soudain de nulle part, et se mit à repousser ceux qui restaient en psalmodiant *Le Socialisme est Bon* avec un fort accent de la province du Henan.

« Ils ont attrapé un violeur ! m'exclamai-je

— Tu as vu les gens qui manifestaient dans la rue la semaine dernière ? » Le chien paraissait distrait. Il était probablement toujours en train de penser aux travers de porc dans la poubelle.

Un immense nuage gris apparut et les rues s'obscurcirent. On enveloppa la fille dans une couverture et on la fit monter dans un fourgon de police. Sur la passerelle au-dessus du croisement, la réunion des dirigeants touchait à sa fin.

« Elle n'aurait pas dû porter cette jupe moulante, murmurai-je. Les employées du musée ne sont pas autorisées à porter des jupes moulantes. »

Le chien regarda le nuage et dit : « Dans deux minutes la pluie va tomber. C'est la basse pression de l'atmosphère ce matin qui a fait perdre la tête à ces garçons. »

Les gouttes de pluie rayèrent le ciel ensoleillé comme des fils de nylon. Le chien secoua l'eau de sa fourrure et se leva. « La pluie est propre, mais quand elle tombe à terre, elle se transforme en boue, dit-il.

— Pourquoi ne pas jouir de la vue de la pluie sans penser à la boue ?

— Je vis dans les nuages, donc je ne peux voir que la pluie. Mais tes pieds sont collés au sol, et tu ne peux pas ignorer la boue.

— Vous avez beaucoup de chances vous autres chiens. Vous pouvez parcourir le monde sans souci, tandis que nous devons passer nos journées à gagner de l'argent pour payer le loyer, acheter des chandails, des imperméables et des sous-vêtements en

197

thermolactyl. Si nous voulons conserver notre travail, nous devons nous contrôler et nous interdire les rêveries et les méditations réactionnaires auxquelles tu donnes libre cours. Nous sommes obligés de lire les journaux tous les jours pour être sûrs d'adopter la ligne politique correcte. Notre peau est si fine que nous devons porter des vêtements, et quand ces vêtements nous sont arrachés, nous devenons pareils à des porcs, ou à cette pauvre fille. Nous dépendons de nos élégants emballages. Nous sommes obligés de cacher notre véritable nature si nous voulons survivre.

— On dirait que tu as attrapé un rhume », dit le chien d'une voix geignarde, ignorant mes paroles.

Lorsqu'à mon retour du congrès je découvris que le survivant était mort, je m'écroulai. Tous les jours je regardais mon pinceau, mais j'étais incapable de le soulever jusqu'à la toile. J'aspirais à contracter une maladie mortelle, ou à périr de quelque désastre naturel. Si j'avais été buveur, j'aurais bu jusqu'à l'oubli. Comme cela aurait été agréable ! Pour m'empêcher de rêver de lui, je tournai mon lit de sorte à avoir la tête face au sud. J'avais lu dans un magazine que cela évite les cauchemars, éclaircit le teint et retarde l'apparition des cheveux blancs. Bien qu'en réalité j'aie eu quelques cauchemars par la suite, mes rêves devinrent plus érotiques. Une nuit, je rêvai que je volais dans les airs à la poursuite d'un gros derrière. Après l'avoir attrapé, je découvris qu'il appartenait à la femme qui plume les canards à la cafétéria du musée.

Depuis son décès, je n'ai pas pleuré une seule fois, ni connu de revers qui m'auraient permis de libérer mes émotions. Le monde a continué comme d'habitude. Bien que mes parents aient plus de quatre-vingts ans, ils sont en parfaite santé. Mes camarades de classe continuent de vivre des vies grises et tranquilles. Le suicide de ma petite amie a quasiment disparu de mon esprit. Excepté moi, tout le monde semble être en paix avec soi-même.

En souvenir de sa vue perçante, je me suis acheté un télescope. Maintenant je vois le monde des hommes comme il le voyait. Parfois je vais jusqu'à commenter des événements qui se déroulent à mes pieds.

La ville est tranquille maintenant. Des boîtes rouge vif ont été placées à chaque coin de rue pour que les citoyens puissent y déposer les dénonciations de conduites inciviques. Le comité municipal du Parti a interdit aux piétons de crier, de rire ou de courir dans la rue, et exige que les groupes n'excèdent pas quatre personnes. Dans le cas contraire, il leur faut se séparer en deux. Le comité a également invité des troupes culturelles à venir dans les unités de travail locales apprendre aux employés les vertus de la politesse et évaluer leurs connaissances en matière de civisme. Notre unité de travail a été recalée parce que deux vieux camarades du département financier marchaient en faisant des enjambées qui ont été jugées soit trop grandes soit trop petites.

Quand je regarde du haut de la terrasse, les piétons avancent dans les rues aussi lentement que des asticots. Je ne vois de foule que le matin, quand les retraités font leurs exercices dans le parc du Foulard Rouge.

Je m'assieds souvent sur la terrasse pour regarder les nuages dans le ciel bleu. On dirait qu'ils n'ont pas bougé depuis des mois. Je me suis remis à la peinture maintenant, mais mon inspiration a disparu. Ma toile est sur le chevalet depuis si longtemps que de loin on dirait un torchon sale.

L'autre jour, j'ai emprunté une guitare à un vieux copain de classe et j'ai joué un air triste à l'endroit où je m'asseyais à côté de la niche pour bavarder avec le chien. J'ai gratté les cordes et la mélodie s'est élevée dans l'air. Je les ai grattées de nouveau mais cette fois-ci les cordes n'ont produit aucun son. Le soir, le chef du service de sécurité du musée est venu me voir pour me dire de ne plus jouer de guitare sur la terrasse. Il me dit que le ministère de la Sécurité d'État avait confisqué le son de mon instrument et qu'à partir de maintenant il faudrait me contenter d'écouter la radio. Il me confisqua la guitare, mais à mon grand soulagement, ne me demanda pas d'écrire une lettre d'autocritique.

Si seulement le survivant voyait comme les rues sont propres maintenant. Il ne les reconnaîtrait pas. Je repense souvent à ces chaudes soirées d'été où nous étions allongés sur la terrasse, la brise de mer caressant ma peau et sa fourrure. Il me confiait sa vision canine du monde et critiquait les humains de ne pas ressembler plus aux chiens. Cela me mettait en colère. Du fait que les chiens ne conduisent pas et ne portent pas de vêtements, il prétendait que les voitures étaient inutiles et les laveries une perte de temps. « Et vos cinémas sont si bruyants, me dit-il un soir, qu'ils me donnent mal à la tête.

— Heureusement que Dieu n'a jamais laissé les chiens diriger le monde, répliquai-je.

— Cette façon que l'homme a de se tenir debout est dégoûtante. Vos dirigeants s'adressent à la foule avec leurs poitrines et leurs organes génitaux bien en évidence. Quand nous voulons parler il nous suffit de lever la tête. C'est bien plus poli. » Puis il traça les grandes lignes des réformes que le futur gouvernement des chiens introduirait pour changer le comportement humain.

« Il est vrai que nos dirigeants s'adressent à la foule en position debout, admis-je, mais au moins ils ont la politesse de porter des vêtements. Vous vous penchez peut-être quand vous parlez, mais tout le monde peut quand même voir vos organes génitaux qui pendent entre vos jambes. Si jamais un jour venait où vous autres chiens prenez le pouvoir, je préférerais fuir sur mon toit pour m'y changer en souris plutôt que de me soumettre à vous.

— Au moins les chiens dirigeraient mieux le pays que ne l'a fait votre gouvernement. » Quand les étoiles apparaissaient, ses yeux devenaient aveuglants de lumière.

« Grâce au langage, nous avons transcendé le monde animal. Regarde nos merveilleuses bibliothèques ! » dis-je, désignant la bibliothèque publique à nos pieds.

« Nous autres chiens apprenons en accumulant lentement les expériences. Nous sommes plus sensibles et malins que vous. Par exemple, je sais quel temps il fera demain, quand il y aura un tremblement de terre, quels champignons sont vénéneux, et qui va où. Nous glissons à travers ce monde sans effort, apprenant au fur et à mesure. Mais il vous faut vingt ans avant d'en savoir assez pour pouvoir quitter la maison de vos parents. La plupart des chiens sont déjà morts à ce moment-là. Un chiot de trois mois en sait plus qu'aucun de vos professeurs d'université. Les chiens n'ont pas besoin d'écoles ni de bibliothèques – nous vous abandonnons volontiers ces endroits pour que vous y tuiez le temps.

— Est-ce que les chiens auront le droit de se marier quand vous aurez le pouvoir ? demandai-je.

— La vie sexuelle des chiens est saisonnière : nous ne nous accouplons qu'au printemps. Et quand nous serons aux affaires, nous conserverons cette coutume. Vos pulsions sexuelles excessives sont la cause de l'instabilité sociale présente. Regarde cet immeuble en face de nous ! À cet instant, du rez-de-chaussée jusqu'au huitième, presque tous les couples sont en train de s'unir. Ces deux-là au troisième l'ont fait deux fois ce soir. Ils ont fait pareil hier soir, et le soir précédent, avec juste quelques changements de position, c'est tout. »

Le bâtiment d'en face était un immeuble d'habitation réservé au personnel du département culturel municipal. Aucune des pièces n'étant éclairée, le chien sentait les effluves rances des fluides corporels qui sortaient par les fenêtres ouvertes.

« Mais j'aime beaucoup l'homme qui habite au huitième, avoue le chien. Quand il ouvre sa fenêtre, je hume l'encrier qui est à côté des livres qui sentent le moisi sur son bureau. Ça fait des mois qu'il n'a pas couché avec une femme mais le dimanche soir il y a toujours des odeurs délicieuses de viande et de poisson qui montent de sa pièce.

— C'est un ami, un écrivain professionnel. Avec son salaire, je ne pourrais jamais entretenir une femme.

— Eh bien, tu arrives à m'entretenir sur ta maigre paye, dit-il d'un ton coupable. Il y a une femme qui est amoureuse de lui, bien qu'elle continue d'aller avec d'autres hommes. Je vois ses ondes cérébrales qui se précipitent en direction de sa pièce en ce moment. »

Je regardai dans la direction qu'il indiquait. « Tu veux parler de ce vieil immeuble là-bas ? demandai-je.

— Elle a passé les dernières nuits à boire avec un type qui fumait sans cesse. Quand la fumée du tabac et l'alcool se mélangent, ça sent le vieux mouton. »

La nuit la ville semble froide et désolée. Le survivant avait découvert que quand les gens sont allongés dans l'obscurité, ils deviennent plus actifs qu'ils ne le sont quand la lumière est allumée. Les bruits de copulation et l'odeur âcre des fluides corporels lui donnaient souvent mal au cœur.

« Je ne supporte pas quand il n'y a pas de vent la nuit, disait-il.

— Les hommes n'accepteront jamais de renoncer aux joies du mariage.

— Vous ne voulez que manger, baiser et acheter. Ces activités exigent la participation d'autrui – pas

202

d'une seule personne, d'un grand nombre. Vous avez besoin de vous entasser dans les villes pour échapper à la vacuité de vos cœurs.

— Je m'échine à travailler pour toi, pour subvenir à tous tes besoins.

— Tout ce que tu fais c'est de m'apporter un peu d'eau tous les matins. Et tu finis toujours par en boire toi aussi.

— Pense à toutes les fois où j'ai dû nettoyer après toi ! Quand tu as pissé dans l'entrée la semaine dernière, tu as renversé ma bassine sur la flaque pour la cacher, mais il a quand même fallu que je nettoie.

— Ce jour-là tu avais cassé mon pot de chambre – Je ne pouvais pas faire autrement que de pisser par terre.

— Remets ces os dans ton assiette, veux-tu ? grognai-je.

— Tu peux juste me passer mon bol d'eau, s'il te plaît ? »

Il avala une grande lampée, puis il leva la tête et dit : « Il fait chaud aujourd'hui. Si seulement tu savais comme je me sens mal dans cette épaisse fourrure.

— Il y a un ventilateur dans mon bureau. Il me rafraîchit agréablement.

— J'adorerais pouvoir en profiter. » Quand il songeait, sa queue battait toute seule.

« Tu sais que je ne pourrai jamais te laisser quitter cette terrasse. »

Il lécha l'eau qu'il avait sur les babines puis il se mit à me lécher les pieds.

« Ça ne serait pas raisonnable de t'emmener en bas, dis-je en retirant mon pied. Les rues sont pleines de policiers, même la nuit. »

Il pencha la tête d'un air engageant et geignit : « Trouve-moi une petite compagne, alors. »

J'éclatai de rire. « Tu veux une chienne, c'est ça ? Coquin ! »

À ces mots, il sauta comme un fou sur mes genoux, manquant de me renverser.

(« Malheureusement je n'ai pas réussi à satisfaire son désir, avoua le peintre à l'écrivain. De toute sa vie, il n'a pas adressé la parole à un membre de son espèce, et encore moins fait quoi que ce soit avec. » L'écrivain leva les yeux sur lui et dit : « Il doit beaucoup te manquer. »)

Quand je repense aux jours que nous avons passés ensemble, je suis un peu moins triste. Samedi dernier j'ai assisté à la réunion politique hebdomadaire à mon travail, et comme d'habitude je n'ai pas cessé de converser intérieurement avec le chien. Le président avait un micro tout neuf, mais son discours était aussi monotone que d'habitude.

« ... Notre Parti a un avenir glorieux. Oui. Le dernier rapport du camarade Deng Xiaoping est sans équivoque là-dessus. Notre Parti connaît un changement, un changement énorme. Le centre du Parti a déclaré que les trois secteurs de la société sont d'importance égale, et tel est aussi l'avis du Parti élargi et du peuple. Oui. Notre détermination ne doit pas faiblir. Cinq années peuvent paraître longues, mais je peux vous assurer qu'elles passeront très rapidement. La guerre contre le Japon n'a duré que huit ans... » La moitié du public regardait le président qui se tenait debout sur le podium, l'autre moitié avait fermé les yeux pour s'échapper dans leurs pensées. Trois femmes assises au fond avaient sorti leur tricot et bavardaient à voix basse. « Notre nation est maintenant unie. Camarades, nous devons nous efforcer de... » Le micro laissa soudain échapper un couinement assourdissant. Le président fut si surpris qu'il fit tomber sa tasse de thé qui se brisa par terre. Tous les regards se concentrèrent sur les morceaux. Il y avait encore une heure et demie à tirer. « Le temps est compté, camarades, je passerai donc directement au cinquième point. Notre Parti a triomphé de nombreuses difficultés au cours des trois années de ralentissement économique. C'est la preuve qu'il n'est pas de crise que le Parti ne puisse surmonter. Pensez-y, camarades – sans la direction du Parti, notre nation régresserait, oui, régresserait. Notre Parti est le meilleur parti au monde. Il est profondément ancré dans le cœur et l'esprit du peuple... »

Malgré mes efforts, je ne parvenais pas à me concentrer sur ses paroles. Je crains que ma résolution politique ne se soit affaiblie. Par le passé, je méditais longuement le moindre document envoyé par mes dirigeants. Je respectais chacune des décisions qu'ils prenaient concernant mes relations personnelles et mes études politiques. Je faisais parti des élus. Du fait que mes parents avaient adhéré au Pari avant la Libération et avaient vécu dans une région sous domination soviétique, je n'avais pas été envoyé, ainsi que mes camarades de classe, en camp de rééducation. À l'école j'étais aussi maigre qu'un hareng saur et le plus petit de ma promotion, mais à cause de mon milieu familial j'avais été désigné président du syndicat étudiant dès la première semaine de l'année. Je pris ma fonction très au sérieux et participai à toutes les activités de l'école. Le matin, je faisais deux tours de stade pour me donner bonne mine et le soir je répétais mes discours politiques. Après avoir quitté l'école, je devins encore plus consciencieux. Quand le premier Ministre Zhou Enlai annonça que fumer était un acte patriotique, je fumai dix cigarettes en une seule journée, bien que dans l'après-midi je me sois senti si mal qu'il fallut me porter à l'infirmerie. Cette démonstration de patriotisme suffisait presque à assurer mon entrée au Parti. Mais malheureusement je ne réussis jamais à acquérir l'habitude de fumer.

Après le viol, le chien me demandait souvent quand la passerelle piétonnière serait officiellement ouverte. Parfois je lui lisais des articles du journal local. Un soir, alors que la voix des agents de la circulation se faisait entendre par-dessus le vacarme de la rue, je lus un article intitulé : « Bonnes perspectives pour la passerelle ». On y lisait : « Après avoir reçu 170 plaintes concernant la construction de la passerelle, les autorités provinciales ont envoyé hier une équipe sur le site pour étudier la question. Les treize membres de l'équipe ont promis d'évaluer objectivement la situation et de refuser tout pot-de-vin ou traitement de faveur. Ils ont été fidèles à leur parole. Après être arrivés à la gare, ils ont refusé d'utiliser les limousines envoyées par le comité municipal du Parti et choisi de se rendre sur le site en autobus. Ceux qui les ont vus passer ont apprécié la modestie et la dignité de leur attitude. Une fois sur place, l'équipe s'est enquise du nombre d'accidents de la circulation qui ont eu lieu sous la passerelle ce mois dernier. Ils ont visité le centre de secours tout neuf et envoyé le médecin qui n'avait pas soigné l'épaule disloquée d'une victime en séance d'interrogatoire. Dans son rapport, l'équipe fait observer que les cours d'éducation politique qui ont lieu dans le centre de secours les lundi, mercredi et vendredi après-midi perturbent gravement son fonctionnement et suggère d'étudier le problème... »

« Il semble que l'équipe d'étude ait réglé beaucoup de problèmes, dis-je en levant les yeux de la page.

— S'ils n'avaient pas commencé par construire cette passerelle, il n'y aurait pas eu tant d'accidents, se plaignit le chien.

— Au moins, les autorités municipales travaillent dur à remédier à la situation.

— Ils ont sûrement compris que la meilleure manière de régler le problème, c'est d'ouvrir la passerelle au plus vite. »

Imaginait-il réellement que le comité municipal du Parti avait le pouvoir de décider quand ouvrir la passerelle ? Il était si naïf. Seul le Comité central peut prendre de telles décisions. Et il dirige tout le pays – il a des questions bien plus pressantes à débattre avant de résoudre notre problème de passerelle piétonnière.

« Tu ne comprends pas la différence entre les échelons supérieurs et le peuple ? demandai-je. Les chiens oseraient-ils contester leurs supérieurs ? Ton arrogance est monstrueuse. Nos dirigeants construisent la passerelle pour décongestionner la circulation. Comment oses-tu retourner le problème en prétendant qu'ils sont responsables des difficultés que connaît actuellement la circulation ?

— Tu mènes une vie misérable. Elle n'est pas beaucoup mieux que celle d'un chien.

— Ne sais-tu pas que plus tu es misérable, plus tu vis longtemps ? » répliquai-je, exaspéré par son ignorance.

Le survivant s'était toujours délecté du spectacle des accidents qui survenaient à nos pieds. Il avait prédit un jour que les accidents causés par la construction de la passerelle feraient plus de trois cents morts par an. Jamais de ma vie je ne lui pardonnerai cette erreur. Certes, au début, la construction de la passerelle avait considérablement accru le nombre d'accidents. Les piétons s'y pressaient en masse, espérant traverser sans encombre, mais lorsqu'ils découvraient qu'elle n'était pas encore ouverte au public, ils finissaient par traverser en courant à l'endroit le plus dangereux du croisement. Le survivant m'avait dit qu'il voyait les fantômes des morts voleter entre les piliers en béton de la passerelle.

Mais après l'incident du viol les dirigeants locaux prirent des mesures afin d'atténuer le problème. Ils érigèrent des baraques métalliques sur la passerelle pour y établir un centre de secours. Toute victime d'un accident en contrebas est promptement transportée dans la baraque des secours où elle reçoit gratuitement des soins d'urgence. L'idée a été un franc succès. Le comité municipal du Parti a félicité les infirmières pour leur contribution à l'humanitarisme révolutionnaire et leur a décerné des prix et des certificats de mérite. Bien que les citoyens se voient toujours refuser le plaisir d'emprunter la passerelle pour traverser la rue et que les gens continuent de se faire écraser, la passerelle n'en a pas moins ses avantages. Quand mon camarade de classe s'est cassé la jambe au travail, il a réussi à se faire plâtrer sans payer au centre de secours de la passerelle. Je vais souvent au musée rendre visite au survivant pour lui parler des grands progrès qui ont été accomplis, mais je dois m'assurer que je ne suis pas vu par mes collègues – ils n'arrêtent pas de plaisanter à mon sujet. Une fois, me voyant attaquer un pâté en croûte au déjeuner, ils m'ont dit : « Attention, c'est de la viande de chien. » J'ai eu mal au cœur pendant plusieurs jours après cela.

Le survivant avait prédit que la passerelle n'ouvrirait pas avant 1992, mais ce ne serait donc pas avant un an et demi, or il y a déjà des indices que la passerelle va bientôt ouvrir : les gardiens de la passerelle ont été remplacés par une équipe de gestion de la passerelle et les agents de la circulation locaux ont reçu des uniformes tout neufs.

La passerelle devait ouvrir l'année dernière, le jour du premier anniversaire de la mort du chien. Le Comité central voulait faire de la passerelle le symbole de la Politique d'Ouverture. Il avait décidé que son inauguration serait liée à la visite de Ceausescu et qu'elle serait baptisée Passerelle de l'Amitié sino-roumaine. Il avait donné ordre aux dirigeants locaux de mettre tout en œuvre pour que l'ouverture soit un succès. Les autorités avaient décoré les garde-fous de petits drapeaux rouges en prévision de l'arrivée de Ceausescu qui avait été invité à inaugurer la passerelle au cours d'une visite organisée pour célébrer le jumelage de notre ville avec une ville industrielle de son pays. Le gouvernement avait envoyé des ingénieurs pour s'assurer qu'il n'y avait pas de bombe cachée et des policiers en civil patrouillaient aux alentours afin de vérifier que personne ne collait des affiches contre-révolutionnaires sur les murs. Mais malheureusement Ceausescu fut assassiné quelques jours avant la date prévue pour sa venue et la cérémonie dut être annulée.

Quand la campagne « Mettons-Nous à l'École de Lei Feng » fut lancée, on construisit une cabine de diffusion sur la passerelle à côté des baraques métalliques et tous ceux qui n'avaient pas les moyens de se payer de radio bondirent de joie. Les gens pouvaient écouter les émissions gratuitement dans la rue. Ils pouvaient écouter des chants révolutionnaires, des programmes de la chaîne de télévision nationale et même des bulletins météo internationaux.

Durant ces mois, les rues étaient pleines de gens qui tentaient désespérément d'imiter Lei Feng. Ils étaient continuellement sur le qui-vive, à l'affût d'une bonne action à accomplir. Il suffisait que vous trébuchiez sur le bord d'un trottoir ou que vous portiez un sac apparemment lourd pour que quelqu'un se précipite à votre aide. Et il était impossible de perdre quoi que ce soit. Un jour, j'ai fait tomber un crayon de ma poche et avant que je m'en sois aperçu, trois enfants sont accourus, l'ont ramassé et m'ont dit : « Oncle, vous avez perdu quelque chose », puis ils ont souri et m'ont fait le salut du Jeune Pionnier. J'ai pris mon crayon et j'ai dit, tout comme il était recommandé de le faire dans le journal : « Merci, jeunes camarades. Vous êtes de véritables petits Lei Feng.

— Ce n'est rien, gazouillèrent-ils à l'unisson. Nous ne faisons que notre devoir.

— Dites-moi, à quelle école êtes-vous ? J'aimerais informer votre directeur de votre conduite exemplaire.

— Une personne qui fait de bonnes actions ne devrait jamais donner son nom », pépièrent-ils, puis ils firent demi-tour et coururent au bout de la rue attendre leur prochaine proie, tout comme les Jeunes Pionniers dans les films de propagande.

Nous pouvons tous nous consoler d'avoir pris le mauvais chemin, mais personne ne peut supporter de se trouver dans une impasse. Quand le survivant était vivant, je ne savais quoi penser de tout, y compris de lui. J'avais perdu mon chemin. Mais après sa mort, je découvris que je n'avais nulle part où aller. Il n'y avait plus d'espoir pour moi, rien à attendre. Il avait détruit tout ce en quoi je croyais.

« Vos supérieurs décident de tout pour vous, me dit-il un jour, quel travail vous faites, quelle femme vous épousez, combien d'enfants vous avez. Vous n'avez pas foi en votre capacité à contrôler votre destin. Vos vies sont si ennuyeuses et monotones que si vous n'étiez pas soumis à diverses épreuves et tribulations, vous n'auriez jamais la force de regarder la mort en face. » Le chien prononça ces paroles sur le toit-terrasse, la tête encadrée par le ciel d'un bleu d'azur. Les fumées qui se déversaient des cheminées d'usine derrière lui avaient l'odeur de la vapeur âcre qui s'élève d'un tofu fermenté. Contre le ciel bleu, la fumée était d'une luminosité aveuglante.

« Il semble que j'aie attrapé froid. Le vent qu'on a ici est mauvais pour ma santé. » C'est de moi qu'il tenait cette phrase.

Je ne sais toujours pas comment il est mort.

Parfois je pense qu'il doit avoir sauté du toit. Je l'imagine courant en tous sens sur la terrasse, puis reculant jusqu'au bord tandis que le vieux menuisier

et les deux autres hommes de la brigade d'extermination des chiens approchent, suivis par une bande
de Jeunes Pionniers brandissant des piques et des
pelles. Soit on l'a attrapé avec une corde pour le
faire descendre soit on l'a battu à mort sur place.
Ses griffes et ses dents acérées n'ont pu le protéger.
Une fois qu'ils avaient décidé qu'il devait mourir, il
ne pouvait rien faire.

Mon chien à trois pattes n'a jamais aimé les
Jeunes Pionniers. Il déclara un jour qu'après avoir
entendu pendant des années qu'ils devaient sacrifier
leurs vies pour la Révolution, ils deviennent des
petits voyous sans le moindre sens moral ou civique.

« Ce sont des enfants, dis-je. Il faut leur pardonner. L'enfance est sacrée. »

Il montra les dents et, jetant un coup d'œil en
contrebas, déclara : « Tu vois ces enfants qui se
moquent de l'aveugle ? Regarde leurs vilaines petites
figures ! Si leurs professeurs les envoyaient demain
faire de bonnes actions, ils se battraient pour
attraper la main de l'aveugle et l'aider à traverser la
rue. »

Bien que je ne pusse distinguer leurs visages, je
les voyais couper le chemin de l'aveugle et faire des
mouvements qu'ils avaient dû voir dans un film de
karaté. Puis le chien me demanda : « Si tu devais
choisir entre moi et un enfant, qui choisirais-tu ? »

Je ne pus répondre. Même aujourd'hui, je ne
pourrais pas fournir une réponse à cette question.
Naturellement, je devrais faire passer la vie
humaine avant celle d'un chien, mais mes sentiments pour le survivant excèdent de beaucoup
ceux que j'éprouvais pour ces enfants dans la rue
– ils étaient même plus puissants que ceux que
j'avais pour ma petite amie. Si ces enfants sont effectivement responsables de la mort du survivant, je
sais qu'il ne se sera pas défendu. Il aurait pu leur
arracher la jambe d'un coup de dents s'il avait voulu,

mais il aurait préféré souffrir en silence plutôt que de leur faire le moindre mal.

À mon retour du congrès, j'inspectai soigneusement son corps afin d'essayer de trouver la cause de sa mort. Il puait le formol, mais il ne portait aucune trace de blessure. Je lui tapotai le dos et dis : « Regarde, ils ne t'ont fait aucun mal ! Pourquoi me mentais-tu dans mes rêves ? »

Deux semaines plus tard, je retournai à l'atelier parler au menuisier. Quand je pénétrai dans la pièce, il était en train de clouer la peau d'un tigre du Dongbei sur un cadre en bois. Je lui demandai comment le chien à trois pattes était mort. Il me sourit aimablement et tout en tendant la peau du tigre sur le cadre, il déclara : « Un chien à trois pattes ? J'ai vu un âne à cinq pattes et un taureau à cinq pattes. Ha ha ! Cette cinquième patte était moitié moins longue que les autres ! » Il éclata de rire et fit un geste significatif à la hauteur de son bas-ventre.

Je suis convaincu que le Secrétaire Wang sait exactement comment le chien est mort. Je le soupçonne même d'être le commanditaire du meurtre. C'est le secrétaire du Parti du musée, après tout. Peut-être voulait-il éprouver ainsi ma loyauté envers le Parti. Comment pouvait-il ignorer que j'avais un chien sur la terrasse ? Peut-être qu'au début il a décidé d'attendre que je confesse mon crime. Mais quand il m'a vu commettre erreur après erreur, il m'a envoyé assister à un congrès et s'est débarrassé du chien pendant mon absence. À mon retour, il a convoqué la cellule du Parti en séance plénière et encouragé les membres à s'exprimer sur ma relation avec le chien.

« Les organes supérieurs me mettent à l'épreuve, racontai-je au survivant empaillé lors de ma visite suivante à l'atelier. Au cours de la réunion avant mon voyage, ils ont demandé si des camarades avaient quelque chose à révéler. J'aurais dû avouer à ce moment-là. Tu as le culot de critiquer ma petite amie de s'être suicidée et voilà qu'ensuite c'est toi qui meurs !

— Est-ce que tu l'aimais ? me demanda soudain le survivant empaillé. Tu ne te sens pas responsable de sa mort ? Pourquoi tenait-elle tant à se débarrasser de la vie ? Comment as-tu pu la laisser faire une chose pareille ? Qu'est-ce qu'elle essayait de te dire ? »

Ses questions me laissèrent sans voix. Je me rappelai la première fois que je l'avais rencontrée, quand j'étais président du syndicat des Étudiants. Si je ne m'étais pas lié avec elle, je serais probablement entré au Parti cette année-là. Après que j'eus quitté l'université, on m'avait désigné une chambre dans un immeuble dortoir et notre amitié avait grandi. Elle me rendait visite tous les jours et restait jusqu'à dix heures du soir, se glissant au-dehors juste avant que le garde ne ferme les portes. Dans l'obscurité de ma chambre, je posais la tête sur son ventre pour écouter ses intestins gargouiller. Elle s'allongeait sur mon lit pour se donner à moi. Mais même aujourd'hui je ne sais pas ce que j'aimais en elle. C'était une femme, ma petite amie, mais si ç'avait été une autre femme, aurais-je ressenti des sentiments différents ? Comment aurais-je réagi si mes chefs n'avaient pas agréé notre relation ? (Elle était encore à l'école d'art dramatique à l'époque et son style de vie n'était pas sans défaut.) Juste avant sa mort, ses yeux étaient pleins de bonté et de bienveillance. Je me suis demandé si elle espérait que je me précipite à son secours.

« Alors pourquoi est-ce que tu n'as pas essayé ? demanda le survivant.

— J'ai bondi sur mes pieds à un moment. Mais j'avais séché une réunion politique au travail ce jour-là, et si on avait appris que je n'étais pas malade du tout mais que j'étais venu voir le spectacle, j'aurais eu des ennuis terribles. Elle savait très bien que les organes supérieurs étaient en train d'étudier ma demande d'adhésion au Parti.

— Tu devrais être tenu responsable de sa mort.

— Non, ma seule responsabilité est envers le Parti », dis-je, refusant de lui céder.

Mais il y a une chose qui m'échappe et dont je pense qu'elle peut avoir contribué à la mort du chien. Après mon départ pour le congrès, le chien est parvenu je ne sais comment à grimper jusqu'en haut de la bibliothèque pour y prendre ces livres malsains que seul un groupe restreint de cadres ont le droit de « Lire pour Critiquer ». Ils contiennent les idées réactionnaires de Nietzsche, Schopenhauer, Freud et du très discrédité Hegel. Le pauvre chien était totalement impréparé à ces idées – il n'avait jamais assisté à aucune réunion politique et il professait même l'opinion réactionnaire que le marxisme-léninisme était démodé ! Ces livres ont corrompu l'esprit de nombreux poètes et étudiants (dont ma petite amie), et les ont menés à vivre une vie décadente et à perdre leur sens moral et leur jugement. Le chien a dû lire chacun de ces maudits livres accroupi dans un coin. Si tel est le cas, alors je me tiendrai certainement responsable de sa mort.

Maintenant qu'il a disparu, les os de la cafétéria ne me sont plus utiles. Mais je continue à regarder sous la table et, quand personne ne me voit, je les attire avec les pieds puis les enveloppe dans un journal pour les rapporter chez moi. Ce n'est pas une façon normale de se comporter. Bien sûr, je sais dans mon cœur que le survivant n'est plus maintenant qu'un chien empaillé, mais mes sentiments pour lui ne peuvent changer du jour au lendemain. Le soir, j'attends que l'obscurité tombe, puis je vais jusqu'au bord de la terrasse jeter les os dans la rue.

La terrasse est vide sans lui. Son absence pèse lourdement sur mon cœur. Ma vie est devenue désordonnée, et ma pièce n'est plus aussi propre que lorsqu'il était là. Les souris galopent dans les solives en métal de mon plafond maintenant, et quand elles se fatiguent elles se laissent tomber droit sur mon lit. Quand le chien était vivant, les souris n'osaient se promener que tard dans la nuit quand nous étions endormis tous deux, et elles ne s'aventuraient jamais loin de la plinthe. Maintenant de grosses araignées montent entre les solives rouillées, se laissant tomber parfois pour voler une part de gâteau. La pollution semble s'aggraver chaque jour. Une épaisse couche de poussière stagne au-dessus de la terrasse et l'air sent le plastique brûlé. La nuit, je ferme la porte et je reste à l'intérieur. Si je devais regarder dans mon télescope, je verrais toutes les histoires qui se déroulent sous moi, mais sans le chien à mes côtés, elles me sembleraient ennuyeuses et insignifiantes. De plus, depuis que la campagne « Mettons-Nous à l'École de Lei Feng » a été lancée, il y a un tel ordre dans les rues qu'il n'y a pas grand-chose à voir.

La semaine dernière j'ai résolu de confesser à mes chefs toutes les pensées malsaines qui me sont venues à l'esprit au cours des années passées et de promettre qu'à l'avenir je m'alignerai totalement sur le Parti et les organes supérieurs. Au cours de la session plénière de la cellule du Parti du musée, le Secrétaire Wang m'a demandé ainsi qu'aux trois autres collègues dont l'adhésion était étudiée de faire notre autocritique sur nos pensées de cette année, et d'avouer les fautes que nous avions commises envers le Parti. La jeune universitaire a avoué qu'elle avait lu le roman pornographique *Les Pensées d'une jeune fille*, et a supplié les organes supérieurs de prendre des sanctions contre elle. Le vieux menuisier a avoué qu'il avait fabriqué le tiroir supérieur de sa commode avec de l'Isorel d'État, et il a demandé aux dirigeants d'accepter ses excuses sincères. Quand vint mon tour, j'ai confessé toutes les opinions réactionnaires que le chien ou moi avions exprimées. J'avais l'esprit extraordinairement clair. Je leur ai raconté toutes les erreurs que nous avions commises, sans omettre un seul détail. J'ai ressenti un soulagement immense. Tant que je parlai, les dirigeants gardèrent le silence, puis ils se contentèrent de déclarer qu'il leur faudrait délibérer.

Depuis ma confession, la tristesse a quitté les yeux de verre du survivant. Bien qu'il soit mort, sa dépouille continue de vivre, et vivra toujours. Plus jamais il ne sera obligé de se cacher aux yeux de tous. C'est un survivant qui a vu clair à travers la poussière rouge du monde. En prenant part à l'exposition de Beijing, il a apporté la gloire à notre ville. Tout le monde s'est mis à parler de mon chien à trois pattes. Les hommes d'affaires de passage en entendaient parler dès leur descente de train. Les touristes venaient spécialement pour l'admirer. Sa photo a paru dans de nombreux magazines. J'ai découpé chacune d'elles pour les coller sur mon mur. Maintenant il peut enfin montrer son visage au monde. Les foules qu'il méprisait tant quand il était en vie sont maintenant ses admiratrices les plus ferventes. Le Secrétaire Wang a été tellement impressionné par l'air si vivant que le menuisier avait su lui donner qu'il l'a complimenté à plusieurs reprises et a fini par attribuer au survivant le titre d'« Animal Empaillé de Première Catégorie ».

À l'approche de l'aube, les pensées de l'écrivain s'arrêtent soudain, comme un générateur qui n'a plus de combustible. Toutes les images qui ont peuplé sa tête disparaissent dans une brume vague. Il a déjà connu des moments de calme pareil, quand son esprit se déconnecte passagèrement de la réalité. Mais le calme qu'il ressent à présent semble différent. Quand il ferme les yeux, les personnages qui ont vécu en lui si longtemps prennent l'apparence de pâte à pain étirée en milliers de rubans blancs par d'invisibles mains. Il voit les rubans qui se distendent de plus en plus, jusqu'à ce que soudain ils se brisent en un million de morceaux et s'éparpillent dans le ciel nocturne.

« Je savais que ça finirait comme ça, se murmure l'écrivain. Tout finit par mourir. Je n'y peux rien... »

Le donneur de sang regarde l'ombre de l'écrivain qui s'étend sur le mur derrière lui. Maintenant que les lumières des immeubles se sont éteintes, les lampes semblent jeter une lumière plus vive dans la pièce. Le donneur de sang va baisser le volume du lecteur de cassettes. L'écrivain se lève et se dirige vers les toilettes d'un pas de somnambule. Alors qu'il écoute le bruit de l'urine qui tombe dans la cuvette, il sent de nouveau l'odeur de soupe de tête de poisson. Cette fois-ci l'odeur ne parvient pas de la cuisine de son voisin, mais de l'intérieur de son propre corps. Lentement il retourne à son fauteuil. Maintenant que l'alcool a quitté leurs organes et s'est évaporé par leurs orifices et leurs pores, les deux hommes ont l'air aussi secs que des flocons d'avoine racornis ou de la cendre de charbon.

« Ma plus grande réussite a été de produire des flots inépuisable de sang de groupe AB, déclare le donneur d'une voix rauque, en rajustant son gilet et en désignant son cœur. Mon sang a changé le cours de ma vie. Il lui a donné un sens. »

La voix de l'écrivain est maintenant aussi basse que la messe de Requiem diffusée par le lecteur de cassettes. À travers la mélodie de l'aria, le donneur de sang entend son ami qui dit : « Ces gens étaient condamnés dès le départ. Quelle que soit la fin que je donne à leur histoire, cela ne changera rien. Je n'ai été qu'un spectateur, comme ce chien à trois pattes, caché dans la marge. Tu es le seul qui aura jamais entendu ces histoires, mais je suis le seul à pouvoir les comprendre. Moi seul sais la souffrance qui se cache derrière elles.

— Mon esprit est peut-être faible, mais ma chair est forte. C'est pourquoi je m'adapte si bien à cette ville. Mais toi, tu seras toujours un étranger, perdu dans tes illusions, dit le donneur de sang d'un ton condescendant qu'il a rarement utilisé au cours des sept dernières années.

— Mais ces personnages sont réels, ils vivent dans la même ville que toi et moi. Je ne les connais peut-être pas très bien, et ils en savent probablement encore moins sur moi. Mais je suis sûr qu'ils existent. Ou cela fait peut-être des années que je suis mort et ces personnages ne sont peut-être que des fragments de manuscrit qui flottent dans un lointain égout. » L'écrivain se gratte le crâne. Puis son regard s'illumine un instant et il ajoute : « Je te garantis que mon roman non écrit durera bien plus longtemps que n'importe quel livre publié.

— Moi aussi j'en ai des histoires à raconter, déclare le donneur de sang. Elles sont emprisonnées en moi comme l'eau dans une bouilloire. Peut-être qu'il est temps que j'essaie de les déverser... »

L'écrivain se lève, pose les mains sur ses hanches et dit : « Mon sang ne vaut rien en comparaison de mon roman. » Puis il jette un coup d'œil circulaire et se met à renifler de nouveau. « Cette soupe de tête de poisson devait être excellente, marmonne-t-il. Je la sens encore... »

La cigarette du donneur de sang ne s'est pas encore éteinte. Il semble maintenant aussi perdu dans ses pensées que l'écrivain professionnel. On dirait qu'il a hâte de s'atteler à une tâche intellectuelle. « Quand il ne nous reste plus d'énergie pour lutter contre ce monde brutal, nous nous tournons vers l'intérieur et commençons à nous faire du mal à nous-mêmes », dit-il, tirant une dernière bouffée de sa cigarette. Il jette le mégot par terre, l'écrase sous la semelle de sa chaussure, puis se rend dans le bureau de l'écrivain, s'assied sur le fauteuil et fixe la page blanche posée sur la table de travail.

Durant les quelques minutes précédant l'aube l'écrivain va et vient à toute vitesse dans son salon comme une coccinelle à qui on aurait arraché les ailes. Puis, sans dire un mot, il ouvre sa porte, la referme doucement derrière lui, et disparaît dans l'obscurité de la cage d'escalier.

Table

8972

Composition
PCA

Achevé d'imprimer en Espagne
par ROSES
le 10 mai 2009.

Dépôt légal mai 2009.
EAN 9782290017425

ÉDITIONS J'AI LU
87, quai Panhard-et-Levassor, 75013 Paris

Diffusion France et étranger : Flammarion